デレがバレバレな
ツンデレ猫獣人に懐かれてます

CHARACTER
アムール
超腕利きの冒険者。
口が悪いせいで
周囲から怖がられているが
耳としっぽは素直。
リョウ（猫《ねこ》本《もと》良《りょう》）
異世界に来て、初級冒険者として
生計を立てている。
暴言ばかり吐くアムールの本音を
ひょんなことから知ってしまい……？

ウルス
熊の獣人。
面倒見がよい。
エモワ＆トワ
ベテラン冒険者。
リョウのことを
気に入っている。
聖女
リョウの居る異世界に
突如として現れた。
芝居がかった
物言いをするが……？
マーロ
中級冒険者。
人当たりがよく、
一見好青年。

プロローグ

「あっれー？　お前まだ生きてたの？」

「……おはようアムール」

来たよ。今日も来たよ大きな猫が。

俺はため息を吐き、こっそりバッグに手を入れる。

バッグの中にはわずかな金と譲ってもらった古い地図と干し肉などが入っている。

その中から硬くて薄い長方形の物を探し出し、俺はひっそりとバッグの中で起動させた。

「お前っていつまでここにいんの？　いい加減こんなチンチクリンじゃ冒険者は無理だって気づけよなー」

「アムールには関係ないだろ」

俺がアムールと呼んだ男は、焦げ茶色の耳をピクピクと動かした。

彼は一見普通の青年に見えるが、頭には三角お耳、尻にはしなやかに動く長い尻尾が生えている猫獣人の上級冒険者である。正確には猫科の猛獣の獣人らしいが、詳しくは分からない。

なんたってこの世界では、狼と兎の獣人から蛇の獣人が生まれてくることすらあるらしい。ご先祖のどこかの血が突然出てくるのだとか。

ちなみに本人は獅子だと言っているけど、たぶん違う気がする。

そんな猫獣人のアムールは、座っていた俺の頭に腕を乗せてさらに絡んでくる。

「まぁ確かに、俺みたいな最強冒険者は底辺のお前なんか関係ねぇけど」

「……じゃあ話しかけないでよ……」

「ばーか、お前みたいな弱っちいのが冒険者なんて笑っちまうから、さっさと冒険者辞めろってアドバイスしてやってんだよ」

余計なお世話だ……と言い返した所でさらに悪口が降ってくるだけだと分かっているので、俺は口を閉ざしてそっぽを向く。

「……そんじゃ、俺はお前と違って忙しいから行くわ。次に俺が来る時までには冒険者なんか辞めちまえよ」

するとアムールは俺の頭を小突き、長い尻尾を振りながら去っていった。

視界から彼が居なくなって、俺はほっと息をつく。そしてずっと握りしめていた物をバッグから取り出した。無機質な手触りのこれは、今の自分の唯一の相棒、スマートフォン。俺がこの異世界に飛んでしまった際に、唯一持っていた物だ。

俺はその画面を見て――

「……っ」

テーブルに頭をぶつける勢いで突っ伏した。

画面に並んでいたのは、俺にとっては摩訶不思議な言葉の数々。

『かまって』から始まって、『しあわせ！』『私を見て』『愛する人、聞こえてる？』と熱烈な言葉が並ぶ。

「やっぱ壊れてんのかなぁ……」

起動しているのは猫語翻訳アプリ。翻訳されているのはアムールの声。

今日も俺は、はた迷惑な猫獣人と明らかにおかしい猫語翻訳アプリに翻弄されている。

第一章　猫獣人に出会った

さて、猫本良《ねこもとりょう》が俺の名前だ。通っていた高校の指導担当が厳しかったので、黒髪のまま過ごしていた。高校を卒業したら金髪に……いやいきなりそれはハードルが高いから、茶髪から徐々に明るくしていこうと思っていた。

そしてついに卒業式。

卒業式定番の歌を終え、校長からの有り難いお言葉にうとうとしていたのは覚えている。

そして……なぜか俺は見知らぬ森に居た。

校長の話を聞かなかった罰なのか。それとも別の要因か。

まさか異世界に来てしまったなんて思わなかったけれど、目が十個ぐらいあって、俺の二倍ぐらいある謎の生き物が涎《よだれ》を垂らして俺の前で口を広げる光景に、すぐに事実を理解することになった。

――あれ、俺ここで死ぬ？

「何ぼーっとしてんだっ!!」

ありえない光景に呆然としていたら、赤髪の男に乱暴に服を引っ張られ、身体が地面に沈む。

視線だけで上を見ると、彼は羽が生えているかのように舞った。

彼の短剣が身体を貫き、謎の生き物が悲鳴を上げる。彼の黄金の瞳はその生き物だけを映して、しなやかな身体は驚くほど簡単に宙を駆け巡る。

あまりの軽やかな姿に恐怖も忘れて釘付けになるが、戦闘はあっさり終わってしまった。

「お前、死にてーのかよバカ！」

彼は戦闘が終わると、地面に倒れて呆気にとられていた俺に怒鳴り、すぐにどこかへ去ってしまった。

「でも……そう言われても……」

ここはどこで、あなたは誰で、俺はどうしたら……？

未だ状況がつかめず呆然としていたら、彼を追いかけてきた二人組の冒険者が俺を街まで連れていってくれたのだった。

辿り着いたのは、明らかに日本じゃない石造りの街。

道行く人々の髪色は派手で、動物のような耳や尻尾が生えた人も居る。

まるでゲームの中の世界だ。

「えー……何これ……」

ファンタジーな世界に感動……なんてしている余裕はなかった。

俺はようやく、違う世界に来てしまったのだと実感した。

なんだよこれ。夢だろこれ。腹減ったからそろそろ起きなきゃ。卒業式終わったら友達とファミリーレストランで飯食ってカラオケ行く約束してるんだから。

しかし頬をつねっても、瞬きを繰り返しても景色は変わらない。夢から起きる術《すべ》が分からず、俺は一人でただウロウロと街をさまよう。

さまよってさまよって、最初に出会った冒険者の二人組に再び会い、その場で捕獲された。

「お前何やってんだ」

疲れを訴える足、頬を抜ける冷たい風、掴まれた腕の痛み。

そのどれもこれもが夢じゃないのだと俺に現実を突き付けて——

「……ぅっ」

「ちょっ、えぇ、泣くなよ……っ」

「エモワ、何泣かせてるのよ！」

「えぇー……これ俺のせい？」

それからはまたこの冒険者たちに助けてもらった。エモワとトワと名乗る二人は、二十代半ばのベテラン冒険者で面倒見の良い人たちだった。二人のアドバイスを受けて、まず俺は着ていた制服を売る。

「ほら坊主、高く買ってやるからもう泣くな」

「あ、ありがとうございます……」

店の親父さんは良い人で、生地がいいからと見慣れないはずの制服を買い取ってくれた。俺がべそをかいていたせいもあるかもしれない。

銀貨四枚。受け取ったお金が高いのか安いのかは分からなかったけれど、宿を取るには十分だと言ってエモワとトワは肩を叩いてくれた。

次に連れていかれたのが冒険者ギルド。

もし、なんの身分もないようならここで冒険者としての身分を手に入れた方がいいと彼らは教えてくれた。目まぐるしい展開に脳が悲鳴を上げていたけれど、不思議とギルドに着く頃にはどこか俺の中で諦めみたいなものが生まれていた。住んでいた町では嗅いだことのない匂い。見たことがあるようで、全然違う食べ物。行き交う人たちのカラフルな髪色。それら全てがお前は別の世界にやってきて——ここで生きていくしかないと告げていた。

「冒険者……。俺にやれるかな」

「薬草採取とか掃除の依頼とかなら大丈夫だろ」

「仕事が見つかるまでは、ギルドに世話になると良いわ」

二人は登録に付き添ってくれて、なんと見ず知らずの俺の保証人にまでなってくれたのだ。

出会って数時間なのに、もう二人に頭が上がらない。煩雑な手順を噛み砕いて教えてもらい、なんとか俺はこの世界で「冒険者」という立ち位置を手にしたのだった。

「あの……ホントにありがとうございました」

「いいってことよ。冒険者は助け合うもんだからな」

「私達も昔は先輩冒険者にたくさん助けられたの。リョウも困ってる人が居たら助けてあげてね」

「……ぅぅ～っ」

「だから泣くなって！」

訳の分からない場所に、訳の分からないまま放り出されて、俺は思っていた以上にいっぱいいっぱいだったらしい。だからなおさら二人の優しさが沁みて、俺はみっともなく泣いてしまった。

そんな俺が泣き止むまで、二人はそばに居てくれた。


それから、この世界に訳も分からず飛ばされてからの数日間。

俺はエモワとトワに言われた通り、薬草採取と街の雑用を中心に依頼を受けた。

どうやらここは剣と魔法の世界のようだけれど、俺には凄い能力なんてない。異世界という空間に驚いていた時間が終われば、俺に訪れたのは至極現実的な心配だった。

つまりお金である。

最初に着ていた制服を売ってしまったので、手元に残ったのはポケットに入れていたスマートフォンのみ。それも電池がなくなればただの板になってしまうだろう。

充電の減りを見る度に、だんだんと元の世界から遠のいているようで心細くなった。それでも働かなくては生活出来ない。悲しんでいる暇などないのだ。この歳になって親のありがたさを思い知る。

しかし、剣も魔法も使えないと、仕事が限られる。

それでも一瞬、自分を助けてくれた赤髪の人の姿が瞼の裏をよぎるのだ。

あんな風に格好よく戦えたら……。そんな願望が俺を毎朝ギルドの受付に向かわせた。どう考えても自分があんなにかっこよく戦えるはずはないのだが、憧れるだけなら別にいいだろう。

今日もいつも居るウサ耳獣人のお姉さんが出迎えてくれる。

「薬草採取ですね」

「はい、いつもこんなのばっかりですみません」

「謝ることないわ！　リョウさんが採ってきてくれる薬草はいつも丁寧に扱われてて、余計な草も混じってないので助かっています！」

そんな風に励まされ、少しだけ自信を付けて森に入る。

褒められたのが嬉しくて、今日はいつにも増して丁寧に薬草を採取した。

規定の数を束にして、それが十ほどできた頃には日が傾いていた。

今日はこれで終わりにしようと一歩踏み出した時、後ろから突然衝撃に襲われる。

「……っ!?」

森の中での衝撃だ。まさか魔物!?　とパニックになりかける俺にからかうような声がかかった。

「ダッサ……何パニクってんだよチビ」

「はぇ……っ!?」

慌てふためく俺の首に腕をまわして鼻で笑う人物。魔物ではないと安堵して振り返れば、赤髪の人がニヤニヤ笑いながら俺を見ていた。

「あ……」

見覚えのある人だった。金色の瞳は力強くも綺麗だ。

それに、忘れようもない赤髪。俺がこの世界にやってきた初日、魔物に喰われそうになっている所を助けてくれた冒険者だった。

「あの、あの時は……」

特徴的な赤髪をなびかせて颯爽と助けてくれた姿は今も忘れられない。

戦闘を終えると役目は終わったとばかりに去ってしまった姿すらクールでかっこよくて憧れた。

もう一度会いたい。会ってお礼が言いたい。

ずっとそう思っていたから、念願叶った俺はさっそくお礼を言おうとしたのだけれど――

「お前この歳でまーだガキの使いしてんだって？　ダッセーよなー」

「……はい？」

あまりにも分かりやすく馬鹿にされて、出かかった言葉が行き場を失う。

憧れの存在からのひどい言葉に唖然としていると、さらなる暴言が浴びせられた。

「まぁこんなヒョロヒョロのちんちくりんじゃ角《つの》ウサギにすら負けそうだもんなー。それで冒険者名乗るとか、同じ冒険者として恥だからさっさと辞めろよ」

わざとらしく顔を覗き込み、彼は嫌な笑いを浮かべる。

次第に腹が立ってきた。

いくら命の恩人だからって、あんまりな言いようじゃないか。

確かに俺は弱い。周りに比べて背も低いし魔物と戦うどころか喧嘩すらしたことがないから、他の冒険者に比べればヒョロヒョロかもしれない。しかし、しかしだ。

役には立たないかもしれないが迷惑もかけていない。

最初に助けてもらったのは有り難かったけど、ここまで言われる筋合いはないはずだ。

「なんとか言えよちんちくりーん」

俺の頭に腕を乗せて煽《あお》る彼に向かって、一瞬突風が吹いた。

彼の三角の茶色いフサフサな耳が揺れる。

そんな彼を、気合を入れて睨み、そして思う。

……三角お耳が可愛い。

「あー？　何睨んでんだチビ」

「……チビじゃない。リョウって名前があります」

こんな時なのについ出てしまった猫好きの性《さが》。

そう、彼は猫獣人だったのだ。ピコピコ動く耳が可愛すぎだろ。おまけにフサフサの長い尻尾まであるじゃないか。睨みつけているつもりだが、どうしても耳と尻尾に目が行ってしまう。

猫。それは魅惑の生き物。ずっと猫が大好きだった。俺が中学を卒業するころにお別れしてしまったけれど、猫と戯れるのが大好きで、他の家で飼われていた子にもよく話しかけていた。

ただ、高校に入ってからはいろんなことで忙しく、責任をもって世話ができないからと猫を飼えないままでいた。

――そんな矢先に、彼は現れたのだ。

ピンと立った三角お耳も、俺に興味津々ですと言いたげな瞳孔の細くなった瞳も、しなやかに動く尻尾もたまらない。

少しでいいから触れないかな――

「……お前なんかちんちくりんで充分だっての」

じっ、と見つめていると、猫獣人は俺の視線が気に入らなかったのか口をへの字にしてそっぽを向いてしまった。

「さっさと帰れよなチビ」

そう言うと彼は森の中へと進んでいく。猫獣人が離れると同時に、長い尻尾がスルリと俺の体を撫でていくのが少しだけ嬉しかった。

また会えるだろうか、と考えて、会いたいような会いたくないような複雑な心境におちいった。けれど、やっぱり助けてもらったのだから礼ぐらい言わなくてはいけない。また嫌味を言われるかもしれないが、次に見かけたら、いの一番に礼を言ってすぐに離れよう。

そう思っていたけれど、実際はそう上手く行かないものだ。

「よーうチビ。今日もガキの使いかよ」

「……ちゃんとした仕事だよ」

猫獣人と再会して数日。俺は未だに礼を言えていない。

礼を言う間もないほど、猫獣人は俺を目ざとく見つけては、誰よりも何よりも早く嫌味を言ってくるようになったからだ。

お気に入りなのかそれとも高さがちょうどいいのか、いつも俺の頭に顎や腕を乗せて小馬鹿にしてくる。

この手が肉球ならご褒美なのに、と思ったことも数知れない。

「お前このちっせーナイフしか持ってねえの？　さすがおこちゃまだな」

「薬草が採れればいいんだから問題ないだろ……それにエモワさんが譲ってくれた大切なナイフなんだから、馬鹿にするなよ」

「は？　お前ナイフも買えねーの？　やっぱり冒険者なんか辞めちまえよ」

「……魔物と戦うだけが冒険者の仕事じゃないだろ」

今日もまたチクチクと嫌味が降ってくる。

猫獣人の名はアムールというらしく、上級冒険者だと自慢していた。

そんな人物からしたら、魔物と戦わない俺なんて冒険者として認めたくないのかもしれない。

それでもギルドに魔物退治以外の依頼があるのは事実だ。

子供の冒険者だけでは手が回らないし、ベテラン冒険者は雑用の依頼なんて受けない。

だから雑用だけ受ける冒険者も需要はあるわけで、受付のお姉さんだって褒めてくれる。

そう思ってそっぽを向こうとすると、さらに頭の上に重みがかかる。

「まぁお前がどうしてもって言うなら、少しぐらい魔物退治手伝ってやってもいいけどー？」

「い、いいよ……俺は雑用とか薬草採取だけで」

「はっ、ダッセー」

どこまで本気なのかも分からないのでとりあえずお断りをしたら、アムールは鼻で笑って去っていった。

去り際、いつも長い尻尾が俺の体に絡んでいくのは少しだけ嬉しい。嫌味にダメージは受けるが、彼が猫獣人なのが救いだ。ダメージを受けた分だけ、尻尾や耳に癒やしてもらえる。

だが相手にするのは面倒くさいので出来れば関わりたくないのが本音である。

しかし俺の思いなどお構いなしにアムールと遭遇する頻度は増え、今ではほぼ毎日絡まれるようになっていた。


そんな日々からさらに数日。

午前中は依頼がなくて、俺はギルドの隅で椅子に腰掛けて手の中の物を眺めていた。

スマートフォン。手元に残った唯一の相棒。

しかしこの世界に電波なんてもちろん飛んでないので、使える機能は限られている。この世界に来た時点では、幸運なことに充電は満タンだったけど、それもそろそろ半分を切った。なるべく電源を切っているが、いつかは使えなくなるだろう。

それでも時折しげしげと眺めてしまうのは、何もかもが変わってしまった中で、これが唯一元の世界を思い出させてくれるものだからだ。子供のころに飼っていた猫の写真を眺め、よく使っていた機能を開いては昔を懐かしんでいた。

せめて自分に凄い能力でもあれば少しはこの世界も楽しめたのに……と神様に八つ当たりをしてしまう。

異世界に突然トリップしたというのに、なぜチート能力の一つでもくれなかったんだ神様。ラノベならお約束の筈だろう。

「おっすー、今日も役立たずは役立たずのままか?」

能力の一つでもくれていたらこんな嫌味もなかっただろうに。

「……今日は早いんだアムール」

この世界では異質なスマートフォンを慌ててポケットに戻し、うんざりした顔を猫獣人に向けた。

もし俺が小説の主人公のように凄い能力を持っていたなら、きっと今頃ばんばん活躍して「あの新人はいったい何者だ!?」ってなっていた事だろう。

「なになに、今日の依頼は街の溝の清掃?　ショボい依頼だなー」

少なくとも猫獣人から頭に顎を乗っけられて、小バカにされる日々は送っていなかったはずだ。

くそう、せっかくいつもより早めに来て会わないようにしたのに。感傷に浸らないでさっさと仕事に行っていれば良かったな。

八つ当たりのように、ポケットに入れたスマートフォンを握りしめる。

使える機能が限られた役に立たない相棒。まったく、自分の相棒にピッタリだ。

「何ぼーっとしてんだよ。どんくせーな」

「なーなー、何食ったらこんなにちんちくりんになんの？　参考にしないから教えて」

「あーあ、こんなちんちくりんと喋っててもなにも楽しくねーなー。逆にイライラするっつーか」

だったら話しかけるなよ。と何度思ったか分からない。

よくもまぁ、喋っても何も楽しくない相手にここまで話しかけられるものだ。

しかもなんか楽しそうだし。どこがイライラしてるんだ。イライラしてるのは俺だよ。

そのイライラを、彼の耳と尻尾を目で追うことで緩和させせながら嵐が去るのを待つ。

「それじゃ、俺はチビと違って忙しいからよ」

いつも通りの捨て台詞を吐いて、アムールが去っていく。

彼の背を見送ってから、スマートフォンを取り出して目を見開いた。

やばい、アプリを起動させっぱなしだった。電池がもったいない。

起動させていたのは飼い猫や近所の野良猫によく使って楽しんでいた猫語翻訳アプリ。最近は過去の翻訳履歴を見ながら懐かしい感傷に浸っていた。そんなアプリをまたゆっくり眺めようとした所で、違和感に気づいた。

「あれ？」

見覚えのない翻訳履歴が表示されている。

――かまって

——しあわせ！

——愛する人、聞こえてる？

——恋をしているの！

なんだこの熱烈な言葉は。飼い猫にすら言われたことないぞ。

画面をスクロールして履歴を遡《さかのぼ》ると、見覚えのある翻訳履歴が表れる。

と、いうことは、目の前に映るこれはたった今翻訳されたものだ。

しかし周りに猫なんて居ない——と思っていたら、ぴょこんと脳内に三角耳が現れた。

「——……アムールって猫だよな……」

いや、猫と猫獣人を一緒にするなんて失礼だろう。というかありえない。

仮にこのアプリで猫獣人の内心を翻訳出来たとしても、この翻訳はないだろ。

きっと誤作動したのだろうけれど、もしアムールの言葉を訳したのだとしたら面白いな。また
こっそりアプリを起動させてアムールに使ってみるのも面白いかもしれない。

その安易な考えが、後に俺を混乱の渦におとしいれるのだった。

＊＊＊

この世界で初めて猫語翻訳アプリを使った日から数日経った。

「おはようございますリョウさん。今日は指名依頼が出ていますよ」

「ホントですか？」

今や俺が受ける依頼は薬草採取が中心になっていた。今では稀に薬師から指名されることもある。せめて与えられた仕事を精一杯こなそう。そう思ってこの頃は薬草についての知識や採取方法も調べ始めた。図鑑を眺めて必死に覚えた薬草が見つかると、ちょっと嬉しい。

それに指名で依頼を受けられると、報酬を上乗せしてもらえるのでありがたいのだ。

依頼書をいつものように受け取ると、受付のお姉さんが微笑んだ。

「最近は聖女様のおかげで魔物は減ってるみたいだけど、気を付けてね」

「聖女様？」

つい聞き返すと、受付のお姉さんは「あら知らないの？」とウサ耳をピコピコ動かした。

「少し前にね、なんとこの街に聖女様が現れたそうなんですよ！　それから森なんかも随分安全になったって話なの」

「へー……、いつ現れたんですか？」

「二十日ほど前だから……ちょうどリョウさんがこの街に来られた頃ですね。リョウさんも慣れない街で忙しかったでしょうし、知らないのも無理ないわ」

「そうなんですか」

話を終え、受付のお姉さんに頭を下げてギルドを出る。聖女様の話は興味深いが、それより気になることがあった。俺はポケットに入れていたスマートフォンを取り出し画面を見る。

「……やっぱり訳されてない」

こっそり起動させていた猫語通訳アプリの通訳履歴は増えていない。

ウサ耳ではやっぱり猫語通訳には当てはまらないのか……と思っていた時だった。

「うっわ！　今日は朝から冒険者の殺潰しに会っちまったよ」

「……今日は、って……毎日会ってる気がするけど」

からかう声を受けて、俺は咄嗟にスマートフォンをポケットへ入れる。

振り向けば、やっぱりにやにやと笑う猫獣人がいた。

「まーたお花摘みかよ。女子供じゃあるまいし」

「……それは女性に失礼だよアムール」

「リョウの言う通りよね」

「トワさん！」

今から依頼を受けるのか、トワがエモワと共にこちらへとやってきてアムールを睨む。アムールはトワの姿を見ると、ニヤニヤしていた顔を不機嫌に歪めた。どうやらトワの事は苦手なようだ。

「女だって戦闘に携《たずさ》わってるわ。子供と一緒にされちゃ黙ってられないわね」

「ま、まぁまぁトワ……アムールも言葉の綾ってやつで――」

「エモワは黙ってて」

「うん……」

睨むトワ、面倒くさそうに頭を掻くアムール、とりあえず愛想笑いを浮かべるエモワ。

そんな三人の様子に冷や汗をかきつつ、俺はこっそりポケットの中を覗き見る。

「別にトワに言ったわけじゃねーじゃん。あーやだやだコレだから女は……」

――あっちいって
猫語翻訳アプリが反応していた。見た目通りの言葉にちょっと安堵する。

「やっぱり馬鹿にしてるんじゃない。昔は泣き虫猫ちゃんだったくせに随分偉くなったもんね」

――……

猫語翻訳アプリは反応していない。

「はぁ!? いつの話してんだよ! 昔のことをネチネチネチネチ……あと俺は猫じゃねえ! 獅子の獣人だっ!」

――怒ってるぞ!

猫語翻訳アプリが反応した。

「どう見ても猫でしょ。百歩譲っても山猫ね」

「いやいや、アムールは獅子だって。本人がそう言ってるんだし、な?」

「アナタがそうやって甘やかすから生意気な猫が調子に乗るんでしょ!」

――……

猫語翻訳アプリは反応しない。

「てめぇらいい加減にしろよ……っ」

――かかってこい! ケンカだ!

猫語翻訳アプリが反応し――

「――ああーっと、そう言えばまだエモワさんとトワさんにお礼してませんでしたよね⁉　今度ご飯でもごちそうしたいのですがご予定は！」

翻訳が物騒なものに変わってきたのを見て、俺は慌てて三人の会話に割り込む。

するとエモワとトワが一瞬きょとんとした顔になり、同時に噴き出した。

「ごめんなさいねリョウ。ついヒートアップしちゃった」

「すまないな。こんな所で喧嘩するつもりはないから安心してくれ」

――いや、アムールは喧嘩する気だったぞ。

俺の頭を撫でるエモワを見ながら、とりあえず喧嘩勃発を阻止できたことに安堵する。それから、別に喧嘩を止めるために誘ったわけではない、とアピールするように二人を見上げた。

「でも、本当に前からお礼がしたかったんです。空いてる日と、できたらお店を教えてもらえたら助かりますけど……」

「前にも言ったでしょ？　新人を助けるのはベテラン冒険者の義務よ。別にお礼なんて」

「でもそれじゃあ俺の気が済まないんです！」

これは絶対に譲らないぞと気合を入れて二人を見ると、エモワとトワは顔を見合わせてからにっこりと笑った。

「じゃあ、お言葉に甘えるとするか。今日の夜とかどうだ？」

「美味しいお店に連れていってあげるわ」

「分かりました！　依頼が終わったらギルドで待ってます」

何やら初めて両親にプレゼントを贈る子供を見るような微笑ましい視線を浴びているが、二人が楽しそうなので良しとしよう。

そして「また夜に」と声を交わして二人と別れた。すると、背後から不貞腐された声がかかる。

「……おいチビ」

振り返れば、不機嫌そうなアムールが尻尾を地面にたしたしと当てながらこっちを見つめていた。

そうだ、確かにそもそも俺を助けてくれたのってアムールだった。

いつもちょっかいを出してくるけれど、その恩は忘れちゃいけない。俺は慌てて身体の向きを反転させてアムールを見つめる。

「ごめん、アムール。アムールには今度お礼するからさ」

「……ふん」

すると不満たらたらな顔をしたアムールは踵《きびす》を返して去っていってしまった。

依頼を受けに来たんじゃないのだろうか。

そう思いつつ、一人になった俺は道の隅に寄って、スマートフォンを取り出す。

エモワやトワの言葉には反応せず、アムールの言葉だけ反応した猫語通訳アプリの画面がしっかりとそこには残っている。

やはりアムールが猫獣人だからなのだろうか。今日の訳はそれなりに合っていたように思える。

ちなみに最後の翻訳履歴は『こっちに来て』だった。うん、ごめんなアムール。

忙しくて相手をしてやれなかった時の不貞腐された飼い猫を思い出しながら、俺も薬草採取に向かった。

聖女様のおかげなのか今日も安全に依頼を終える。

この生活にもすっかり慣れてしまった。

受付のお姉さんに薬草を納品し、報酬を受け取って上機嫌で宿に戻ろうとしたところ、お決まりの声に呼び止められる。

「……調子に乗ってんなぁ、チビ」

そこには、不機嫌を隠そうともしないアムールが腕を組んで壁に寄りかかっていた。長い尻尾の先がテシテシと壁を叩いている。

口の悪い彼は周囲から恐れられているのかいつも一人だ。

俺はそんな彼を見て猫語翻訳アプリをこっそり起動させた。

「今日は何も依頼受けないの？」

「そんな毎日受けなくても金には困らねーからな。お前と違って」

「あっそぉ……」

いちいち嫌味を言わないと会話出来ないのか。そりゃ友達もいないよ、なんて思いつつ生返事をする。

しかし、俺には見えてしまった。ポケットの隙間からスマートフォンの画面が表示する文字。

――かまって

……寂しかったのアムール？

ちらっと見上げると、とてもそうは見えない様子でアムールがこちらを睨んでいる。俺はとりあえず当たり障りのない言葉を喉から絞り出した。

「あー……ところでアムールは何か俺に用だった？」

「は？　わざわざお前なんかに会いに来るわけないだろ。暇じゃねんだよ俺は」

――かまって
「そっか……えっと、じゃあ俺はエモワさん達と約束があるからまた今度な」

「……おい、お前薬草採るのだけは得意なんだろ？　他は役立たずでも」

――かまって
「ど、どうだろ？　受付のお姉さんはそう言ってくれてるけど……」

「明日ちょっと付き合えよ。飯の後に食ってた薬草がちょうどなくなりそうだからな」

――かまって
「つまり猫く……整腸薬の効果がある薬草が欲しいんだね。でも俺、アムールに付いていける自信ないし、どの薬草か教えてもらえれば俺一人で……」

「うっせぇな、お前を助けたのは俺だぞ。少しは俺の役に立とうとは思えねーのかよ。少しは考えろっての。いいか、俺はな――」

――かまって
――かまって

――かまって
――かまって
「分かった！　分かったから！」

壊れたように翻訳しだすアプリを閉じて、アムールを止める。

「明日！　明日一緒に依頼を受けてくれる？」

「……しょうがねぇな、そこまで言うならチビのおもりをしてやんよ。ありがたく思え」

「うん、ありがとうございます……」

不機嫌そうだった尻尾がピンと立つ。

俺の頭にのしりと腕を乗せたアムールは、どうやら機嫌がなおったらしい。

「えーっと……じゃあ明日の朝にここで待ってたらいい？」

「そうだな、遅れんなよチビ」

腕に絡む尻尾に癒やされながら返事をしたら、アムールは最後にぐりぐりと俺の頭に顔を押しつけて去っていった。

ほんとに嵐のような獣人だ。彼が猫獣人で良かった。そうでなかったら予測できない気まぐれな行動に振り回されてノイローゼになっていたかもしれない。猫獣人だから許すが。だって猫って気分屋な生き物だし。

とりあえず明日、猫草――もとい整腸用の薬草の採取を頑張ろうと気合を入れる。

……頑張らなければならないのはアムールの相手かもしれないけれど。

「じゃあ明日はアムールと行動するのか？」

「えぇ、なんかそういうことになりました」

約束通り俺は、トワとエモワおすすめの店に来ていた。注文した料理が並ぶテーブルを前にして、エモワが心配そうに言う。隣ではトワがため息を吐いた。

「アムールも困ったものね、後輩を好き勝手こき使って……今度またガツンと言ってやるわ」

「いえいえいえ！　アムールにも助けられた恩がありますし、そのお礼で行くだけですよ！」

アムールとトワはよっぽど相性が悪いらしい。次に言い合いになったら今度こそ喧嘩をしかねない。

俺は空になりかけたトワのグラスに酒を注ぎながら、慌てて話題を変えることにした。

「ええと、あのー、エモワさんとトワさんって恋人同士なんですか？」

二人はいつも共にあった。年頃も同じようだしただの仲間にしては仲睦まじい。

ちょっとなれなれしかったかな、と思ったけれど、その質問を聞いたトワは少し照れたように笑って言った。

「ふふ……私達はパートナーよ」

「パートナー……」

——仲間、相棒、共に何かを成し遂げるための相手。冒険者で背中を預け合える相手ってところだろうか。

「……なんか、かっこいいですね」

「そぉ？　元は幼なじみなんだけどね。エモワからどうしても～って言われて」

「いやトワの方がけっこう強引に来たぞ⁉」

「あら照れてるの？」

一緒に冒険しようって言い出したのがどちらかで揉めている姿さえ、なんだかとても楽しそうだ。

今俺が住んでいるのは月払いの宿屋で、もちろん一部屋だけのその場所には他の人なんていない。

その賑やかで楽しそうな様子が羨ましくて、思わず呟く。

「良いなー……パートナー……」

するとじゃれあっていた二人がすぐにこちらを向いた。

「リョウならすぐに見つかるさ」

「でも焦っちゃ駄目よ。この人だって思える人じゃなきゃ私許さないわ」

「なんでトワの許可がいるんだ」

そう言って、エモワがトワの肩を小突き、トワが微笑むのはやはり仲睦まじい。思ったことを言い合える気の置けない関係が羨ましかった。

なんにも特技のない俺だけど、いつか冒険者としてのパートナーができる日が来るだろうか。

俺がまだ見ぬパートナーに思いを馳せていると、トワがいつの間にかよく冷えた果実水を注文してくれていた。

「じゃあこれは私から。リョウと未来のパートナーを祝っての奢りよ」

「え、あ、ありがとうございます……」

つい受け取ってしまったが、なんだか妙に気恥ずかしい。まるで親から彼女を紹介しろと言われているようだ。それでもありがたく果実水を飲んでいたら、エモワがトワを小突いていた。

「なーにが奢りだ。今日は特別、果実水はサービスだろが」

「あらバレた？」

いたずらがバレても悪びれもせずに笑うトワは、もう酔っているようだ。

まぁトワが楽しそうならいいか、と俺も笑う。そしてまだ酔っていないエモワに尋ねた。

「特別って、今日は何かの記念日だったんですか？」

「記念日っていうか、噂の聖女様のお披露目が今日だったらしいぞ」

「へー……」

聖女。つい最近受付で話を聞いたばかりだが、意外と大事《おおごと》だったようだ。獣人がいて、魔法がある世界でも聖女は珍しいんだな、凄いな、と賑わう店内を見渡していると、トワがボソリと呟いた。

「聖女様かぁ……」

「トワさん？」

どこかぼんやりしているトワに、いよいよ酔いが回ったのだろうかと心配になる。しかしここでもエモワが代わりに返事をしてくれた。

「ああ、トワは聖女様ってのを夢物語みたいに思ってるみたいでな。もちろん俺も驚いているが」

「そうなんですか」

エモワ曰く、二人共——というかこの世界の人たちは子供の頃から聖女様の奇跡について物語のように聞かされていたらしい。

エモワは手元のエールを空けつつ、しみじみと呟いた。

「まさか自分が生きている内に、しかも自分が生活してる街に現れるなんて思わなかったな」

どうやら周囲も同じ気持ちらしく、耳をすませばあちらこちらで聖女の噂話が聞こえてくる。

なるほど、自分が気づかなかっただけで本当に大騒ぎになっているようだ。

「聖女様が現れる前に、教会のお偉いさんが神託を受けたらしいわよ」

「どんな神託ですか？」

「簡単よ。『森に聖女が現れる』って」

そこで半信半疑で森を探してみれば、不思議な服を着た女の子が一人で倒れていたのだそうだ。

それは確かにびっくりするだろうな、とぼんやり思いながら果実水を飲んでいると、エモワがこちらに顔を向けた。

「そう言えば、リョウも同じぐらいに見つかったよな」

「そうなんですか？」

急に話を振られ、目を丸くする。

「あー……そうだったわね。なんの装備もしてない子が一人で森に居るからびっくりしたわ」

「そうそう、おまけに世間知らずでなんか浮世離れしててほっとけなかったんだよな」

「あの……」

「魔物に食べられかけてるのにポケーッとしてるし。たまたま一緒になって喧嘩していたアムールが気づいたら助けてたのよ。生意気な猫獣人だけどそんな所は流石上級冒険者よね」

「あのトワさん……」

そこからは、なかなか拷問だった。

「でもなー、いざ助けてみたら、何も分からないって顔で途方に暮れてるし、地図を見せても首を傾げるばっかだしよ。仕方がないから街に連れていけば無駄にウロウロするばかりだし。見かねてまた捕まえたら、急に泣き出すし。……焦ったなーあん時は」

「あの……っ」

「傍から見たら子供をいじめる冒険者ね」

「言うなよ、けっこう周りの目が痛かったんだぞ」

「お手数おかけしましたっ!!」

黒歴史をこんな所で赤裸々に語られるとは思わず、俺はいたたまれなくてテーブルにぶつける勢いで頭を下げた。

トワはケラケラ笑い、エモワは俺の頭を撫でる。

完全に子ども扱いの手つきに、俺は慌てて話題を変えるように言った。

「それにしても、せ、聖女様ってどんな人なんですかね!」

「あーそうだな。リョウは知らないか。聖女様についてはいろんな記述があるんだ。ただ物語にはだいたい同じことが書かれてたな」

曰く、天から現れる聖女はこの地に不慣れで、右も左も分からないから助けるべし。そして浮世離れした神の使徒はその地に様々な奇跡を起こすだろう――と。

「――へぇ……本当に御伽噺《おとぎばなし》みたいですね」

「なんだか……」

「ん？」

そんな俺に、ボソリと届いたトワの呟き。

よく聞き取れなくてもう一度聞こうとしたが、トワはそのまま突っ伏して寝てしまった。

＊＊＊

翌日の朝、俺は早めにアムールとの約束の場所に向かった。いつも早めの行動を心がけているが、遅れるとうるさいだろうからさらに早くだ。

しかし待ち合わせ場所では仁王立ちしたアムールがすでに待ち受けていた。

「遅いぞチビ！　お前ごときが最強冒険者を待たせるとはいい度胸だな」

――私の大好きな人を探してる！

尻尾を地面にびたびた当てながら不機嫌そうな顔つきをしている姿とは明らかに矛盾した言葉がアプリに表示される。それをこっそり覗き見つつ、俺はごめんごめんとアムールに謝った。

するとふんっと言いながら、アムールの尻尾がゆらゆら揺れた。

昔飼っていた猫も俺が家に帰ってきた時に同じような訳が出たっけ。

そう思うと、だんだんアムールが可愛く見えてきたかもしれない。

飼い猫も普段はつんとそっぽを向いているばかりなのに、俺が帰ってくるとどこかから現れ足元にすり寄ってきた。座っていたら膝に乗られて動けなくなり、困りながらも嬉しさに身を震わせたこともあった。

もはや遠くなってしまった昔を懐かしみながら、俺はアムールと一緒に依頼の受付を済ませた。

俺は薬草採取、アムールは魔物の討伐依頼を受ける。どちらも同じ森で出来る依頼だ。

そして俺たちは並んで歩きながら森に——入らなかった。

「なにチンタラしてんだチビ！」

「ちょっと、待って、アムールが速すぎるんだよ……！」

前言撤回。可愛くない。やっぱり全然可愛くない。

身長も足の長さも違うのにアムールは一人でさっさと歩いていってしまうから、俺は常に小走りで付いていくしかない。

馬車に乗ろうって提案したのに、これぐらいの距離で甘えんなと怒られた。

だから朝からずっとアムールの後を付いて走る事になり、森に着く頃にはすでにバテていたのだ。

だから俺は、アムールに小脇に抱えられて森に入るはめになった。

「……なんで？」

「森の中でまでチンタラされたらたまんねーからな」

「待ってアムール、この体勢ちょっとキツ――ぎゃぁぁぁあ……っ！」

突然浮遊感に襲われたかと思えば小脇に抱えられ、アムールは次から次に木へ乗り移る。

嘘だろう？　俺、今空飛んでる？

地面を見下ろすと、驚くほど遠い。

固定されてない手足と予測できない動き。どこかに掴まりたくても掴まる場所がなくて、ただただ叫び声だけが虚しく森に響いた。このクソ猫めっっ！


「おい、お前なんにもしてないのになんでバテてんだよ」

「……っ」

吐きそうになり言葉も出せない俺の隣で、尻尾が揺れる。

流石に文句の一つでも言ってやろうと口を開くと、一気に吐き気がこみ上げてきて着地するなり地面に突っ伏した。

「お、おい！」

不意に温かい手が背中に伸びてきて、視線だけを上げる。

すると少し耳を垂れさせている姿が見えて、怒る気なんて失せてしまった。ホントにチョロいな俺って。でも三角お耳が可愛いから仕方ないよな。なんて納得しながら、俺は息を吸って吐くのを何度か繰り返し頭を上げた。

「……もう大丈夫。とりあえず薬草を探すよ。アムールはどうする？」

「俺は魔物の気配がしたら動く。そのうち出てくるだろ」

「え……っ」

当たり前のように言われた言葉にまた、吐きそうになった。

つまり今俺は、そのうち魔物が出てくるような場所にいるのか？

俺は思わずアムールの服を掴む。

「あのっ、アムール！　俺のそばにいてねっ！」

「は、はぁ!?　おま、ばっ、誰がチビなんかのっ、俺がなんでっ」

「お願いしますっ!!」

日頃ここまで深く森に入ったことなんてないのだ。今アムールとはぐれたら死ぬ。

アムールの気まぐれで俺の生死が決まると悟り、俺は彼に縋りつく。

「じゃ、じゃあお前がちゃんと俺のそばに居ればいいだろ……！」

「そうする！」

そっぽを向いたアムールの耳は忙しなく動き、尻尾はピンと直立不動だ。

どんな感情か知らないがこれはこれで可愛い。俺は気を取り直し、アムールがどこかに行ってしまわないように確認しながら薬草採取を始めた。

初めて入った森の奥では、森の入り口付近より多くの薬草が見つかる。これならすぐに依頼を達成できそうだ。

予想以上に大収穫になりそうでウキウキと採取をする。隣にアムールの気配があるのに慣れてきて、採取に集中し始めた、そんな時だった。

「……なぁ」

ずっと黙っていたアムールが話しかけてきたのだ。

「何？」

「お前、なんで冒険者続けてんだ？」

アムールの言葉に、またいつもの嫌味が始まった、とため息を吐きそうになる。

しかし振り返ると、アムールの目はいつもの馬鹿にしたような色をしていない。

どうやら今日は、本気で疑問に思っているようだと悟る。

「お前どう考えても冒険者向いてないだろ。弱えし、ビビリだし……」

「まぁ……うん」

「薬師のオヤジから助手として働かないかって言われてんだろ。そっちの方が向いてんじゃねーの」

「アムール知ってたんだ……」

「た、たまたまなっ！」

アムールの言う通り、実はいつも指名依頼をしてくれる薬師のオヤジさんから勧誘を受けていた。

確かに戦闘なんて出来ないし、ちょっとしたことですぐに驚いてしまう。

認めたくないがまったくもってアムールの言う通り、冒険者には向いていないのだろう。

それでも冒険者を続ける理由、それは……

「だってさ……かっこいいじゃん……」

「は？」

「だから、冒険者！　かっこいいじゃんかっ！」

自分でも馬鹿らしいと分かってる。だから言いづらくて、誤魔化すように呟いたら聞き返されてしまい、ヤケになって叫ぶ。

案の定、アムールは少し驚いた顔をした後に呆れ顔に変わった。

「おま……そんな理由かよ……」

分かってる、分かってるさ。そんな理由で自分に合っていない仕事を続けるなんて馬鹿げてるって。

それでも、どうしても忘れられないんだ。

「……かっこよかったんだよ……初めて見た冒険者がさ……」

「……は？」

「俺を助けてくれた冒険者がすっごくかっこよく見えて……ちょっと憧れちゃったんだよ！」

初めて見た冒険者。魔物に喰われかけているのに呆然として身動き一つ取れなかった俺を、颯爽と助けてくれた人。

無駄な動き一つなく戦う様に、死にかけている状況だということも忘れて見惚れてしまった。

つまり俺は――

「……へぇ、かっこよかったのかよ……俺が」

目の前でモフモフの三角耳がぴょこりと動く。

そう、俺はアムールに憧れてしまったんだ。自分では絶対に彼のようにはなれないと分かっているが、もう少しだけ憧れた冒険者の肩書を持っていたい。

そう思う程には、あの時のアムールはかっこよかったのだ。

しかし本当は、アムール本人には話したくなかった。

だってこの話をしたら絶対に調子に乗るし。さらに馬鹿にされたら、いい加減心が折れてしまいそうだし……

そう思いながら横目で恐る恐る隣を覗き見たのだけれど。

「……アムール？」

予想に反して、アムールはそっぽを向いて黙りこんでいた。思いっきり馬鹿にされると思ったのだが、口元を手で覆って何も話さない。

心なしか顔が赤いし、なぜか視線を不自然にさまよわせている。

よく分からないけど、馬鹿にされるよりは良いか。

そう思って、俺はアムールが静かなうちに薬草採取に勤《いそ》しむことにした。

しばらく時間が経って、薬草とアムールのための猫草を摘み終わり、籠の中に順番に並べていく。

魔物が出ると言っていたからしばらくドキドキしていたけど、そんな気配は一つもない。

むしろ緊張感と集中力が程よくあったせいか、いつもよりも早く薬草を回収できた気がする。

ただ、魔物が出てきていないということは、アムールの依頼が達成できていないということで。

「アムールの依頼は良いの？」

「……そのうち狩るからいい」

聞くと、静かだったアムールがこちらを向く。

まだちょっぴり頬が赤い。大丈夫かな。近くに魔物がいるなら教えてほしいけど、今は尻尾も揺れているから大丈夫なんだろうか。

そう言えば、魔物が少ないのは聖女様のおかげかな。だとしたらとてもありがたい。帰ったら拝んでおこう、どこに居るのかは知らないが。

そんなことを思いながら目についた濃い青の花を摘んで眺めていたら、アムールから小言が降ってきた。

「なに花とか摘んでんだ」

「別に花が好きなわけじゃないよ。色が好きだったから」

「薬草は？」

「終わった」

「俺のは？」

そう言って籠を掲げるとアムールが近寄ってきて、籠を覗き込む。

「これ。猫草……じゃなくて整腸草も集めたよ」

「今猫草って言わなかったか」

「言ってない言ってない」

腰を落としてこっちを睨むアムールに対して、全力でしらを切る。

猫扱いしたと知ったら絶対怒るもんな。しかし地面をペシペシ叩く尻尾が可愛い。

この頃、疲れているせいかアムールが完全に猫に見える。もうちょっと優しくしてくれるか、もふらせてくれたらいいのにな……なんて思いながら、視線を尻尾に向けていると、アムールが俺を立ち上がらせるように腕を引いた。

「……終わったならさっさと帰るぞ。早くバッグにしまえよ」

「え？　バッグに入れたら薬草が痛むだろ？　第一こんな小さなバッグに入らないよ」

「は？」

アムールが変な事を言い出した。俺が今身に着けているのは、ギルドで購入したウエストポーチぐらいのバッグだ。こんな小さなバッグに薬草を入れたら茎や葉が潰れてしまうだろう。それで品質が落ちてしまったら勿体ない。

俺みたいな薬草採集がメインの冒険者にとってはそういう細かいところも大事なんだぞ。そう言おうとしたところ、アムールが怪訝な顔をしたので俺は首を傾げる。

しばらくお互い何を言ってるんだって顔をしている中で、アムールが口を開いた。

「お前……マジックバッグも持ってねーのかよ」

「マジックバッグ？」

聞き返せば、アムールはさらに怪訝な顔をして説明してくれた。なんでもマジックバッグには、ほぼ無限に物を入れられるらしい。

そんな凄い道具があったのかと、俺は目を瞬かせる。

すると溜息を吐いたアムールが、自分の腰に付けていたポーチを外して俺のほうに投げ渡した。

「仕方ねぇな。今日はこれ使え」

言われて、恐る恐るポーチを開く。たぶん話の流れからこれがマジックバッグなのだろう。それに言われた通り薬草を入れていくと、今まで自分が摘んだ分がどんどん収納されていく。

なんて便利なんだ。俺も街に戻ったら絶対に買おう。

そう決心していたら、アムールから首根っこを掴まれて焦った。

「待ってアムール！　まさかまた俺を脇に抱えて森を出るつもり!?」

「お前に合わせてたら日が暮れるだろ」

「そ、そうだけど……じゃあせめて俺がアムールに掴まれるようにしてよ！　あれは嫌だ！」

「ンだよ、しょうがねぇな軟弱なチビは……」

舌打ちしながらも、アムールは俺の要望を聞き入れてくれたらしい。

その様子に安堵するも、それはすぐに打ち砕かれた。

……いや言ったよ。確かにアムールに掴まれるようにしてって言ったのは俺だよ。だけど……

「あ、あのさアムール……この格好はちょっと……」

「うっせぇな！　お前がわがまま言ったんだろが、しっかり掴まってろ！」

……今度はなんで横抱きなんだ。

お姫様抱っこの状態で、抱えられている自分に引きつり笑いが出てしまう。下から見上げるとアムールは口をへの字に結んで顔を赤くしていた。やっぱりアムールも恥ずかしいんじゃないか。

「ねぇアムール、やっぱり背中に乗ろうか？」

「うッせぇ！　つべこべ言ってると落とすぞっ！」

「ひっ……！」

落とすぞの言葉で俺の体に力が入る。アムールならホントに落とすかもしれないじゃないか。

俺がまた強くしがみついたらアムールの腕の力も強くなった気がした。

「い、良いか、絶対に離すなよ……」

「大丈夫！　何がなんでも絶対に離さないから！」

離したら死ぬのだ、離すもんか。そしてもう二度とアムールと依頼なんか受けるもんか。

アムールが地を蹴る。そして再び襲う浮遊感。

さらに強くアムールにしがみつけば、アムールの尻尾がブワッと広がる。

ごめんアムール、男から抱きつかれて気持ち悪いよな。けれど俺も必死なんだから今回は許してほしい！

くっつけた体から伝わってくるアムールの鼓動はずいぶん大きくて速い。

「ほら見ろ。ワイバーンの群れだ！」

「……っ！」

なぜか楽しそうにはしゃぐアムールだが、そんなもん見てる余裕あるか。

何がお前をそんなにハイテンションにさせるんだ。退屈な俺のおもりから解放されるからか？

なぜだか行きよりハイテンションのアムールに、俺の思考は叫び声と共にアムールの胸に消えた。

「…………生きてるかー？」

「……っ、……っ！」

今俺に話しかけるな！

せり上がってきそうな胃袋の中身を抑え込みながら、俺は地面にへたり込んだ。

やっと下ろしてもらえたのは、森の外。俺がいつも薬草を取りに来ているあたりだった。

見慣れた光景にここは安心だと気が抜け、俺は三度地面と友達になった。

「や……薬草……ちょうだい」

アムールにマジックバッグから出してもらった籠の中を漁る。

オレンジ色の薬草は確か三半規管の異常を治す効果があったはず。本当はエキスを抽出して薬を作るらしいがそのまま食べても効果はあるだろう。

そう思い一番小さな葉を口に含むと、とんでもない苦みが口の中に広がる。

「……にがっ」

なるほど、わざわざ薬にするのは苦みを抑えるためか。

なんとかかんとか飲み込み、しばらくすると、だんだん気分がスッキリしてくる。涙目で空を見上げると、綺麗な赤色だった。アムールの毛の色そっくり。

「あー……死ぬかと思った……」

「草むしりしかしてねーだろお前」

「薬草採取！」

そう叫びながら投げるように彼の分の猫草、もとい整腸草を渡す。

それから集めた薬草の整理をして立ち上がると、アムールが渡した薬草をしげしげと眺めている。

「どうかした？　もしかしてその薬草じゃなかった？」

まさか薬草に何か不備があったのだろうか。

そう思って尋ねてみると、アムールは変な顔をして首を傾げた。

「お前これに何した？」

「何って？　俺は何もしてないと思うよ」

「ふーん……」

何か納得いってなさそうに薬草を見つめるアムール。その隙に俺は乗合馬車を止める。

それに気づいたアムールが「こんな短距離で……」とぶつぶつ言っていたが、俺には歩いて帰る体力も気力もない。

街に着くと、俺達はここで別れた。

やっと穏やかな日常に戻れる……と、伸びをする俺に、アムールが不穏な言葉を吐いた。

「じゃあ明日も遅れるなよチビ」

「んー、ん？　……どういうこと？」

明日？　遅れるな？　何を言っているのか全然分からないのだが。

「はぁ？　そのまんまの意味だろが」

分からん！　何を考えているんだこの猫獣人は⁉

混乱する頭で、そうだ、そういう時こそ猫語翻訳アプリだ、と思いつく。慌ててズボンのポケットの奥深くに入れていたスマートフォンを起動させ、アムールの動きを待った。

「遅れんじゃねぇぞ！」

——愛する人、私を探しに来て！

余計分からないけど⁉

表示される文字にさらに混乱していたら、その間にアムールは去ってしまう。

何故か明日もアムールと森に行くことになってしまった事実と、意味不明な翻訳に唖然とし、俺はしばらく街中で立ちつくす事になった。

ちなみに、マジックバッグは初級冒険者ごときが買える代物ではなかった。アムールは持ってて当たり前のような口振りだったが、上級冒険者と一緒にしないでもらいたいものだ……

第二章　猫獣人と『パートナー』になった

「おっそい！」

「だからアムールが早すぎるんだってば！」

今日も今日とてアムールから怒られる。

毎日来る時間を早めているというのに、この猫獣人は、いったいいつから待ち合わせ場所に来てるのだろう。

アムールと依頼を受けるようになって早五日。俺はなぜか全然ランクの違う上級冒険者と依頼を受け続けていた。

今日も遅刻を咎められつつ、アムールの尻尾は揺れている。

「よし行くぞ」

「馬車でね」

「甘えん――」

「ばーしゃーでー!」

「……」

この頃になると、俺もだんだんアムールの扱いにも慣れてきた。

俺は、黙り込んでこっちをジト目で睨むアムールの手を引いて馬車乗り場へ向かう。

自分勝手で俺の意見なんか聞かない奴だと思っていたが、ゴリ押しすればわりとこっちの言うことを聞いてくれるのだ。だが、俺と一緒に依頼を受けるという摩訶不思議な現状は変えてくれそうになかった。アムールも一人の方が動きやすいだろうに。

そこだけはアムールの意図が分からず、俺は馬車の座席でむっつり外を見つめている姿を横目に見つめた。

「今日は湖のトコ行くぞ」

「分かった」

森の外で馬車から降りると、古い地図で湖の位置を確認する。いつも行っている場所より深い位置にあるけれど魔物の討伐になると場所が限られるのだろう。

本当は危なくない近場で採取したいのだが、薬草は割とどこででも採取できるし俺が合わせるしかないのだ。

「しっかりつかまってろよチビ」

「……毎回言うけどこの体勢じゃなきゃ駄目？」

当たり前のように横抱きに抱えられて、俺はアムールの首にしがみつきながら問う。

答える前にアムールが踏み込んだのが分かったので、俺は口を閉じてアムールの胸に顔を埋《うず》めた。

グンッと重力がかかったかと思えばすぐにいつもの浮遊感が襲う。ただ、俺もたいがいに慣れてきたようだ。目的地に着く頃には、多少くらくらしているものの、吐き気を催すことはなかった。

地面に転がることなく、うんと伸びをしてから俺は息を呑んだ。

「うっわ……綺麗な湖だね」

「見慣れてるから知らねぇ」

アムールの憎まれ口は無視して、俺は目の前の湖に目を凝らした。

湖の大きさは通っていた学校の運動場ぐらいありそうだ。水は透き通り、木漏れ日を受けてきらめいていた。しかも湖のほとりには水晶のような鉱物が生えていて、光を受けると虹色に輝いている。

「凄い……」

日本では見られないような幻想的な風景に感嘆の声を上げ、俺はしばらく見惚れてしまった。だから、そんな俺を隣でじっと見つめるアムールには気づかなかった。

たしっ、と地面に何かが擦れる音がして、意識が戻ってくる。

「……あ、ごめん！　ボーっとしてた」

振り向くと、意外と近くにアムールの顔があった。金色の瞳の中に自分が映っていて、思わず一歩下がる。

「……お前がボーッとしてんのはいつもの事だろ」

するとアムールは俺の頭を小突いて離れていく。小突かれた所を掻きながら、俺は七色に輝く鉱石に近づいた。

「凄いなこれ、なんで誰も取らないの？」

「魔力のこもってない石なんてただのガラクタだろ」

「えーっ、こんなに綺麗なのに……」

誰もいらないなら俺が、と手を伸ばすが、押しても引いてもびくともしない。

しばらく格闘したが、手元には金槌はおろか短剣すらない。

自分では歯が立たないと悟り、悲しい気持ちで諦めた。

「石拾いもできねぇのか。よえー」

「……じゃあアムールが取ってよ」

「なんで俺がチビのために動かないといけないんだ」

あーもー可愛くない。とはいえ、ぴょこぴょこ揺れる猫耳はやっぱり眼福だ。

俺は気を取り直しそもそもの目的である薬草採取へと向かった。

すると水場が近いからか、珍しい薬草が生えていてちょっと嬉しくなった。俺はさっそく地面に膝をついて、薬草に余計な傷が付かないよう、慎重に採取していった。

「おい、俺の薬草もちゃんと採れよ」

「採ってる採ってる。ここ、質のいいやつがたくさんあるよ」

いつの間にか隣に来ていたアムールが言うから、俺は笑顔で返事をする。

欲しいと思っていた薬草もたくさん生えていて、これなら薬師のオヤジさんも喜ぶだろう。

俺は鼻歌を歌いながら籠をいっぱいにしていく。たくさん採ってもアムールがマジックバッグに入れてくれるから、遠慮なく採れてありがたい。

アムールと一緒だと森の深くまで入れるから採れる薬草の種類も豊富だし、採りに来る人が少ないからか採れる量も多い。

最初は戸惑ったが、アムールとの依頼は俺にとっては良い事しかなかった。

それに、心配していた魔物との遭遇も、食われかけたあの日以降は一度もない。

これはもう魔物なんていないんじゃないかな。

なんて、フラグを立ててしまったのがいけなかったのかもしれない。

「……来たな」

「何が？」

ほくほくとした気持ちでバッグに薬草を収めていると、隣に居たアムールが突然立ち上がる。焦げ茶色の耳を忙しなく動かすアムール。

その動きに首を傾げ、一緒に立ち上がろうとすると手で制されてしまう。

「ひぇっ⁉」

その数秒後、俺の口から情けない声がもれる。

アムールの視線の先から、猪のような魔物が姿を現したのだ。

俺が知っている猪より数倍大きい。大きな牙が陽光を受けて輝き、まるで今にも突っ込んでこようとしているように蹄《ひづめ》が地面を掻く。それだけで地響きが鳴った。

「ひっ……！」

「やっと来たか」

腰を抜かして声にならない悲鳴を上げた俺とは対照的に、アムールはニヤリと笑う。

獲物をとらえた金の瞳は、瞳孔を細くしてギラギラ輝いていた。

「チビはそこで黙って見てろよ」

そう言ってアムールは地を蹴った。

——言われなくても参戦なんかするもんか！

俺は大きな木の陰に移動してしゃがみ込み、目をつぶって耳を塞いだ。

それでも感じる戦闘の気配。耳を塞いでも聞こえてしまう魔物の断末魔。震える体に、自分は冒険者には向いていないと、改めて突き付けられる。

やっぱり、冒険者ならあれぐらい倒せないといけないのかな……。いや、っていうか、アムールが怪我したら俺が助けないとじゃ……

出来るだろうか、と不安を募らせていたら、地鳴りのように低い声が後ろからかかった。

「……おいクソチビ……」

驚いて恐る恐る顔を上げれば、なぜか不機嫌そうな顔のアムールが俺を見下ろしていた。戦闘はあっという間に終わったらしい。

「け、怪我とかしてない!?」

「見りゃ分かるだろ……まぁ見てなかったみたいだけどな」

「まぁ隠れてたから……」

「バッカなのかお前っ！」

「え、えぇ……っ!?」

返り血すら浴びていないアムールは、俺の心配など不要なぐらい簡単に魔物を倒したのだと分かる。

その姿に安堵したが、快勝のはずなのになんで怒っているんだろう。

「あーもーっ、やっと魔物が出てきたってのに！　あんな魔物一匹に隠れるなっての！」

分からない。なぜここまで怒っているのか分からないから、こんな時の翻訳アプリである。

怒るアムールに気づかれないようアプリを起動する。

「ちゃんと見とけっつったろうが！」

――なでなでして
………いや、これは誤訳だろう。

今にも怒って引っかいてきそうなアムールと、アプリの画面を二度見する。

これを真に受けようものなら、噛み殺されるかもしれない。

しかし、そう思いつつアムールを見ると俺に怒鳴りながらも耳が少し後ろに倒れていた。

この耳の形は見覚えがある。飼い猫が撫でてほしい時にする仕草だ。

……いや、いやいやいや、撫でたら怒られるって。なんか期待に満ちた目でこっちを見ているように見えるけど、気のせいだって。

そう思いながらも猫好きの右手がうずいてしまって、俺はアムールを見つめながら言ってみる。

「あのさアムール、ちょっと屈《かが》んでくれる？」

「はぁ？　なんで俺が……」

ぶつぶつ言いながらも屈《かが》む、というより頭を俺に向けるアムール。妙に従順な仕草に、きゅんと胸が締めつけられる。

分かった、分かったよ、撫でれば良いんだろ。頼むから怒って噛むなよ。

そう思いながらアムールの頭に手を乗せると、ピクリと反応したがアムールは怒らなかった。

ふ、フワフワだ……。それが嬉しくて、ちょっと癖のある赤い髪を後ろに梳《す》くように撫でると、アムールは黙って撫でられたままでいる。

ゆっくり手を動かし続けると、長い尻尾がふよふよと揺れた。

「あの、魔物倒してくれてありがとなアムール……」

「……見てねぇくせに……」

「ご、ごめん……？」

先程よりは機嫌がなおったみたいだが、まだちょっと不貞腐されたような声。

これはもしかしてだけれど、戦ってる所を見てほしかった？

そして、ひょっとしてたけどさ、褒めてほしかった……とか？

そう考えると、なんだかアムールがとてつもなく可愛く見えた。

そっかー、獲物を狩るところを見て褒めてほしかったのかー。ますます飼い猫そっくりだな。

上級冒険者ともなると戦うのが当たり前になって、誰も褒めてくれなくなるのかな。

「ふふ……」

なんだか楽しいな、と思う。

アムールと居ると自分勝手な行動に振り回されるし疲れるけど、わりと楽しいかもしれない。

もうなんだかんだ五日間も一緒にいるのだから、なんとなくこれからも一緒にいるような気がしていた。

ふと、エモワとトワの姿が脳裏に浮かぶ。

ほとんど毎日、一緒に冒険をして背中を預けられる相手。俺はまだ底辺冒険者だし、薬草を摘むしか能がないけれど、いつか――

「……何笑ってんだよ……」

アムールが髪の隙間から睨むが、撫でられる体勢はやめないのでまったく怖くない。

だから俺は笑ったまま、今の思いを素直に告げた。

「いや別に、ただアムールとパートナーになったら楽しいだろうなって思っただけ」

「……っっ!⁉?」

「うわっ!」

するとご機嫌に揺れていたアムールの尻尾が、突然ボンッ、と、太くなった。

「え、え……アムール?」

尻尾と耳の毛を逆立て、アムールが壊れたロボットみたいに不自然な動きで俺を見つめる。

「おまっ……それ、どういう……っ」

顔を上げたアムールの感情がよく分からない。尻尾はものすごく驚いているように膨らんでるけど、顔を真っ赤にして唇をわなわな震わせる様子は、怒っているようにも驚いているようにも喜んでいるようにも見えたからだ。

でも、たぶん、怒ってるよな?

「ご、ごめんごめん!　冗談だからっ!」

「はぁっ⁉　冗談とかふざけんなチビッ!」

咄嗟に謝ったら、今度はもっと分かりやすく怒りだした。

なんだよ、じゃあどうすればいいんだよ。

「いやあの、冗談っていうかアムールとパートナーになったら楽しそうって思ったのはホントだよ⁉　ただアムールも迷惑だろうし本気にしなくていいよって意味で……」

「お、お前がどうしてもって言うなら……っ」

何がアムールの逆鱗になっているのか分からなかったので、もごもご言い訳していたら、アムールもなんだかもごもご言い出した。その言葉に慌てて首を振る。

「いや別にどうしてもってほどでは――」

「あぁっ⁉」

「どうしてもなってほしいです」

「そこまで言うならしょうがねぇな！」

恫喝《どうかつ》されて思わず頭を下げると、アムールのキョロキョロしていた耳がピンと立つ。

頭を上げ腕を組みながら、フンフンと鼻息荒く発するアムールの声は、なんだか勝ち誇ったように楽しそうだ。

「いいか！　しょうがなくだからな！　お前がどうしてもって言うから俺は嫌だけどしょうがなくお前と、パ、パートナーになってやるんだ！　ありがたく思えよっ！」

口調は怒っているようだが、金の瞳はキラキラ輝いていてやっぱり感情がつかめない。

アプリの画面を見ようとしたけれど、アムールの眼がばっちり俺のほうを向いていたから触ることが出来なかった。

でも、アムールの尻尾はまっすぐ立ち上がり、あまりにも嬉しそうに目が輝いている。

「うん、ありがとう」

だからそうやって頷くと、アムールはとても満足そうに鼻を鳴らして胸を張った。

どうやら俺の対応は間違っていなかったようだ。

「よし！　帰るぞ！」

「うん」

倒した魔物を解体し、マジックバッグにしまったアムールが声高らかに言う。

とても上機嫌に見えるが、本当にアムールは良かったのだろうか。

俺とアムールでは冒険者としてのランクが違いすぎる。

俺は一人では入れない森の奥に行けて、アムールに守ってもらいながら薬草採取ができる。しかも採った物はアムールのマジックバッグに入れてもらえるしで、利点しかない。

しかしアムールにとって俺はお荷物だろう。自分で言ってて情けないけど、俺とパートナーになった所でいいことなんてないはずだ。

「ねぇ、アムール」

「なんだよチビ」

「あのー………やっぱりいいや……」

「はぁ？　なんだっての」

まだ三角耳がピンと立っているアムールの眼のきらめきを見ると、「本当に俺でいいのか」なんて訊くのは申し訳なくて、俺は口を閉ざした。

代わりに、起動しっぱなしだったスマートフォンを確認してみる。

ずっとアムールの声を訳してくれていたアプリの履歴。

――とても動揺している
の後は、壊れたように同じ言葉が続いていた。

――しあわせ！

――しあわせ！

――しあわせ！

うん。とりあえずアムールも嫌がっているわけではなさそうだ。

乗合馬車に並んで座ると、今日はいつにも増してアムールの尻尾が俺の体に巻きついてきた。

街に着くと、今日はアムールもギルドに付いてきた。魔物を討伐したから報酬と引き換える必要があるのだろう。いまだに絡んでいた尻尾が俺の身体をするりと撫でて、アムールがバッグ片手に受付に向かう。

それからこっちを振り返って、彼は俺に指を突き付けた。

「俺は草むしりのお前と違って時間がかかるからちゃんと待ってろよ」

「だから草むしりじゃなくて薬草採取だって」

「待ってろよ！」

「分かったって」

そんな会話をしてそれぞれ受付に行ったが、よく考えれば俺がアムールを待つ理由ってなんだ。特にこれから約束があるわけじゃないし先に帰っても……相当怒られそうだ。

大人しく待とう、と思いながら事前にアムールのバッグから出した籠を受付のお姉さんに見せる。

「最近は大収穫ね！　しかもどれも質がいいし珍しい薬草まであるわ！」

今日も褒めてくれる優しい笑顔に癒やされながら、照れ笑いを浮かべて礼を言う。

「アムールのおかげです。ずいぶん助けられているので……」

いつもと変わらない世間話のつもりでそう言うと、何故か受付のお姉さんは難しい表情になった。

「アムールって……あのアムールさん？」

「どのアムールさんか分かりませんが、猫みたいな耳と尻尾が生えた獣人のアムールです。赤髪の」

「……あのアムールさんね……」

なんだろうと思っていたら急に顔を寄せられて、ちょっとドキッとする。

「えっ、あの……」

「リョウさん……大丈夫？」

「へ？」

突然の言葉。なんのことだと思っていたら、受付のお姉さんはさらに言葉を続けた。

「無茶なこと言われたりしてない？」

「アムールから？」

「あの人、腕は確かだけど性格がアレでしょ？　だからなかなか他の人は行動したがらないの。リョウさん何か無茶を強《し》いられてるんじゃない？」

　こそこそと小声で言われる言葉に、一瞬迷った。

　そんなの、日常茶飯事だ。なんなら無茶なことしかされてない気がする。でもアムールは、実のところそこそこ優しい。今日、アムールを撫でたけど怒られませんでした、なんて言ったら驚くだろうなと思いながら、俺はへらりと笑みを作った。

「そんな悪い奴じゃないですよ。強いし、頼りにしてます」

「……そう」

　しかし俺の返答にお姉さんはきゅっと眉間に皺を寄せた。いまいち納得いってなさそうな様子に不安になったけれど、それ以上の追及はせず、お姉さんは俺にそっと囁いた。

「何かあったらいつでも相談してね。冒険者同士の問題も、ギルドが手助け出来ることがあるから」

「はい、ありがとうございます」

　お礼を言いながらも、ざらっとした気持ちになった。

　アムールは上級冒険者のはずなのにあまり信用されてないようだ。

　あんな態度だけど、実は人懐っこいのに。

　とはいえ、それはアプリのおかげかもしれないし、もしかしたら俺が猫好きの贔屓目で見てしまっているのかもしれない。

でも、と俺は今日のことを思いだした。パートナーと聞いて顔を真っ赤にして、目を輝かせた姿だったり、しれっと俺を守ってくれたり。アムールは案外可愛い性格をしていると思う。

そんなことを思いながら報酬を受け取ると初期の頃より少しだけ重たい。前より稼げるようになったのだと実感し、嬉しくなった。これだってアムールのおかげなのだ。

預金の出来る受付に行き、半分ほど預けてからギルドの広間に置かれた椅子の一席に腰かけて、アムールを待つことにした。

少しもやもやが残る中で、なんとなく周りの冒険者達を観察する。

行き交う冒険者はみんな背が高くて強そうだ。女性でも立派な武器を持っていて、戦い慣れてそうな雰囲気を醸しだす。それに比べて自分は……

「キミ、どうした？　迷子か？」

「……いいえ、違います」

そんな事を考えていたら、大剣を持った男の冒険者が俺に話しかけてきた。俺は慌てて首を振る。

その目は同業者を見る目じゃない。迷い込んだ子供を見るような生暖かい視線につい唇を尖らせると、彼は一瞬目を見開いてからにこやかな笑みを浮かべた。

「すまない。突然失礼だったね。……ここに座っても？」

そう言って、男は暇だったのか俺の向かいに座る。

そして色々と話しかけてくるものだから、俺もポツポツと自分のことを話したりした。

「――へぇ、リョウくんはもう成人しているんだな。しかし薬草採取だけで生計は成り立つのかい？」

「贅沢しなければ大丈夫ですよ。たまに指名依頼ももらえるし、なんとかなってます」

「そうか……」

俺に話しかけてきた冒険者はマーロと名乗った。アムールほどではないが長身だ。

金髪の髪はサラサラで、左耳の下あたりで一つに束ねている。少し垂れた目元には泣きぼくろまであって、そのイケメンっぷりについつい恨めしく見てしまう。マーロは何も悪くないのだが。

マーロは俺が薬草採取で生計を立てていると知ると、とても心配してくれた。

そんな彼に大丈夫だと微笑むと、なぜかマーロは俺の手を握って真剣なまなざしをこちらに向けた。

「なんなら私が養ってやろうか？」

「はい？」

いたって真面目な顔で言われたが、俺は冗談にしか聞こえなくて笑いそうになる。

しかしマーロは真剣な顔を崩さないまま話を続けた。

「これでも冒険者としてそれなりの地位がある。リョウくん一人養うぐらいどうってことない」

強く握られた手。強い眼差し。これは、おちょくってるわけではなさそうだ。

ほとんど見ず知らずの人間にこうして言ってくれる彼はとてもいい人なんだろう。

でも、その時、ちょっとだけ反発心が湧き上がった。

確かにこの世界に来るまで、俺は両親から養ってもらっていた。

でも、今生きているこの世界は十五歳で成人とみなされる。俺より若い人達が当たり前に自立しているのだ。

俺は笑みを取り繕って、彼の手をそっと放す。

「……ありがたい話ですけど、遠慮します。俺もちゃんと自分の力で食っていきたいですし」

今更誰かを頼るなんて情けない。まだまだ新米でなんの取り柄もない俺は、いろんな人に助けてもらってなんとか生活出来ている。

でもいつかは、助けてくれた人たちに胸を張って恩返しがしたいのだ。だったら出来る限り自分の力で生きなくては、胸を張れないじゃないか。

俺がそう伝えると、マーロは目元を和《やわ》らげ、再び俺の手をそっと取った。

「分かった……だがいつでも私を頼ってくれていいんだよ？　私はいつでも手を差し伸べるから」

優しい言葉に胸が熱くなる。

見ず知らずの男を世話してくれるエモワやトワ。いつも励ましてくれる受付のお姉さん。アムールも……やや強引だがなんだかんだ世話になっている。

そして、出会ったばかりの俺の生活をこんなにも心配し、手を差し伸べてくれるマーロ。

この世界に来てから、本当に人に恵まれている。

鼻がツンと熱くなるのを咳払いで誤魔化して、マーロに礼を言おうとした、その時だ。

ダンッ――と、俺の背後から伸びてきた腕がテーブルを叩いた。

驚いて振り向けば、アムールがいた。さっきまで上機嫌そうに揺れていた彼の尻尾は、何かに警戒するようにピンと立ち、視線は鋭くマーロを睨んでいる。

「アムールじゃないか。私は今リョウくんと話しているんだが何か用かい？」

にこやかに対応するマーロとは反対に、アムールはムッとしたまま俺の手を引っ張り、握られていたマーロの手を振り落とす。

「てめぇに用はねーよ。リョウもてめぇに用はねぇ……つかお前誰だ」

「ちょっ、アムール……！」

アムールの失礼な物言いに焦ったが、マーロは笑顔のままだった。

「私はマーロだよ。それなりに冒険者として頑張っているんだが、アムールに比べたらまだまだだからね。知らないのも仕方ないさ」

「てめぇが新人だろうが上級冒険者だろうが興味ねーよ」

「アムールってば……」

俺の頭に腕を乗せたまま不機嫌そうに言うアムールの態度にヒヤヒヤする。

「アムールはリョウくんと仲良いの？」

「てめぇに関係ねぇだろ」

「ずいぶんと嫌われちゃったな……じゃあリョウくん、また今度話そうか」

「ふざけんな今度なんてあるか！」

「アムールッ！」

どんどん険悪になる空気に耐えられなくなって間に入る。振り返ると、アムールはそっぽを向いて不貞腐されていた。思わずため息を吐くと、マーロが笑いながら席を立つ。

「いやいや、長居をしてしまったね。それじゃあまたねリョウくん。アムールも」

「すみませんマーロさん。また今度！」

マーロを見送ると、ようやくアムールは俺の頭から腕を退けた。ただ、まだどこか威嚇しているようにギルドの入り口を見つめている。

マーロはなにも悪いことなんてしてないのに、いくらなんでも言いすぎだろう。

俺は立ち上がって、アムールに向かい合って聞いた。

「アムール、なんでそんなに不機嫌だったんだよ。喧嘩になるかとヒヤヒヤしただろ」

「別に俺は負けねぇし……」

「そういう問題じゃないって」

「……飯食いに行こうぜ」

「全然人の話聞いてないしさ……」

森から帰ってきてからはすこぶるご機嫌だったのに、いったい何が気に入らなかったのか。

受付のお姉さんからの悪い印象が悲しくてなんとかしたかったけれど、そう簡単にはいかないのかもしれない。周囲からの視線もアムールを睨むものが多いように見えた。少し落ち込みそうになって、付けっぱなしだったアプリの画面に気づき思わず声が出そうになった。

「おら飯行くぞチビ」

――こっちに来て
――あなたが必要
「っ！　お、おう……」

思いもよらない可愛い翻訳に、不覚にもキュンとしてしまった。

こんなの反則だろ。そんなことされたら怒るに怒れない。あざといぞこの猫。

「――……え、一緒に食べるの？」

そんなことを考えていたものだから、またもやおかしな状況になっていると気づいたのは店に辿り着く直前だった。

アムールの行きつけらしい飯処に来るのは初めてだが、ここまで来てしまったからにはもう断れない。いや、断る理由もないのだが、いつ俺達は一緒に飯を食う約束をしたんだっけ？

メニューを見ると、魚料理から肉料理、野菜料理までなんでもあるかわりに酒の種類は少ない。

何を食べようかな、とメニューを眺めていたら、アムールが勝手に次々注文していた。

「っていうかこれ……」

元居た世界のごちそうに似ていて、でもやっぱり違う不思議な香りが漂っている。野菜は少なめで、何かの肉を豪快に焼いたステーキが一番多い。

ただ俺が驚いているのは料理じゃない。目の前に並んだ皿の数に唖然としたのだ。

「お前そんだけしか食わねぇのかよ。コレだから貧乏人は……仕方ねえから奢ってやる。食え」

違うんだアムール。お金がないからびっくりしたんじゃないんだ、そんなに食べられないんだよ。

体の大きさが違うんだから自分を基準にするな。

そう思うが、せっかく奢りだと言っているのに残すのは申し訳なくて、慌てて手を合わせた。

「いただきます！」

食べ始めると、びっくりするぐらい美味しかった。

ただ、やはり量が多すぎて最後は無理やり腹に詰め込んだ。

機嫌がよさそうなアムールを横目に、よろよろと店を出る。食後にアムールの整腸薬草を少し分けてもらったが、過食の苦しさは消えない。

さっさと宿に戻って寝よう。

「じゃあなアムール。また明日……」

「は？」

「へ？」

そう思いつつ、店の前で別れの挨拶をしたら、アムールが変な顔をして俺の腕を掴む。

「どこ行くつもりだ？」

「どこって……宿に帰るだけだよ？」

「なんでだよ!?」

「だから何が!?」

もうなんなんだよ。この猫獣人と居ると一日百回は『なんなんだよ』って思ってる気がする。

まさかまだどこかで遊ぶつもりなのだろうか。だとしてももう少し満腹感が落ち着いてからじゃないと俺は動けないぞ。

掴まれた腕をそのままにして待っていると、アムールは予想外のことを言ってきた。

「帰るなら俺んちだろうが！」

「なんでっ！！？？」

なぜだ。いつそんな話が出た。

混乱する俺の前では、アムールが眉間に皺を寄せている。まるで一緒にアムールの家に行く方がこの世界の当然で、俺がおかしいと言わんばかりの表情だ。

そんなアムールの態度にだんだん俺の方が不安になる。

……俺の考えが間違ってるの？

「俺たちそんな話したっけ……？」

飯の話にしろギルドでの話にしろ、なんだか知らない話が勝手に進んでいるような気分だ。

「お前マジで言ってんのか……」

金色の瞳で呆れたように見つめられ、俺は居心地の悪さに身を縮めた。

これはやっぱり俺が悪いのだろうか。とはいえ何度記憶を探ってもそんな話をした覚えはない。

おろおろと視線を動かしていると、しゃあっと吼えるような勢いでアムールが俺に向かって言った。

「俺とお前はパートナーになったんだろうが！　お前がどうしてもって言うから仕方なくな！」

「まぁ、うん……」

やや語弊があるが今は置いておこう。頷くと、アムールが威嚇するような勢いで俺に指を突き付けた。

「パートナーなんだから同じ家に住むのは当然だろ！」

「……え」

パートナーは同じ家に住むのが当然。それが、この世界の常識？

唖然とする俺だったが、アムールは言い切ると、話は終わったとばかりに俺の腕を引っ張りはじめる。俺は慌てて足を踏ん張った。

「待ってアムール！　いきなりは無理だよ！」

「はぁ？　なんでだよ」

「だって宿に色々荷物置いたままだしさ、数日分の宿代払ってるから勿体ないし……」

この世界の常識なんて知らなかったので、ちょっとずつ声が小さくなってしまうけれど、一応主張はさせていただきたい。アムールの家に住むにしても色々準備はあるのだから。

「……ちっ、面倒くせぇな」

必死に抗弁すれば、アムールは舌打ちをしたがとりあえず納得してくれたようだ。

ホッとして体の力を抜くと、アムールの尻尾は不機嫌そうにペシペシ街路灯を叩いた。ごめんって。

なんだか、この頃はアプリを通じなくてもアムールの気持ちが分かるようになっている気がする。

「じゃあいつならいいんだ」

「ええと、あと七日分はお金払ってるから、それまでは宿に泊まるよ」

「じゃあ七日後だな？」

「あ、でも日用品も買い揃えないと……」

「それは明日全部買い揃えるぞ」

「明日!?」

アムールの中ではもう同居するのは決定事項らしいが、せっかちすぎないか。俺はまだ気持ちの整理がついていないというのに。

だってまさかパートナーになったら一緒に住むなんて思わないじゃないか。

一緒に依頼をこなす相棒だからなるべく近くに居たほうがいいのは分かるが、そこまでするか？

こんなことならもっとエモワとトワに話を聞いておくんだった……

＊＊＊

そんなこんなで日用品を買い揃えることになって、今、俺は朝早くからアムールを待っている。

いつもアムールを待たせてるから出来る限り早く来たが、一時間も前に来たのは早すぎただろうか。さすがにまだアムールも来ないだろうと思っていたが、数分後にもう来た。

焦げ茶のお耳と尻尾を揺らしながら、大きな猫獣人が駆け寄ってくる。

……ちょっと可愛い。

「なんだよ、今日はずいぶん早いじゃねぇか」

「アムールもだろ」

「俺はたまたま近くに用事があったからだ！　たまたまだ、たまたまっ」

「分かった分かった」

広場の時計を見上げると、待ち合わせの四十五分前。いつもこんなに早く来てくれているのだろうか。だったら俺も今後は早く来てアムールを待ち構えていよう。

大きな猫が俺に駆け寄ってきてくれるのは予想以上に嬉しかったからだ。

店を回る前に、アムールが飲み物を買ってくれた。公園に出ていたドリンクスタンドだったが、どうやらアムールのお気に入りの露店らしい。そこで俺が買ったのは、生姜湯みたいな甘いけど少しピリッとした辛味のある飲み物。

ちょっぴり肌寒い早朝に飲むと、ほわっと温かさが喉を伝って、肩の力が抜けるのを感じる。

「これ美味しい」

「俺それ嫌い。不味《まず》いじゃん」

「あっそう……」

それ言う必要あるか？

アムールの余計な一言にそう思いながらちびちび啜っていると、露店の店主がこちらに顔を覗かせた。

「こらこらアムール。不味《まず》いとはなんだ不味《まず》いとは」

「なんか変な味するじゃんか」

「お前の口に合わないだけだろう。お隣の子は美味しいって言ってんだから余計なことを言うな」

彼はアムールより大きくて丸い耳が生えた獣人だった。おそらく熊の獣人だろう。縦にも横にも大きい。

文句を言いながらも、彼はアムールの棘《とげ》のある言葉に怒っているようには見えない。アムールの行きつけなだけあって彼も慣れているのだろう。

そんな熊獣人は、アムールに別の飲み物を渡しながら言った。

「ところでアムールが誰かを連れてくるなんて珍しいじゃないか。友達か？」

するとアムールが突然得意げな顔になった。同時に胸を張り、俺の頭にアムールが腕を乗っけて熊獣人に言う。

「パートナーだ」

「……は？」

アムールの言葉に、熊獣人はドリンクを渡した腕を下ろすのも忘れて固まってしまう。

そして俺とアムールを交互に見てから片眉を上げた。

「おいおい、アムールにパートナーって……笑えない冗談はよせ」

「なんで笑えない冗談なんだ！　正真正銘俺とこいつはパートナーだってんだよ！」

アムールの尻尾が俺の腰に巻きついてきた。何これ可愛い。

思わず顔が緩むと、熊獣人の目線が俺のほうに移動してくる。

「ぼうず、そうなのか？」

「まぁ……そうかなぁ……」

俺は生返事をしながら腰に巻きついた尻尾に夢中だ。

――これ、触ったら怒られるかな。ちょっとぐらいいいかな。でも飼い猫も、尻尾触られるの嫌がってたもんなぁ。

魅惑のモフモフに心ときめかせていると、熊獣人は溜息を吐いた。

「……まぁいい。だがあまり無茶するなよ。パートナーなら大切にしてやれ」

「はい！」

「いやアムールに言ったんだが……」

いつかアムールの尻尾をブラッシングしてツヤツヤにしよう、と意気込んで返事をしたら、即座に突っ込みを入れられてしまった。

アムールはそっぽを向いていたが、耳だけは熊獣人に向いていた。

次に俺達が向かったのは生活用品を揃えるための雑貨屋、ではなく薬屋だった。

俺を贔屓にしてくれている薬師のオヤジさんが居る所だ。

「よぉオヤジ、薬買いに来てやったぜ」

「あらアムールさんいらっしゃい。今日はずいぶん早いね。お父さんならまだ来てないよ」

しかし、いつものオヤジさんではなく若い女性に笑顔で出迎えられてビックリする。

たぶんオレより若い。オレンジ色の髪を左右に結んでいて、そばかすのある活発そうな女性だ。

目を見開いた俺とは違い、アムールは特に動揺もせずに店の中へと入っていく。

「オヤジはいつ来るんだ」

「いっつも昼頃」

「おっせーな……早く来て仕事しろっての」

「アムールさんだっていつもは来るの遅いじゃない。それにお父さんは午前中薬を作ってるの！　お父さんに何か用だった？」

「……別に」

彼女もアムールの憎まれ口を気にする様子はない。アムールのほうもむくれてはいるが、尻尾は不機嫌そうにペシペシしていない。どこか楽しげなやり取りに、アムールにも仲のいい人が意外と居るんだな、と思っていると彼女が首を傾げた。

「それで、そっちの人は……？」

「あ、初めまして！　リョウって言います」

「あら！　アナタがリョウさん!?　アムールさんと知り合いだなんてびっくり。お友達……な訳ないよね！　あはは！」

女の子の勢いに押され気味になりながら、俺も「ははは……」と笑いを返した。どう反応をしたらいいのか俺には分からない。

「おい……」

遠い目をしていると隣から低い声がした。これはまずい。アムールが不機嫌になっている。

さすがに女の子にまで手を出すとは思わないが、気分屋のアムールのことだ。猫パンチぐらいはするかもしれない。

「あー、あの、アムールとはお友達ではないんですけど、パートナーではあります」

アムールの沸点が超える前に先手を打とう。

そう思って言ったのだが、女の子は笑い顔のままポカンとしてしまった。

「え……誰がパートナー？」

「アムールが、です」

「誰とパートナー？」

「俺とです。アムールと俺がパートナー」

俺とアムールってよっぽどちぐはぐに見えるんだろうな。

さっきの露店の熊獣人さんと同じような反応に顔が引きつりそうになりながら、俺は言い募る。

そんな俺の隣では、やはりアムールがふんぞり返っていた。分かりやすいドヤ顔だ。

「そういう訳だ！」

「えぇ……うっそぉ……」

「嘘じゃねえよ。こいつがどうしてもって言うから仕方なくなってやったんだ」

そのくだりいるのかな。いるんだろうな。もう好きにしてくれ。俺はまたもや絡んできた尻尾に癒やされておくから。

するりと腰に巻きついた尻尾に目を奪われていると、女の子はアムールに向かって顔を顰めていた。

「アムールさん……いったい何したの？」

「何ってなんだ」

「脅したとか」

「しねぇよ！」

ふん、と自慢げに尻尾を揺らし、アムールが店を出ようとする。

オヤジさんになんの用があったんだろう。

そもそも日用品を買いに来たはずなのに、ここに来た理由ってなんだ。なんて思いながら俺はアムールに引っ張られるように店を出た。次に向かったのは武器屋だった。日用品を買う店にはなかなか行きつかない。

どうしてここに行くのかと聞けば、アムールの用があるらしい。

「おう、アムールじゃねぇか。もう武器壊しやがったか？」

「ちっげぇよ。メンテナンスに来てやっただけだ」

「……！」

店に入って、感動した。初めて入った石造りの頑丈そうな建物の中には武器の数々が所狭しと置かれている。その中心で武器の修理でもしているのか、金槌片手の小柄なおじさんがアムールを見上げていた。たぶん、ドワーフだ、と物語の中の存在が目の前に居る事実に感動する。

「メンテナンスっておめぇこの前済んだばっかじゃねぇかよ」

「うっせぇな、また切れ味悪くなったんだよ早く直せ」

「なんでぇその言いぐさは……そいつぁ誰だ？」

ファンタジーな世界に感動する余裕が出来るなんて俺も成長したなぁ。なんて自画自賛していたら、ドワーフのおっさんが訝しげな視線を向けてきて、慌てて姿勢を正す。

「え、あ、俺ですか？　俺はリョウっていいます」

「名前をきいてんじゃねぇよ。なんの用で来たんだっつってんだ」

「いえ……俺はここに用はなくて……」

「あん？」

トコトコと俺に近づいて見上げてくるドワーフ。しゃがんで視線を合わせたらかえって失礼になるだろうか。

「俺の連れだ。たまたま付いてきた」

「いやアムールが連れてきたんでしょ」

アムールが俺の隣に引っ付いて言う。なんだその俺が勝手に付いてきたみたいな言い方は。

「パートナーだから連れてきてやった」

「はーん？」

またまた得意顔になるアムール。何言ってんだと言いたげなドワーフ。三人目ともなると俺も慣れてきた。

「パートナーってあのパートナーかい」

「パートナーっつったらパートナーだろ」

「アムールのパートナーか？」

「だからそうだって言ってんだろ！　なんなんだよどいつもこいつも！」

「まぁまぁ」

怒りだしたアムールの腕を引いて落ち着かせる。

俺はお前に訊きたいよ。日頃何をしてたらこんなに信用なくすの？

腕を組んで尻尾を床にペシペシしだしたアムールだが、あまり擁護はできなかった。

「おめぇ、リョウとか言ったか？　リョウはちゃんと納得してんのかい？」

「え……俺？」

アムールを生暖かい目で見守っていたら突然話を振られてしまう。

納得しているのかと言われると、本音を言えば今でも少し戸惑っている。だって何もかも分かっていないうちに、パートナーになってしまったのだ。

しかも一緒に住むのが常識だとか言われて、怒涛の展開についていけていない。

しかし、脳天気と言われるかもしれないが、なんとなく大丈夫な気がしている。

だって……

「……アムールだから大丈夫ですよ」

正確に言えば、『アムールが猫獣人だから大丈夫』なのだが。

俺の返事を聞いてドワーフは少し驚いた顔をしてから、もじゃもじゃひげの顎に手を当てて「そうかい」と頷いた。

よかった、なんだか今までで一番納得してもらえたんじゃないだろうか。

そう胸をなでおろしながらアムールを見たら、口に手を当ててそっぽを向いていた。

「アムール……？」

顔をそらしていて表情は見えないが、耳を後ろに倒しているから何かに動揺しているのだろうか。

スマートフォンのアプリを起動させておけば良かった。

じっと見つめていると、俺の視線に気が付いたアムールがビクッと尻尾を揺らして回れ右をした。

「い……行くぞチビっ！」

「え、もう!?」

大股で外に向かうものだから、こけないように付いていくので精一杯だ。

「あのっ、じゃあまた……」

手を引かれながらなんとか挨拶をして、俺達は武器屋を後にする。

「なんでぇアムールの野郎……パートナーを自慢しに来ただけかい」

武器のメンテナンスすらせずに出ていったアムール。そんなアムールにドワーフが呆れ顔で呟いた真理を、俺が知る由もない。


武器屋を出た頃には、もう昼を過ぎていた。

遅くなったが昼食にしようと、これまたアムールの行きつけの店に連れていかれた。

流石にこれ以上奢ってもらうのは気が引けるので自分で払ったが、安くて美味しい店だった。

そこでもアムールは顔見知りの客に、俺がパートナーであると宣言した。周りから「嘘を吐くな」と煽られて怒るアムールをなだめて、落ち着いた頃にまた街に繰り出す。

しばらく歩いていると、一番広い街路を囲むように人だかりが出来ていた。

「あれ何かな？」

「さぁ、知らね」

アムールは興味がなさそうに言うので、近くにいた花屋のお姉さんに訊いてみる。

「聖女様を待っているんですよ」

「聖女様がここを通るんですか？」

「ええ。このところ神殿に向かうために馬車で通っているんです。いつも窓から手を振ってくださるんですよ」

「へー……」

この頃はアムールと依頼のために森にばかり行っていたから気が付かなかった。俺は花屋のお姉さんに礼を言って人だかりに目を向ける。同時に人だかりがさらに騒がしくなった。

どうやらちょうど噂の聖女様が通るようだ。

「アムール。ほら、聖女様が通るみたいだよ」

「だからなんだよ」

だって有名人なら一目見ておきたいじゃないか。

いい加減な返事をするアムールは放っておき、俺は聖女様を待つ。

しばらくすると花屋のお姉さんが言った通り、白くて綺麗な馬車が見えてきた。

なんとなくわくわくしてこっそり足を進めていく。興味なさそうにあくびをしているアムールを置いて、混雑の一番前に出た、その時だ。

「せいじょさま！」

小さい子の声と共に、腰辺りに何かがぶつかる感触。

花束を持っている少女が前に駆けだす。それに押されるように、俺は街路に飛び出してしまった。

顔を上げれば、目の前に迫る馬の蹄。

蹴り殺される！　と思いながら女の子を咄嗟に庇い、身体を丸める。

集まった観衆の悲鳴が響く中、馬鹿野郎！　とアムールの焦る声が聞こえた。本当にその通りだ、ごめん、これで死んだらマジで格好悪いな――

そう思い、衝撃に備えたけれど、なかなかそれは訪れなかった。

顔を上げると、幸いにも俺の目と鼻の先で馬車が停まっている。馬と視線が合うと、感謝しろとでも言うように鼻を鳴らされた。

「何をしているか無礼者っ!!」

同時に怒声が飛んでくる。声の元を辿ると馬車を先導する御者からだった。

そして立派な鎧をまとったスキンヘッドの大男が、俺を睨みながら大股で近づいてくる。

「あの、すみませ――」

「尊き聖女様の進行を妨げるとは何事だっ‼」

謝ろうとしたが、男からお構いなしに怒鳴られた。今にも泣きそうな女の子を背中で庇いつつ、立ち上がって「すみません！」と大声で謝る。

しかしスキンヘッドの男は「天から召された聖女様は――！」とか「すべての民をお守りする素晴らしきお方が――！」とか、つらつらと聖女への讃美の言葉と俺への文句を並べ始めた。

……終わる気がしない。とりあえず、女の子だけでもこっそり逃がそう。

そう決めて、蒼白な顔をして俺たちを見ている女性――おそらくは彼女のお母さんのほうに、ぷるぷるしていた女の子を後ろ手にそっと押しやる。お母さんらしき人も、俺の意図に気が付いたようですぐ群衆の中から手が伸びて彼女を引っ張り込んでくれた。

ちょっとほっとしつつ、改めてスキンヘッドの男に向き直る。事故を起こしかけたのだからしばらくお説教されても仕方ないな……と覚悟を固めた時だった。

「やめなさい！」

突然若い女性の声が割って入る。途端に、あんなに怒鳴っていたスキンヘッドの男が黙った。

スキンヘッドを黙らせるなんて何者だろう。

視線を移すと、白いローブを着た小柄な女性が馬車から降りてくる所だった。顔は白いベールで覆われていて、只者ではない雰囲気を醸し出している。おそらくこの人が聖女様なのだろう。

「もうやめて、ブルガ……」

「聖女様……っ、しかしこの者の無礼を許すわけにはいきません！」

「いいの、どうかわたくしを一目見るために身を乗り出してしまった愚かな民を許してあげて」

「せ、聖女様っ！　なんと慈悲深い……っ！」

聖女様は「あぁ、わたくしが尊い存在なばかりに……」と自分の体を抱きしめ、スキンヘッドは感嘆の涙を拭っていた。彼女の後ろにいる威厳たっぷりの初老の男も、聖女の身体を涙ながらに支えている。

――なんだこの芝居がかった連中は、と思ってしまった俺は性格がひねくれているのだろうか。

とはいえ、聖女様の話からして本当に偉い人なんだろうから、許してくれようとしているのはありがたい。

俺はささっと後ろに下がると、「寛大な聖女様に感謝いたします」と頭を下げた。

「いいか小僧！　今回は聖女様の慈悲深い御心に救われたようだが、今後一切の無礼は許さん！森の邪悪な魔物が減っているのもすべて聖女様のお力によるものなのだからなっ!!」

そう言い残し、スキンヘッドの男は聖女様を馬車の中へと促す。

良かった。許されたようだ。

そう思ってすぐに後ろに戻ろうとしたのだけれど、聖女様の後ろ姿に少しだけ既視感があった。

「あ、あの！」

思わず、声が出てしまう。聖女様は立ち止まって怪訝そうにこちらを見た。ベールに包まれている姿は本当に神聖な姿に見えて、うまく俺の喉から声が出てこない。

困っていると、聖女様はゆっくり首を振って、とても申し訳なさそうな声を出した。

「ごめんなさい……わたくしは握手やサインや写真撮影は受けていないのです。思わず飛び出してしまうほどわたくしに会いたかったのは分かりますが、一人を特別扱いするわけにはいかないの。どうかご理解ください」

「は？　はぁ……いや」

「けれど安心してくださいね。わたくしの偉大なる聖なる力は、すべての迷える羊達に平等に降り注ぎます。ですからあなたもきっと、天から与えられた祝福を受けられるでしょう」

この世界にもサイン会とか写真撮影会があるのだろうか。そんな便利な魔法があるのかな。

なんだか少し面倒くさい気配を聖女様から感じたが、触らぬ神に、いや触らぬ聖女に祟《たた》りなしだ。

俺はそれ以上何も言わず、頭を下げてゆっくりと群衆の中に戻った。御者の人が手綱を握り、また馬車が粛々と進み始める。

馬車が見えなくなると、集まっていた人達もパラパラと散っていった。

「——馬鹿かお前は！」

「……あ」

人が散っていくのと同時に、アムールに捕まってしまった。両頬を両手で引っ張られて痛い。非常にご機嫌斜めだ。

「ごめんって勝手なことして……」

「ちげえよ、危ないだろうが！」

「——え？」

アムールは毛を逆立てる勢いで、馬車に蹴られたらお前の頭ごと飛ぶだの、アレチウリより簡単に割れるだのと物騒なことを言い募る。

ぺちぺちと俺の身体を確認するように何度も触れてくる尻尾と、ぎゃあぎゃあ怒りながらも俺の様子をせわしなく見つめる金色の瞳。

なんだか鳴ってはいけない所から、きゅんと音が鳴った気がした。だって、心配してくれてるんだろう？

「……心配してくれて、ありがとなアムール」

「はあ⁉　ちげーし。お前がこんなとこで死んだら、めちゃくちゃ邪魔だろうが！　ああもう、行くぞ！」

そう言いながらも、急《せ》かすアムールに連れられて俺もその場を離れようとした時だ。

「うおっ⁉」

またもや腰に衝撃があった。

今度は踏みとどまったが、衝撃の元を見てみると俺の腰にしがみつく小さな女の子が居た。

「あ、キミは……」

「お兄ちゃんごめんね！」

先程俺にぶつかった女の子が泣きそうな顔で、俺が何か言う前に大きな声で謝ってくる。

よく見ればそばで母親らしき人が申し訳なさそうに俺に頭をさげていた。アムールは距離を置いて様子を見ている。子供が苦手なのかもしれない。

「俺は大丈夫だよ。でももう人にぶつからないように気をつけてね」

怪我がなくて良かった。心からそう思って、頭を撫でてあげたら可愛らしい笑顔を見せてくれた。

「許してくれてありがとう！　お兄ちゃん聖女様みたいね！」

「えー、俺が？」

子供の突拍子もない言葉に思わず笑うと、女の子も楽しそうに笑う。

ちゃんとごめんなさいが出来て満足したのか、女の子は手を振りながら母親のほうに駆けていく。

去り際も何度も頭をさげられ、俺は今度こそアムールのもとに駆け寄った。

そしてやっと俺たちは、雑貨屋に向かったのだった。


日用品の購入も終え、やっと用事が済んだ俺達は帰路についた――……と思っていたが、結局その後もアムールに色々連れ回された。

獣人の集まりとか魔石屋とか服屋とか、とにかく色々連れ回される。街の知らない場所を知れるのは楽しいけれど、いったいこれはなんなんだろう。

何度も何度も繰り返されるパートナー宣言。まるでアムールが俺とパートナーになったことを伝えて回りたいようにすら見える。でも本心が分からないから、またこっそりアプリを立ち上げた。

けれど電池はもう赤色だ。そろそろ相棒が使えなくなる現実に心もとなくなったけれど、翻訳を見て寂しくなった心が和んだ。

――こっちに来て

――遊ぼう
――かまって
――私はここ、私を愛して！

「こいつが望んだから仕方なくパートナーになった」と繰り返すアムールからは想像できない言葉が出てくるとやっぱり見るのがやめられない。

どうやらアムールは、俺が思ってる以上に寂しがりやのようだ。

「ねえ、アムール」

「ああん？」

「なんか、電気っていうか、雷みたいな魔法が使える物ってあったりするのかな」

「はあ!?　そんなことも知らねえの？　魔石ってのがあって――」

ほら、こうやって聞けば、つんとそっぽを向きながらも丁寧に教えてくれる。なるほど、雷の魔石なんて便利な物がこの世界にはあったらしい。

さりげなくアムールが買ってくれたからダメ元でスマートフォンに近づけたら、

「……っ」

なんと充電が出来た。

まだ生きてくれそうな相棒にちょっと泣きそうなぐらい感動したけれど、アプリはもうあまり使わなくても大丈夫かな、とも思った。だって俺はパートナーだもんな。いつまでもアプリに頼っていてはいけない。

でも、パートナーとして何かするって、結局この世界ではどうするのがいいんだろう。

そう思って、思いついたのは結局いつもの二人の顔だった。

「……ねぇアムール。俺夕飯は行きたい所あるんだけど」

「あ？　まぁ別にいいけど」

だから晩御飯は別々で、と言おうとしたらさらっと一緒に行くことになってしまった。

本当はアムール抜きで行きたかったんだけども。とはいえ、なんだか上機嫌に揺れる尻尾を見ているとそれ以上は何も言えなくて、俺は思い定めていた店に向かった。

そこはエモワとトワが贔屓にしている酒場。入って見回せば、案の定今日も二人が酒盛りをしていた。

「げ……」

二人の顔を見たアムールが唸る。

彼らとアムールの相性があまり良くないのは分かっていたが、どうしても二人に訊きたいことがあったのだ。俺は顔を顰めるアムールを置いて、お店の奥まで入っていった。

「あらリョウ、こんばんは」

すっかりエールを空けてご機嫌な様子のトワが、顔を上げ花咲くような笑みを浮かべる。

「こんばんは。ご一緒してもいいですか？」

「もちろんいいわよ」

どうぞ、とトワさんに言われて腰かけようとすると、横から尻尾が伸びてきて俺の腰に絡まった。

「俺は嫌だ」

アムールの金色の瞳がピカピカして、不貞腐れた声で言ってくる。しかしトワはまったく堪《こた》えた様子がない。

「じゃあアムールはカウンターで食べなさいよ」

そう言って、トワのしなやかな指がカウンターを指した。一瞬そちらに視線を向けるも、アムールがムスッとして俺の隣に座る。尻尾がぺしりと俺の手首を叩いた。ごめんってば。

注文を済ませ、和気あいあいとしながら美味しい料理を堪能する。時々俺がからかわれたり、アムールが威嚇をしたりしたことはあったけど、概ね和やかだったと言っていいだろう。

ある程度話が落ち着いた頃、アムールが席を離れた。

ちょうどいい。今がチャンスだ。

俺は慌てて二人に本題を切り出した。

「あの……ところで俺、エモワさんとトワさんに訊きたいことがあるんです」

「あら何？　ギルドのこと？」

「美味い飯屋なら他にも紹介できるぞ」

「いえ、俺が訊きたいのはパートナーのことで……」

パートナー。なんだか思ったより大事《おおごと》になっているから、ちゃんとこの世界でのルールやマナーを知っておかないと後悔しそうだ。

そして、身近なパートナー同士と言えばエモワとトワの二人。ぜひお話を聞きたい、と緊張しながら言うと、エモワとトワは顔を見合わせた後、何やら目を輝かせ始めた。

「あら……あらあらあら！」

「へぇー……飲みもん足りるか？　奢るからもっと飲め」

楽しそう、というよりも何か面白がっているような二人。なんだその反応。

身を乗り出して急に張り切り出した二人にちょっと身を引く。

なんだ、何がそんなに面白いんだ。

俺がそう聞く前にエモワが飲み物を追加注文し、ぐいぐい押しつけてくる。

まるで逃さんぞというような動きにどぎまぎしつつ、俺はひと口飲み物を飲んでから口火を切った。

「ええとまず、パートナーって一緒に住むのが当たり前なんですかね」

「そうね、それが一般的だと思うわ。何かしら事情があって別居してるパートナーもあるけどね」

つまり何か事情がない限り同居が当たり前なのか。ごめんアムール、少し疑ってた。

心のメモに書きつけつつ、俺はさらに聞いていく。

「トワさん達はいつからパートナーなんですか？」

「えーっと……四年だっけ」

「五年だな」

「あら、もうそんなになるんだー」

「へー……」

長いな。パートナーってそんなに長く組むもんなのか。それとも二人が他に比べて長いのだろうか。

そんなに長く組むのが普通だったら、胸を張ってアムールのパートナーと言える日も来るかもしれない。ちょっとだけ嬉しくなっていると、トワさんが楽しげな笑みを浮かべて、身を乗り出した。

「それでそれで？　他に訊きたいことは？」

「え？　えっとー……パートナーについて他に知っておかないといけないことってありますかね？　……相手に絶対にやっちゃいけないこととか」

「そーねー、基本的に二人でルールを決めるんだけど、他にパートナーを作らないってのは共通した決まりかしら」

「なるほど」

確かにそれは大事《おおごと》だ。相棒が何人もいるのはなんとなく変な感じがするし、背中を預けられる唯一の相手っていうのも『パートナー』という感じで素敵だ。頷くと、トワとエモワがグイグイ身を乗り出してくる。

「で、他には？」

「他、ですか……？」

二人に何を期待されているのか分からず、俺は首を傾げた。

「特には……」

「うっそー、まだ訊きたいことがあるでしょ！」

「なんでも言ってみろよリョウ」

「えぇ……」

そう言われても、もう訊きたいことはあらかた聞いた。他に話すことがあったか頭をひねってぃたら、トワがしびれを切らしたのか、テーブルをバンバン叩いた。

「だーかーらーっ！　こんな質問してくるってことはパートナーにしたい人が居るんでしょ！」

「そーそー、誰なんだリョウ。相談にのるから言ってみろって」

「あ、あー……なるほど」

今日一番のいい顔で詰め寄ってくる二人。

なるほど、パートナーにしたい人が居るから相談をしに来たと思われていたのか。

「……いやそれは……」

しかし残念ながら、俺にその意図はない。どう切り出したものか俺が考えあぐねていると、タイミングよく戻ってきたアムールがドカリと俺の隣に座った。そしてニヤリと、得意げに笑う。

「ばーか、リョウのパートナーはもう居るっての」

「はぁ!?」

「えっ、アムール知ってるのか？」

突然割って入ってきたアムールに驚きの声を上げる二人。

そんな二人に、アムールは背もたれから離れ、勝ち誇ったように言い放つ。

「俺がパートナーだ」

「「……はぁ？」」

興味津々だった二人が、途端に呆れ顔に変わる。まったく信用していない目だ。

予想はしていたが、やっぱり俺とアムールでは冒険者としてのレベルが違いすぎるんだろうな。

「ねぇリョウ、アムールがあんなこと言ってるわよ？」

「周りから誤解されないうちに怒っとけ」

「どういう意味だコラッ！」

騒がしくなる三人。またこのパターンかとうんざりしていたら、トワが俺に話を振ってきた。

「どうなのリョウ！　アムールが言ってるのは嘘でしょ！　嘘よね！」

詰め寄るトワ。隣で威圧するアムール。俺は覚悟を決めて沈黙を破る。

「いや……パートナーなんです……」

「……っ!!!」

俺の言葉にトワが絶句して、アムールがふんぞり返る。エモワは持っていた骨付き肉を落とした。

「なんで……何があったの……」

「リョウ、お前……何か弱みでも握られてるのか？　なんで早く相談しなかったんだ」

「お前らいい加減にしろよっ!!」

ドンッとテーブルを叩くアムールに、負けじとトワもバンバン叩いて反撃する。うるさいなこの二人。エモワも一人で頭を抱えてないで少しは二人を止めてくれ。

どう収拾させようか、と思いつつ遠い目をしていると、アムールが俺を指さして叫んだ。

「だいたいな、コイツから言い出したんだっての！」

「……そうですね」

まさか本当にパートナーになるとは思わなかったが、俺から言い出したことには変わらない。

だからこっくりと頷くと、トワは愕然とした表情でエモワと同じように頭を抱えてしまった。

「……わっかんないわ……ねぇリョウ、アムールのどこがいいの？」

「えーと、わりと可愛いじゃないですか」

「『全然』」

俺の言葉にエモワとトワがぶんぶんと首を振る。即答だな。

俺からすれば、感情を表している耳とか尻尾とか可愛くて仕方ないのだけど、トワ達は見慣れてしまったのだろうか。

それに、外見だけじゃない。

俺はアムールの方を振り向いて、彼の手をぎゅっと握った。

「アムールも俺と組んでくれて有り難いと思ってるよ」

「はぁ⁉　俺は別にお前のためにパートナーになった訳じゃねぇし！　お前がどうしてもって言うから仕方なくなってやっただけだろっ……あと俺は可愛いじゃなくてかっこいいだろうが！」

――しあわせ！

――愛して！

――あなたが必要

顔を赤くして、耳を立てた彼の背中にそんなアプリの翻訳が見えた気がして、思わず顔をほころばせてしまった。

「ね？　可愛いでしょ？」

「今のどこに可愛い要素があったの⁉」

憎まれ口に隠れた好意。大きな猫が懐いてくれてると思えば可愛いじゃないか。

そう言っても、エモワとトワは呆れたように目を見交わして肩をすくめるだけだった。

「まぁ、リョウがいいって言うならいいんじゃないか？」

「リョウ、実は趣味悪かったのね……」

「どういう意味だっ！」

そんな二人に食ってかかるアムールを見守りながら、その後も賑やかな宴会が続いていく。

しばらく談話していたら、ふとエモワが聞き慣れない話題を振ってきた。

「そう言えば、リョウは例の混沌の森の大規模討伐依頼は受けるのか？」

「混沌の森？」

「瘴気《しょうき》が漂ってるわ毒の沼があるわ、魔物の種類が入り混じってるわで、大変なことになっている隣町の森のことだ。聖女様の力をぜひ借りたい、と言っているらしい」

「へー……」

そういえばギルドの掲示板に目立つ依頼書が貼られていた気がしなくもない。

みんなこぞって見ていたが、『――討伐』という文字が見えた時点で自分には関係ないとスルーしていたのだ。

しかし、瘴気《しょうき》に毒の沼なんて、想像しただけで鳥肌が立つ。そんな冒険はゲームの世界だけで十分だと思い、俺は力いっぱい首を横に振った。

「行きませんよ俺は、無理です無理無理」

しかし、トワがそんな俺を見て首を傾げた。

「今回は聖女様が率いる王国の軍が入るから、そんなに危険はないと思うわよ」

「聖女様が……？」

てっきり聖女様と共に戦闘するのかと思ったが、どうやら違うらしい。

「ギルドに依頼が出てるのに、王国の軍まで来るんですか？」

「それは主に聖女様のサポートだな。ギルドについては聖女様が『付いてきたい者はすべて付いてこい。全部自分が守ってやる』って豪語してるらしい」

「それでランクの低い冒険者もけっこう名乗りを上げてるの。危険な森だけに、普段は手に入らない素材が手に入るかもしれないからね」

「へー……」

二人の話を要約すると、どうやら聖女様が『私が特別に守ってやるから弱い者も稼げる依頼にいらっしゃい』とギルドに対して、ボーナスステージを用意してくれたということらしい。

「だからリョウも行くのかと思って確認したんだ。あそこは珍しい薬草も多いぞ？」

「なるほど……」

そう言われれば、少し興味が湧いてくる。

しかしやはり一人は不安で、思わずチラリと隣を見たら、アムールとばっちり目が合った。

「俺は初めっから行く予定だったしー……別にお前が行くからじゃないからな」

プイッとそっぽを向きつつ、尻尾が揺れている。

その態度に噴き出しそうになりながらも、不器用な優しさが嬉しくて胸が温かくなった。

「じゃあ、俺も行こうかな」

「お、やる気だなリョウ」

「楽しみね」

三人で盛り上がる中、腰に絡まる尻尾が少しくすぐったかった。


「おい」

「ん？」

夜が更け、店の前でエモワとトワと別れ、さて買った物を持って宿に戻ろうかと考えていた時だ。

「お前明日も依頼受けるのか」

「うーん……明日はのんびりしようかな。引っ越しの準備もしたいし」

「ふーん……」

そう言って、アムールの尻尾がパタンパタンと左右に忙しなく揺れる。

いったいどうしたのだろうと見ていたが、アムールはそのまま何も言わずに立ち去ろうとする。

「なんなんだよ……」

こんな時のスマートフォンだ。

バッグの隙間からそっと画面を見ると――

――ねぇねぇ！

――一緒にのんびりしよう
「待ってアムール！」

そんな文字が表示されていて、アムールを呼び止めていた。

そう言えば、パートナーになったのに二人でそのことについてゆっくり話したりしてなかった。

もしかしてそれを寂しく思ってくれてたり……？

合ってるか分からないけれど、とにかくこんな可愛い翻訳されたらほっとけないだろっ！

そう思った瞬間、俺は振り返ったアムールの腕に手をかけていた。

「明日あの、えっと……良かったら一緒にのんびりしようか！」

「……ちっ、仕方ねぇな。ったく、世話の焼けるチビだ」

俺が言うなり、アムールは眉間に皺を寄せた。しかし、さっきまで忙しなく揺れていた尻尾がピンと上に伸びている。分かりやすい尻尾だ。

そんなんだから昔飼っていた猫とかぶるんじゃないか。うちのコはもっと素直だったけどね。

そんな訳で、明日はアムールとのんびりすることになった。

「……のんびりするんだよね？」

「のんびりするんだろ」

「ここ、のんびりできるっ!?」

この世界でののんびりの仕方が分からなかったから、アムールに聞いてみたら草原に行くと言う。

なるほどピクニックかと解釈して、宿の食堂で弁当を作ってもらった。

そして、確かに連れていかれたのは綺麗な草原だ。銀色の草がさわさわと風に音を立てているのがなんともさわやかで素敵な光景。

ただ最終的に辿り着いたのは、馬鹿みたいにでかい木の上で――

「これ！　落ちたら！　死ぬやつ……っ！」

「落ちなきゃいいだろ」

「登らなきゃいいだろぉおっ!!」

草原にポツンと佇む大木の根元に行くから、てっきり木陰で休むのだと思ったんだ。

だからのこのこ付いていってしまって、いきなり小脇に抱えられあっと言う間に地面が遠くなった。

高さはビルの四、五階あたり……いやもっと高いかもしれない。

とにかく、落ちたらただでは済まない高さにめまいがした。

「こんな高いところに登る意味ってなんだよ!?」

「ここが一番のんびり出来るじゃねーか」

「アムールはな！　俺は下りる！」

「じゃあ勝手に下りろ」

「ちょっ、手を離すなって……っ！」

勝手にどうぞと手を離されて、慌ててアムールにしがみついた。

アホか！　俺は猫じゃねーんだぞ！

俺がしがみついたままで、アムールがのそのそ動くからたまったもんじゃない。俺がひいひい言っている間にベストポジションが決まったのか、アムールは太い枝にのしりと座って伸びをした。

「さて、飯食うか」

「ここで⁉」

絶句する俺にはお構いなしに、アムールはマジックバッグから俺が持ってきていた弁当を出す。

そしてしがみついていた俺の身体を軽々と持ち上げてくるりと反転させる。

一瞬しがみつく場所がなくなって焦ったが、背中に感じる広くて硬い胸と腹に回された尻尾で驚くほど俺の体勢は安定していた。

なによりフワフワの尻尾が、確かめるように俺の腹をなぞるのがくすぐったくて気持ちいい。

……パ、パートナーだもんな。こいつのことを信じないと……

緊張していた身体から少し力を抜いて、アムールに凭れるように姿勢を変える。するとまた少しだけ尻尾が巻きつく力が強くなった。

「早く食わねぇとなくなるぞ」

肉をキャベツのような野菜で包んだ物を食べながらアムールが言う。さすがに差し出してくれたりはしないけれど、弁当を示す視線はいつもより少しだけ優しい。

俺はそっと手を伸ばし、アムールの脇に置かれた弁当を手に取って口に運んだ。

「……美味しいねこれ」

「普通だろ」

すぐに憎まれ口を叩くアムールに俺は笑った。

しかし、楽しいはずの時間なのにどうにも楽しめない。

怖さと緊張で跳ね上がっていた心拍数がおさまらないのだ。

「……なぁアムール、ご飯食べたならもう下りない？」

「お前まだこえーのかよ。どんだけビビりなんだ情けねぇな」

もう怖さはあまりないはずだ。なのに、動悸がいつまでもおさまらなくて落ち着かない。

「うー………っ」

俺ってここまで臆病だったかな、なんて思いながら、俺はフワフワ尻尾を握って立てた膝に顔を埋《うず》める。

あー念願のフワフワ、思ったよりフワフワ、気持ちいい。

そう思うのに、どうにもこうにも落ち着かない。

ほら尻尾だぞ、触りたいって思ってただろ、フワフワに集中するんだ俺。

そんな必死な俺にとどめを刺すように、長い腕が回された。

「うえっ、な、何……？」

「寝る」

「寝るぅッ!?」

驚愕している俺の体を引き、アムールは木に体を預け寝る体勢になってしまった。

体を引かれた俺は否応なしにアムールと密着してしまってまた心臓が跳ねた。もう握った尻尾なんて忘れてしまった。

「ほ、ホントにここで寝るの……？」

「……」

「……ねぇってば……」

「……」

返事の代わりと言うように腕の力が少し強くなった気がした。

これ、今日はずっと木の上に居なきゃいけないやつじゃないか。

せっかくモフモフを堪能できるなら安全な場所でしたかった。

「……アムール」

呼んでも、やっぱり返事はない。もうこれは諦めるしかないのだろう。そう思い、仕方なくアムールへ身を預けた。

ぎゅっと身体に回された尻尾と、腕の力。厚くて、少し硬い胸板。肌に感じる彼の男らしさに高さへの恐怖とは違う鼓動の高鳴りを感じた気がした。

温かい木漏れ日に、頬を抜ける柔らかい風。

サワサワと聞こえる草の音に紛れて、どこからか鳥の声が聞こえてくる。

そして、体を預けているのはたくましい胸。

揺れる葉っぱと青い空の視界の隅で、チラリと見える三角の耳。

そのどれもが心地よくなってきて、自然と頬が緩み瞼が重たくなってきた。未だ心臓は忙しないのに、俺はなかなか図々しい神経をしているようだ。

「……ふぁ～……、ねむっ……」

体はまだしつこくドキドキしているが、それすら心地よく思えてくる。

寄せた大きな体に伝わってないと良いな、なんて思いながら瞼を閉じる。

感じる動悸の速さがアムールのものだって気づかないまま、フワフワな尻尾を握って眠ると、大きな猫に頭をずっとすりすりされている夢を見た。

第三章　猫獣人とパートナーの日々

「ちょっと久しぶりね？」

「そうなんです。やることはいつもの薬草採取ですけど」

アムールとパートナーになって三日ほど経ち、俺はギルドの受付で薬草採取の依頼を受けている。

なんだかんだアムールに振り回されて依頼どころではなかったのだ。今日はアムールが一人で買いたい物があると言うから、俺も一人で依頼を受けに来た。

依頼書にサインをしてからお姉さんに渡すと、すっかり顔見知りとなったうさ耳の彼女は大きく頷いて、興奮気味にあることを教えてくれた。

なんでも、聖女様の力がとても強く、森の魔物がどんどん減っているそうだ。

「歴代の聖女様は、凶悪な魔物が多い場所に直接出向いて浄化してたのに、今の聖女様は神殿で祈りを捧げるだけで森を浄化しているの！」

「へー、凄いですね」

その話が本当だとしたらこれほど有り難いことはない。どんどん浄化を続けて魔物を減らしてほしいものだ。

そんなことを思いつつ森に向かう。今日はアムールが居ないので森の浅い場所で採取する予定だ。

乗り合い馬車に揺られて景色を眺めていたら、向かいから手を振られた。

「リョウくん？」

「え……あっ！　マーロさん！」

向かいの椅子から声をかけてきたのは、ギルドで出会ったイケメン冒険者、マーロだった。

そっちに移ってもいいかな、と聞かれて頷く。相変わらず金髪碧眼が似合ういい男だ。

「久しぶりだねリョウくん。今日も薬草採取かい？」

「はい。マーロさんはなんの依頼を受けたんですか？」

「私は川の魔物を討伐しに行くんだが……アムールは？」

そう聞かれて、俺は苦笑する。

「パートナーにはなったんですけど、今日は別行動です」

マーロの口調に、やはりパートナーだといつも一緒にいるのが当たり前なのだろうかと思った。

とはいえあまりにもレベルが違いすぎる俺とアムールでは、今後もいつでも一緒ってわけにもいかないだろう。

少し情けないな、なんて思っていたら、マーロは一瞬目を瞬かせてにっこりと微笑んだ。

「そうか……だったら、良かったら一緒に僕の依頼に付き合ってくれないかな」

「え……」

さらっと魔物の討伐に誘われてしまい、俺は狼狽《うろた》える。もしかしたら冗談かなと思ったが、マーロは黙って俺の返事を待ってくれていた。どうやら本気のようだ。

それでも安易に返事は出来ない。なんていったって、この世界で戦闘をしたことなんて一度もないからだ。

「あの、俺は戦闘が出来なくて……居るとかえって邪魔になるかもしれません」

情けない話だけれど、と付け足しながらマーロにそう言う。

俺は魔物が現れたら戦闘どころか恐怖で腰を抜かすかもしれない。

そんなお荷物がそばに居ては、マーロの迷惑にしかならないだろう。

しかし、俺の心配はマーロが笑い飛ばしてくれた。

「大丈夫だよ、川の魔物と言っても少し牙の生えた魚ってだけさ。川に近づかなければ安全だ。それに川付近には森にはない薬草があるかもしれないよ？」

そんな言葉とともに、頭をワシャワシャと撫でられて目を瞬かせる。

もしかして、彼は冒険者の先輩として俺に経験を積まそうとしてくれているのだろうか。

なんて優しいんだろう。そう思うと同時にアムールの怖い視線が脳裏をよぎったが、頭を横に振った。

だって、せっかくパートナーになったっていうのに、レベルの違いはなかなか埋められない。

だったらここらで、俺もできることを増やしておいたほうがいいのではないだろうか。

俺は勇気を振り絞って頷いた。

「……じゃあ、お言葉に甘えて……」

「そうこなくっちゃな！」

するとマーロが拳を作り、笑顔で俺に向ける。

俺も真似して拳をつくりコツリとぶつければ、マーロが楽しそうに笑った。

本当は、アムールと笑顔でこういうことが出来るようになったらよかったんだけど。

「どうした？」

「い、いえ、大丈夫です！」

俯くと、すぐにマーロが俺を気遣うようにこちらを覗き込んだので、慌てて笑顔を作った。

夕飯の約束はアムールとしているから、日が暮れるまでには帰ろう。そう思いながらマーロと共に馬車を降りた。

――さて、小川のせせらぎを聞きながら薬草を……なんて考えていた俺はつくづく考えが甘い。

「こ、ここですか？」

「あぁそうだ。一番流れが穏やかで魔物が集まりやすい」

「一番穏やか……」

マーロの言葉に俺は顔を引きつらせた。これで？　と言いたくなるほど、川の流れは急だ。

川幅も広いし、川の流れはしぶきを上げながらうねっている。

しかしマーロは落ち着いた様子で川を眺め、こちらに向かって手を振った。

「まずは薬草採取を終わらせてしまおう。それから魔物の討伐を手伝ってくれ」

……討伐の手伝いなんてできるだろうか。

そう思いつつもマーロのお言葉に甘えて、木々が生い茂る場所へと移動する。

マーロの言う通り、この周囲には森では見かけない薬草もあった。おまけにきのこまで豊富にある。これは薬師のオヤジさんも喜びそうだ。これは大収穫になりそうだな、なんて考えながら俺は上機嫌で採取にとりかかる。

しばらく集中して薬草を集めていると、後ろから声がかかった。

「――根っこを採る物と採らない物があるみたいだけど、なぜだい？」

「えーと、根っこが薬になる薬草は根っこごと採ります。それ以外は根っこを残します。その方がまた生えてきますから」

地味な俺の仕事なんかに興味を持ってくれたことが嬉しくて、俺は籠の中身を指しながら説明する。

するとマーロは一つ一つに頷いてから、首を傾げた。

「へー……どこが薬になるか把握してるのか？」

「えぇまぁ、俺は薬草採取ぐらいしか出来ませんから」

魔物討伐が主な冒険者ギルドで、俺は街の雑用と薬草採取の依頼しか受けられない。

ならばせめて、限られた仕事だけでも完璧にこなしたいじゃないか。

「なるほどなぁ……」

とはいえ、薬草採取は冒険者にとって魔物を討伐する『ついで』のような仕事だ。

呆れられるだろうかと思ったが、マーロはどこか感心したように言葉を漏らした。

「だからキミの評判がいいんだね」

「俺……？」

マーロの予想外の態度に驚いたが、それより気になる単語が出た。

底辺冒険者の俺に評判なんてあるのか？

俺が首を傾げると、マーロは俺の頭を撫でて微笑んだ。

「リョウくんが来るといつも受付のノーシャが嬉しそうにしているんだ。しかもあの変わり者薬師のアルシーから指名依頼までされているだろ。あのアルシーからの指名依頼なんて貴重なんだよ」

「そう、なんですか……？」

確かに受付のお姉さんはいつもにこにこと対応してくれるし、たくさん褒めてくれる。

ただそれは、そんな依頼しか達成出来ない俺を励ましてくれているのだと思っていた。

指名依頼だって、そんなに珍しいことだとは思っていなかった。

「薬草採取は確かにランクの低い者や、他の依頼のついでに受けるものだ。だから薬草の学がなくて必要な部位も分からずに採取していたり、おざなりな処理をしている者も多いんだと思うよ。そんな中でキミは薬草の特性をちゃんと理解して丁寧に扱っている」

だから信頼されているんだね、と言いながら、マーロの指先が俺の髪を梳《す》く。

困った、ちょっと泣きそうだ。

不意打ちの優しさに胸が熱くなって慌てて俯いた。

俺はこの世界に来て、必死で生きてきたつもりだ。でも自分は周りから助けてもらうばかりで、本当は自分が情けなかった。

冒険者がかっこいいから、なんて理由で向きもしないギルドに登録して、誰でも出来るような依頼ばかり受けて——ここは夢の中でもゲームの世界でもないのに、いつまでこんな人の役に立たない仕事を続けるつもりだ？

この世界に慣れれば慣れるほど、そう自問自答する時間が増えた。

だけど。

「俺……役に立ってたんだ……」

俺の頑張りは、無駄じゃなかったんだ。

「この前は薬草採取だけで生活が成り立つのか、なんて言って悪かったよ。リョウくんは唯一無二の立派な冒険者だ」

「……っ、ありがとうございます……」

俺は俯いたまま鼻を啜った。

知らぬ間に、俺を必要としてくれる人が居た。俺はこの世界で必要とされていた。

だったら、もう少し足掻いてみようかな。

こみ上げてくる涙を誤魔化しながら、俺はまた薬草採取に没頭した。


気分よく薬草採取を終え、食事をして二人で川に向かう。今度はマーロの討伐依頼を達成するためだ。俺はマーロより三歩ほど後ろにさがって見守る。魔物怖い。

しばらく歩くとマーロが足を止めて、川の一点を見つめた。

「……あそこで少し光を反射している所が分かるかい？　あれが魚型の魔物が居る目印なんだ」

そう言うと同時に、マーロが手のひらを川に向けて、不思議な言葉を唱えた。これが呪文の詠唱なのだろう。初めてこの世界で見る魔法に思わず目を奪われる。

マーロの詠唱と共に強い風が吹き、水しぶきを上げながら魚型の魔物が川から飛び出てくる。

「でか……っ！」

牙が生えた魚と聞いていたのでピラニアみたいな生き物を想像していたが、大きさが想像の十倍以上ある。そしてやたらでかい口から無数に並んだ牙がはみ出している。

マーロは飛び出てきた魔物に、さらに詠唱を重ねて火の玉をぶつけた。

陸に上がった魔物はもはや虫の息――に見えたのだが、最後の力を振り絞るようにこちらへ突っ込んできた。

「マーロさん危ないっ！」

思わず後ずさりながら叫ぶが、マーロは落ち着いた様子で背負っていた大剣を抜く。

そして、向かってきた魔物をあっさり真っ二つにしてしまった。

魔物は切られてもなお地面でビチビチ跳ねていたが、しばらくすると大人しくなった。

俺は無意識に止めていた息を吐き出して、マーロの方を向く。

「こ……これ、倒したんですよね？」

「あぁ」

「もう噛み付いてきませんか？」

「流石にもう死んでるよ。大丈夫だ」

お墨付きをもらっても、臆病者の俺はビクビクしながら魔物に近づく。だって見ろよこの牙。魚が持ってて良い牙じゃない。

足でツンツン突いて、本当に動かないのを確認してから俺はやっとしゃがみ込み、倒された魔物を観察した。

「魚の魔物は初めて見ました……鱗がキラキラしてますね」

「その鱗が厄介でね、粗末な武器だと弾き返すぐらい頑丈なんだ」

そんな頑丈な鱗を持った魔物を簡単に真っ二つにしたマーロって、実は凄いんじゃ……

俺が尊敬の眼差しをマーロに向けると、なんでもないように笑うからなおさらカッコいい。できる男だな。

「さて、ここら辺に魔物が集まっているようだからまだまだ討伐するよ。リョウくんは良かったら倒した魔物の右ヒレを切り取っててくれないか？　そこが討伐証明になるから」

「はい！」

ついに魔物の討伐の手伝いができる。そして、こんなに優しくしてくれたマーロの役に立てる。

なんだか嬉しくなった俺は、一丁前の冒険者になった気分でうきうきと魔物を解体していった。

初めて触れる魔物に悪戦苦闘しながらも、何とか討伐証明部位を解体して袋に詰める。


そして倒した魔物が十を超えた頃、マーロが俺を呼んだ。

「お疲れさま、今日はそれぐらいにしておこうか。リョウくんのおかげで討伐がはかどったよ、ありがとう。川で手の汚れを洗い流すと良い」

「はい！」

俺のおかげではかどったとマーロは言うが、前半は俺を見守ってくれていたから討伐が出来ていない。

それでも、あたかも俺が居て助かったなんて思わせる物言いはマーロらしいな。

だけどそれを指摘するのは野暮だろう。笑顔だけ返してマーロの言う通り川へと向かった。

そして、魔物の解体で汚れた手を川で洗い流そうとした時だ。

「へっ……うわぁッ!?」

急に足元をすくわれるような感覚が俺を襲った。

俺はバランスをくずして頭から川へ突っ込んでしまう。

「……っ!!」

深くて急な流れは簡単に俺を呑み込む。しかも魔物が居る川だ。

このままだと、死ぬ――？

そんな思いが一瞬頭をかすめて、とたんにパニックになった。

「リョウくんっ！」

マーロの叫び声が聞こえるが、流れに遊ばれて、今自分が上を向いているのか下を向いているのかすら分からない。パニックになった俺はただジタバタともがいたが、そのうちに、また不思議な感覚にとらわれた。少し強引な力で叩き出される感覚だ。

気が付くと俺は痛いほどの力で川から弾き出されていた。

「おっ……と、大丈夫かリョウくん!?」

「ゲホッゲホッ、けほ……はぁはぁ……っ」

マーロに受け止められて、彼の腕の中で飲み込んでしまった水を吐き出す。

どうやら魚の魔物を川から引きずり出していた風の魔法が俺に使われたようだ。

「す……すみませんマーロさん……足を滑らせてしまって……」

「スライムでも踏んだのかもしれないね。無事でよかった……」

咳き込む俺の背中をさするマーロ。

せっかく役に立てると思ったのに、手間取らせてしまったことに申し訳なくなる。

「落ち着いたら服を脱いで乾かしたほうがいい。このままでは風邪を引いてしまう」

「いっ、いえ、これぐらい大丈夫です」

これ以上手間取らせるなんて、と慌てて振り向くとマーロに真剣な表情で首を振られてしまった。

「駄目だよリョウくん、風邪を甘く見てはいけない。どんなに屈強な冒険者でも病気には勝てないんだから」

「……わ、分かりました、面倒かけてすみません……」

世話の焼ける後輩で申し訳ないと、俺は何度もマーロに頭を下げたが、マーロは笑って「気にするな」と言ってくれた。

呼吸が整ったところで濡れた服を全部脱ぎ、下穿きだけになって服を木に吊るす。

マーロが弱い風魔法をかけてくれているから、きっと早目に乾くだろう。

「ほらリョウくん、こっちだよ」

「え？　……えっ!?」

服を木に吊るし終えた所でこっち、と言われ振り向くと、なんとマーロは焚き火の用意までしてくれていた。そこまでは良い。問題は焚火のそばに座ったマーロが、腕を広げて構えている事だ。

「あの、マーロさん……？」

「早くおいで。そんな格好では風邪を引いてしまうよ」

そう言って微笑んだマーロが何かを呟くと、再び俺の身体が風に押されるように動かされる。

「わっ⁉」

そうして、気が付くと俺はマーロが立てた膝の間に座らされていた。じわりと温もりが肌を伝ってくるが、マーロの顔があまりに近くて慌ててもがく。しかし、マーロは俺の出口を塞ぐように俺の身体の前で腕をクロスさせた。

「ずいぶん体が冷えてるね」

「あの……すみません、すぐ離れますから！」

うなじにマーロの呼吸が当たって、なんとなくざわっとする。しかしマーロは俺の動きをまったく気にした様子もなく、俺の身体に触れた。

「……んっ⁉」

「じっとして、温めてあげるから」

……これは、あっためてくれてる、んだろうか？

マーロの手が俺の腕をさすって、血行をよくするためなのか、マッサージをし始めた。

これは、恥ずかしがっては余計に恥ずかしくなるやつだ。

俺はかなり動揺していたが、出来るだけなんでもないような振りをして目をつぶった。

ベテラン冒険者が案じてくれているのだから、恥は捨てて言う通りにするべきなんだろう。ただでさえ面倒をかけているのだから。

「あの……すみません……」

何に謝ったのかと言えば、なんと言うか、色々だ。この状況すべてに謝りたい気分である。

しかしマーロは気にする様子もなく、ずっと冷えた腕をさすってくれる。

この恥ずかしい状況になれてくると、自分の体の冷えを実感してマーロの温もりが有り難かった。

強張らせていた体から力を抜き、マーロの胸に寄りかかればより温もりを感じられる。

「あったかい……」

緊張がほぐれ、マーロのマッサージにうっとりする頃には、もう日は完全に沈んでしまっていて、俺は密かにため息を吐く。

明日アムールに謝らないとな、と思いながら少しうとうとし始めた時だった。

「……んっ」

マーロの手が脇腹や内ももをさすってきて、くすぐったくて無意識に身をよじる。

それでも追ってくる手のひらに体を丸めながら俺はマーロに言う。

「あの、マーロさん。そこくすぐったいです」

すると、背後のマーロがくすりと笑うのが分かった。

「くすぐったいってことは、そこで気持ちよくなれるってことだよ」

「はい？」

マーロの言っている意味が分からず振り向こうとすると、マーロの手が突然俺の胸に触れた。冷え切った身体にマーロの指先が触れると、ぞくりとして身体が跳ねてしまう。

「ひぁっ!?　あの、あのっ、マーロさん!?」

混乱しながらもまた身をよじるが、マーロの手の動きは止まらない。そして、身をよじる最中に、知ってしまった。

マーロの下半身の中心が硬くなっている。

「ちょっ……マーロさん!!」

「大丈夫だよリョウくん。——身を任せて？」

振り向くと、ようやくマーロの顔が視界に入った。さっきまで温かく優しく見えていた彼の眼はギラギラと光っていて、ひゅっと息を呑む。マーロが何をしようとしているのか察し、俺は必死に腕を動かした。

「や、マーロさん！　俺っ、無理です！」

「大丈夫。ちゃんと気持ちよくしてあげるからね」

「ひっ……！」

何も大丈夫じゃない!!

耳元に熱い吐息をかけられ、肌が粟立《あわだ》つ。

「……っ、すみませんっ!!」

強張っていた体から渾身の力を絞り出し、俺は腕を振ってマーロの腕から逃げた。

足が絡まりそうになりながらも、必死で木々の間を走る。下着だけの情けない姿だなんて、その時は思い出す暇さえなかった。暗い森は怖かったが、今はマーロへの恐怖が勝る。

耳元で囁かれた掠れた声、俺の体を這う妙に熱い手のひら。そのどれもが気持ち悪くて仕方ない。

――どこでも良い。どこか身を隠せる所へ……！

そう考えている最中、急に足元をすくわれるような感覚に襲われる。

「あ……っ！」

前のめりに転倒し、膝と肘を擦りむく。

今の感覚には覚えがある。川に落ちた時と同じだ。

「やっ、は、離せよ……っ！」

まさか、さっきのも。そう思いながら立ち上がろうとした時、腕を掴まれて、身体をひっくり返される。俺の目の前に誰がいるかなんて分かりきっていた。

「離せって……マーロさんっ！」

「良いね、その反応……」

このマーロは、本当に俺の知ってるマーロなのか。

俺を拘束する男は、朝と同じように爽やかな笑顔を浮かべていた。しかし今、月明かりに照らされて笑う顔は、とても不気味に見える。

「やめ……っ、嫌だ……っ、マーロさん……っ！」

俺が抵抗すればするほど男の息が荒くなるようで、気持ち悪い。さっきのようにつき飛ばそうとしても、足を股の間に入れられて、片手で簡単に両手を上でまとめられてしまう。

「あぁ、やっぱりリョウくんは私の思った通りだよ……」

マーロは片手を俺の身体に手を這わせて、嬉しそうな笑いを浮かべた。

「私はね、リョウくん。逃げた獲物を追うのが好きなんだ。男ってそういういきものだろう？　なのに……私が少し優しくするだけで、みんな逃げるのをやめてしまうんだよ。つまらないったらない」

「知るかよそんなのっ」

俺の両手を押さえつけるのは片手なのに、いくら抵抗してもびくともしない。そんな俺をうっとりと見つめるマーロが怖くて思わず顔をそらす。欲情を宿した青い瞳は、もはや俺の憧れた冒険者の物ではなかった。

「だけど、リョウくんは私がいくら優しくしても、感謝はするが私をそういう目で見なかった……見た目も好みだし、最高だよ」

そむけていた顔をべろりと舐められ、その気持ち悪さに短い悲鳴を上げる。

もう、何がなんだか分からない。

目の前の男がとにかく気持ち悪くて目をつぶってしまいたい。でも何をされるか分からないのも怖い。だから歯を食いしばり睨みつけるが、マーロはそれにすら嬉しそうに頬を染めた。

「あぁ……いいなぁ。パートナーを決めたばかりの子ほど、抵抗して良い声で鳴いてくれるんだよ。キミはどんな声で鳴いてくれるのかな」

「こ、の……最低野郎……っ！」

マーロの口ぶりからして、きっと常習犯なんだろう。慣れない冒険者の中から獲物を見つけて、声をかける。それからこういうことを繰り返している――今回のターゲットが俺なのだ。

「……反抗的な目がとろとろに蕩《とろ》けて私に縋りつく瞬間がたまらないんだ」

そう言って、マーロが自分の腰に手を回すと、何かをポーチから取り出した。見せつけるように顔の前に差し出されたのは、紅色の飴玉に見える何か。どう考えてもろくなものじゃない。

「ひっ、やめろこのっ！　触る――っんぐ……!?」

必死に身をよじり避けようとしたが、叫ぼうと開いた口にそれが放り込まれてしまう。その瞬間飴玉のようなそれは口の中でどろりと溶ける。同時に、まとわり付くような甘い味が口中に広がった。

吐き出そうにも口腔内にへばりついて吐き出せず、飴は唾液と共に喉へ流れ込んでしまう。するとと、次第に触れられる場所が妙に疼き出した。心臓の音が、大きくなっていく。

「はっ、や、ぁ……、な、に……!?」

「もっと気持ちよくなれるお薬だよ。大丈夫、合法的な物さ」

「おまえっ……ぁ、やっ」

まったく大丈夫じゃない言葉と共に、俺の胸元をマーロの舌が這うと、びりびりと電流のような快感が脳に走った。押し倒されている地面の草が肌に当たるだけで、ぞくぞくとしてたまらない。

気持ち悪かったはずのマーロの熱に縋りたくなる衝動に駆られて、慌てて首を横に振る。

全力疾走した後のように呼吸が速くなり、視界がぼやけて思考が鈍る。

熱い。どこもかしこも熱くてたまらない。

触ってほしい。その熱を開放してほしい。だけど、こんな奴に触られるのは――

「……い、やだぁ……」

視界が潤んでいる中で、必死に前を睨みつける。ぼやけた視界にとらえたのは、高揚したマーロが目元を赤らめて俺を見下ろす姿だった。

「はは……こんなになってまでまだ抵抗するのか。やっぱり最高だ」

マーロの顔が近づいてくるのが分かり、咄嗟に顔をそむける。

そんな俺の様子に怒るでもなく、かえって興奮気味にマーロが言う。

「ふふ……いつまで保《も》つかな、その余裕……訳も分からないぐらい気持ちよくしてあげるからね」

「んぁっ！　あぁ――っ」

焦らすように内ももをまさぐっていた手が、下穿きを押し上げる中心へ移動した。そして下から上へと手を滑らせるだけで、俺はあっけなく達してしまう。

「ほら、もうこんなにとろとろだ。観念して縋りついておいで？」

そう言って頭の上で拘束されていた両手は解放されたが、もう力が上手く入らない。

逃げなきゃいけない。けれど、もっと気持ちよくなりたい。

熱に支配された体が解放を望む。

それでも嫌だ。嫌だ嫌だ嫌だ嫌だ嫌だ――……

どうすれば良いのか分からなかった手は地面を握りしめる。爪の間に土と小石が入り込んで痛かったが、目の前の男に縋りつくよりはマシだった。

「……まいったな……素直そうに見えたけど、キミがこんなに強情っぱりだなんて……」

はぁ、と熱い吐息を吐き出したマーロは心底困ったように言う。

しかし、かすむ視界に見えたのは、今まで見たどの顔よりも気持ち悪い笑みを浮かべた姿だった。

「ますます興奮しちゃうなぁ……」

「やだ……いやだ、た、助け……っ、ひんっ」

流れた涙を舐め取られ、体が恐怖で震える。それでも熱くなる自分の体が忌々しかった。

いざとなったら舌でも噛んでやろう、と紗《しゃ》のかかる思考の中で覚悟を決めた時だった。

――強い風が吹いた。それと同時に覆いかぶさっていた熱がなくなる。

鈍った思考では何があったかなんて考える余裕はなかったが、そんな俺を引き寄せる腕があった。

瞼を開くと涙でぼやけた視界には、かろうじて赤髪だけが映る。

目を背けたくなる現実に希望が現れた気がして、俺は必死で焦点を合わせる。

そこには、俺を抱き寄せた赤髪の男が、牙を剥き出しにしてマーロを強く睨み付けていた。

「……てめぇ…………何してやがる……」

男はマーロを睨みつけたまま、唸るように言葉を紡ぐ。

ふーふーと剥き出しにした犬歯の間から息を吐く彼は、何もかもを破壊してしまいたい衝動を抑えているようだった。

俺はまともに動かない手で、ギュッと彼の服を掴んだ。

「……あ……アムール………」

かすれた声で名を呼ぶと、俺を抱く力が強くなった。痛いほどに抱きしめられると、自然とアムールの胸に顔を埋《うず》める形になる。吸い込んだアムールの香りにあれほど乱れていた心が落ち着いた。もう大丈夫だと、当たり前のように思えたのだ。

瞳孔が真ん丸に開かれた金色の瞳を見つめて、俺は場違いにも笑ってしまっていた。

「痛いなぁ……まったく、これだから粗暴な獣人は嫌いだよ」

——けれど、耳に不快な声が届く。

見上げるとアムールに殴り飛ばされたマーロが、腫れた頬を押さえながら立ち上がっていた。

俺がビクリと体を震わせれば、アムールが視線からも守るように俺の体を包み込んでくれる。

そんな俺達の様子に、マーロが笑った。

「心配しなくても、もう手は出さないさ。アムールが許してくれそうにないし……」

今日はね、と最後に付け足したマーロに、アムールは猛獣のような唸り声を上げた。

「ふざけんな……俺のもんに手ぇ出しといてただで済むと思うなよッ‼」

「ははは、それは怖いなぁ」

場の空気を震わすほどの怒りを孕んだ怒鳴り声の中、マーロは涼しい顔で身なりを整える。

「てめぇをこの国に居られなくしてやるからなっ！」

「それはどうかな」

アムールが吼える。それでもなおマーロは余裕のある顔のまま、アムールに向き直った。

「……アムールと私、皆はどちらを信用すると思う？」

「……ンだと」

「自分で言うのもなんだが、私は周りからの信頼が厚くてね」

キザったらしく髪を掻き上げるマーロは、昼までの爽やかな好青年に見える。

ずっと頼れる先輩だと思っていた姿で、彼は悪魔のような言葉をつむいだ。

「だがアムール、キミはあまり周りから信用されていないようだね。私が濡れ衣だと訴えたら、皆はどちらを信じるかな……？　後ろ指をさされるのは誰だと思う？　この国に居られなくなるのは、はたしてどちらかな？」

悪魔のような男が、悪魔のような言葉を吐く。

その言葉が、鈍くなっている脳内をぐるぐると回った。

落ち着いていたはずの胸がザワつき、不安から呼吸が速くなる。

悔しいが、マーロの言う通りだ。俺達がマーロの罪を訴えたところで、証拠もなしに好青年で名が通るマーロを誰が疑うだろうか。誰が、俺たちを信じてくれるだろうか。

「知るかよ」

吐きそうになっていた俺の頭上から、アムールが吐き捨てた。

「後ろ指さされようが知ったことか。てめぇが罰を受けるまで何度でもしつこく喚《わめ》いてやるし泣いて土下座してもボコボコにしてやるっ！」

「アムール……」

力強い言葉が俺の弱った心を励ました。

それはきっとアムールの本心だ。誰に何と思われようが構わない。何者にも左右されない、芯の通った強い人。

そんな強い人が、俺のために怒り、俺を守ろうとしてくれている。

でも、駄目だ。それでは駄目なんだ。まともに働かない思考で俺は必死に考えた。

アムールが芯を通そうとすればするほど、アムールの信頼が落ちてしまう。

俺のせいで、アムールが生きづらくなってしまう。

「……だめ、だ……」

「は……？」

呟いた俺をアムールが見る。まだ瞳孔が開いたままで、彼の怒りと興奮が分かる。そんな彼が少しでも落ち着いてくれるように、俺は表情を取り繕って、彼を見上げた。

「俺は、大丈夫だから……」

「大丈夫なわけねぇだろ！」

「大丈夫……大丈夫、だから、お願い、アムール。……何もしないでくれ……」

優しいアムール。可愛い猫獣人。

自分勝手で口が悪くて意地っ張りだけど、好きを素直に口に出せないだけの良い奴なんだ。

掲示板にずっと残っている古い依頼を、他の依頼と一緒にこっそり受けちゃうアムール。

迷惑な冒険者がイキって騒ぎ出したら、喧嘩を売って外に連れ出すアムール。

誰かとぶつかりそうになったら、そっぽを向きながら尻尾で引き寄せてくれるアムール。

助けを求めたら息を切らせて駆けつけてくれて、俺なんかのためにこんなに怒ってくれるアムール。

まったくみんな、見る目がない。こんなに優しくて良いやつ、なかなか居ないのに。だから、どうか、お願いだから……

「ねぇ……アムール。お願い」

これ以上、俺なんかのために生きづらくならないで。

俺の訴えに、アムールは口を開きかけたがまたギリリッと歯を食いしばった。

そして俺を胸に抱いて立ち上がり、マーロに背を向けて跳び上がる。

最後に見たマーロは、勝ち誇ったかのように笑っていた。


フワフワと空を飛ぶような感覚の中、頬を駆け抜ける風が心地よかった。

相変わらず体は熱くて全身は疼くし、マーロの笑みが頭から離れない。

最悪な気分で見たアムールは、月を背にして舞う姿。それは何もかもを忘れるぐらい、綺麗だと思った。

アムールの首に腕を回す力もなくてなすがままに抱かれているが、力強い腕に安心した。

心臓が異様に胸を叩くのは薬のせいだろうか。

ぼうっとアムールを眺めていたら、次第に速度が落ちてくる。

辿り着いたのは、とても美しい場所だった。

「ここ……は?」

見たことないほど美しいのに、どこか見覚えがあるような場所。

時が止まったのかと錯覚するほど静かに佇む水面は、漆黒に星の光を反射してそこに宇宙があるみたいだ。

そうだ、俺はここに来たことがある。

水面のほとりには七色に輝く鉱石。アムールが一度連れてきてくれた湖だった。

「……ん」

アムールが、俺を抱えたまま湖へ入る。

冷たい水温が火照った体にちょうどよくて、ほぅ、と長く息を吐いた。

自分の服が濡れるのも気にせず湖の中に座ったアムールは、俺を足の間に座らせて肌に手を滑らせる。俺を綺麗にしてくれようとしているのだろう。

「は、ん……」

そう頭では分かっているのに、言うことの聞かない俺の体が勝手に快感を拾ってしまう。

情けなくてまた涙が溢れてきたが、アムールの手が優しく拭ってくれた。

冷たい水が心地好いはずなのに、アムールの熱にもっと触れていたいと思ってしまう。

これもきっと、薬のせいだ。

「うん、はぁ、あっ……」

アムールの手が俺の勃ち上がった中心に触れて、軽く扱《しご》いただけで達する。

それでもなお疼く体を持て余し、背後のたくましい胸にすり寄った。

「……」

そんな俺の頭を無言で撫でたアムールは、さらに扱《しご》いて俺を昂《たかぶ》らせようとする。

「んぁっ、だめ、アムール……あ、ぁ……っ」

達したばかりなのにみっともなくもまた勃ってしまう己の体が情けない。

それでも、アムールになら任せられると、どこか安心して体を預けていた。

荒い呼吸を繰り返しながら見上げれば、瞳孔の細くなった金色の瞳がじっと俺を見つめていた。

食いしばった口から、牙が覗く。その隙間からは、耐え難い事に耐えているかのような呼吸を繰り返していた。

あぁ、このまま食べられてしまいたい。そう、本能が疼く。

この肉食獣に好き勝手に貪りつかれたら、どれほど満たされるだろうか。

「んっ、はぁはぁ……っ」

痙攣させながら、また達した体。でもまだ、まだ欲しい。

ねぇアムール……

「……欲しいよぉ……」

「……っ、クソ……ッ！」

「んぐぅ……っ！」

急に体をかき抱かれ、だらしなく開けていた口に指を入れられた。

苦しいはずなのに、その刺激にすら体が震える。

そして俺の陰部を扱いていた手が尻の間をかき分け、節くれだった長い指を穴へ埋めた。

「ふぐぅ……っ、んんんーっ‼」

期待していたはずなのに、具体的なんて想像を出来ていなかった俺は、急な刺激に目を見開き体を跳ねさせる。

思わず前のめりになって這って逃げようとした俺の体を、アムールが覆いかぶさり阻止する。

腰まで浸かった水が激しく音を立てて波紋を広げた。

「ふぁ、あぅ、ん、ん……あぁっ」

口腔内の舌を指で弄ばれながら上顎を撫でられる。荒々しい刺激にぞくぞくと背中を快感が這い上がってきて、ひっきりなしに声が漏れた。

胸を何かに撫でられる感覚。それが水に濡れたアムールの尻尾だと気づくのはずいぶん後になってからだ。

そうこうしている内に尻に埋めていた指をさらに奥まで入れられ、口腔内の手つきとは反対にゆっくりと中を探る。

俺の口腔内を犯していた手に顔ごと引かれ、四つん這いになっていた体は再びアムールの胸の中へ舞い戻る。体勢的に動きやすくなったのか、アナルを犯していた指の動きが大胆になって中を掻き回し始めた。

「あぁあっ、あ、あんんっ」

知らぬ間に増やされていた指がバラバラに動く。知らない感覚に戸惑う前に、俺の体は快感を拾ってアムールの熱にすがった。

指を入れられて開きっぱなしの口からは喘ぎ声と共にだらしなく唾液を垂らしていたが、アムールはそれを余すことなく舐め取っていく。

「あ、ん、んん――っ」

前を触られてもいないのに再び達し、くたりと脱力した体をアムールに預けた。

しかし、俺の口から抜いた指をアムールがべろりと舐めるのを見てしまい、また体が熱くなる。

もう、どうなってるんだ俺の体は……

そんな色っぽい仕草を見せつけながらも瞳は俺を見つめたままで、その金色の輝きに吸い込まれそうだった。

「……アムール………」

呼んだ名に応えるように、ゆっくり金色が近づいてくる。

背後から俺の顔にアムールの顔が覆い被さって、俺は自然と瞳を閉じる。

火傷しそうに熱い唇が、何度も角度を変えて重なった。

「……リョウ……」

「……っ、ふぁ……」

キスの合間に不意に呼ばれた名前。掠れた声に体が痺れ、それだけで俺の下半身は熱を吐き出す。

余韻で震える体は抱きしめられ、触れるだけのキスが何度も降ってくる。

俺の腰に熱くて硬い物が押しつけられているのが分かった。

それでもアムールは優しく口づけるだけだった。俺が眠りにつくまで、何度も何度も、降ってきた。

＊＊＊

「おはようございますリョウさん、お久しぶりね」

「お、おはようございます……」

にこやかな笑顔に迎えられ、俺は引きつった笑顔を返す。

ここはギルドの受付。にこやかな笑顔を向けるのは受付のうさ耳お姉さん。

名前を呼ばれてギクリと肩を揺らした俺は、少し挙動不審になりながら周りを窺った。

しかし、俺の存在など誰も気にしておらず、皆討伐の相談をしたり依頼を選んでいたりと忙しそうだ。

その様子にホッと胸をなでおろし、俺は受付のお姉さんへ向き合った。

「どうかされましたかリョウさん。何か気になる事でも……？」

「いえいえ！　なんでもありませんから！」

なんでもない訳ではないが、俺は手を振って誤魔化す。

だって言えるわけないだろ。男に強姦されかけた噂が広まってないか気になってました、なんて。

だから周りを思わず見渡したが、いつもと変わらぬ光景に心底安堵したのだ。

マーロにされた事、あれは犯罪だ。

だが、証拠がなければ立証は出来ない。

被害者の証言も目撃者の証言も、信用が物を言うだろう。

しかし、俺はまだこの世界で信用を築けているとは思えない。

アムールだって悪いやつじゃないのに、マーロより信用があるかと問われれば素直に頷けない。

悔しいが、今は泣き寝入りしか出来ないのだ。

それだけでも悔しいのに、さらにマーロが先手を打って有る事ない事言いふらしていたらどうしよう。

その不安でギルドからつい遠のいていたが、流石に自分から言いふらしてはいないようだ。

「良かった……」

俺はまた安堵のため息を吐いて、こそこそとギルドを出た。

俺の噂が広まっていないと分かってもこそこそするには訳がある。俺はここ最近、ギルドだけでなくアムールからも逃げ回っているからだ。

「ごめんアムール……！」

だってどんな顔して会えばいいんだよ！

なんて逆ギレしながら、俺は街を走り抜けたのだ。

マーロに襲われたあの日、目を覚ますと知らない部屋だった。

木で作られた狭い部屋には謎の用途の物が乱雑に置かれてて、なんだか映画で見た魔法の家みたいだった。

なんでこんな所にいるんだっけ……と考え込もうとしたら、背後から誰かの寝息が聞こえてギクリとする。

驚いて身体を起こそうとしたが、巻きついた腕が力強くて動けなかった。

いったい誰だよ……と恐る恐る顔だけで振り返ると最初に見えたのは焦げ茶色の三角お耳だった。

あ、可愛い。

なんだ、よく見なくてもアムールじゃないか、と一安心していたが、それじゃあなんでアムールと寝てるんだっけ？　と考えて安心している場合じゃないことに気づいてしまった。

「〜〜〜っ!!」

昨日俺はマーロに……いやそんなことはどうでもいい。いやどうでもよくはないが、今はそれどころじゃない。

俺は昨日、アムールと何をした。

マーロに飲ませられた薬で体が熱くなって、気持ち悪いことをいっぱいされて、そしたらアムールが助けてくれて、今度はアムールから気持ちいい事をいっぱいされて……

「――――ッ!!」

思いっきり叫んでのたうち回りたいが、かろうじてそれを止めたのは、アムールが隣で寝ているという事実だった。

今アムールが起きてしまったら、俺はさらにいたたまれなくなるじゃないか。

なんてこったなんてこったなんてこった。

完全に俺の過失だ。あんな変態野郎にのこのこ付いていってしまったせいで、こんな事態になってしまった。

ごめんアムール。ホントにごめんな。いくら『パートナー』だからって、こんな後始末までしてもらって申し訳ないったらない。知らない服を着ているが、わざわざ用意してくれたのだろうか。

俺は申し訳ない気持ちを胸に、そっと隣で寝ているアムールを見た。

「……え、アムール……？」

その顔を見て俺は驚く。先程は気が動転して気づかなかったが、どこか苦しそうな様子なのだ。

眉間に皴を寄せているし、少し呼吸も速い気がする。そして俺の体に巻きつく腕も熱い。

もしやどこか体調が悪いのでは？　と心配になり体を起こそうとして、気づいた。

「……あっ……」

アムールの下半身の中心が、立派に勃っている。ご立派すぎるそれは窮屈な服の中から解放されて、血管を浮き上がらせながらそそり立つ。

これは辛くて当然だ。ほんの少し触れただけで爆発してしまいそうじゃないか。

そう思い、見かねてそっと手を伸ばせば、アムールのモノが大きく跳ねた。

「ぅわっ」

さらに成長したそれをどうしたものかと、触れてみたはいいが固まってしまった。

このままでは辛いだろうから出してしまうに限る。

……しかし、俺がしていいものなのか。

あの時は緊急事態だったから仕方なくアムールがしてくれた訳で、と昨日のことを思い出しそうになって慌てて首を振った。

顔が熱いから、おそらく今の俺の顔は真っ赤だろう。恥ずかしすぎる。アムールが寝ててくれてよかった。

「ひぇっ!?」

そう思ったのに、いきなり寝ているはずのアムールから手を掴まれた。

「わっ、ちょっと、アムール!?」

反対の手で体を引き寄せられ、俺の顔はアムールの胸に押しつけられる。

そして俺の手ごと大きな手で包み、そのままアムールのそれを扱《しご》きだした。

「く……ぅっ」

頭上で荒い息づかいと艶っぽいうめき声が聞こえて、妙に緊張した。

しばらくもしないで手のひらに熱い欲が吐き出され、すべてを出し終えるまで強く抱きしめられる。

「くっそ……全然おさまらねぇっ」

唸り声と共にそう呟かれると同時に体をひっくり返され、気が付けばアムールに押し倒される形になっていた。

ポカンとしている俺を見下ろすアムールは、やっぱり眉間に皺を寄せたままだ。

両手を顔の横でベッドに押しつけられる。アムールの欲を受け止めた手が熱く感じた。

「お前体調は……？」

「た、体調……？　は、悪くないけど……」

「もう薬は抜けたんだな？」

「たぶん……」

「よし」

何がよしなのか分からぬまま、頬をザラリと舐められた。

猫獣人特有のザラザラした舌が、まるでグルーミングをするみたいに何度も俺を舐めてくる。

可愛い、とは思えなかった。

あれ、おかしいな。三角お耳に長い尻尾は可愛いはずなのに、何故かアムールを可愛く思えない。

ほらよく見ろよ。大好きなにゃんこだぞ。

そう自分に言い聞かせているのに、見れば見るほど混乱する。

俺よりはるかに太くてたくましい腕だとか、俺を射貫く強い眼差しだとか、舌なめずりして艶が増した色っぽい唇だとか、そんなものばかりが目に入って――

アムールの手が、俺の服の中へ侵入してくる。

「……ぁ」

猫じゃない。アムールは、目の前の人物は、可愛い可愛い猫なんかじゃない。

彼は、一人の男だ。

「――っう」

「う？」

「うわぁぁぁあぁぁあっ!!」

「グォ……ッ！」

自覚したとたんパニックになった俺は、アムールに頭突きをして逃げてしまったのだ。

それから俺はアムールから逃げ回っているわけである。

助けてくれた恩人にする仕打ちじゃないと分かっているが、どうしてもアムールとまともに顔を合わせられないのだ。

怖いと言うか、恥ずかしいと言うか、アムールの事を考えると所構わず大声で喚き散らしたくなってしまう。

アムールは猫獣人だ。でも、猫じゃない。

そんな当たり前の事を、俺は今更実感していた。

今まで俺は、アムールを無意識に可愛い可愛いにゃんこ扱いしていた。

だってあまりにも昔の飼い猫と仕草がかぶるからついついにゃんこ扱いして、突然異世界に飛ばされたストレスをアムールで癒やしていたのだ。

しかしあんな事があった後、今までと同じ目でアムールを見るのは無理だ。

だって可愛い猫ちゃんは、大きな体で俺を包み込んだりしない。体が震えるようなキスをしたりしない。あんな目で俺を見ない。

猫じゃないと実感したところで、じゃあ俺はこれからどんな目でアムールを見たらいい？

「駄目だよなぁ、コレじゃゃ……」

自問したところで答えは出ず、また頭を抱える。

いつまでも逃げ続けるわけにはいかないと思うが、もう少し心の整理がつくまで待ってくれとまた心の中でアムールに謝罪した。

未だに混乱したまま、俺は薬草採取をするため森に向かった。いくら悩んでいるからって、生活のためにはいつまでも宿に閉じこもっている訳にもいかない。

「――ふう」

森の中で、薬草採取をしているうちに少しずつ心は落ち着いた。やっぱり、とりあえずアムールに謝ろう。そう決心して帰りの馬車を待つ。

そして三十分ほど待ってきた馬車に乗ると、知った顔の先客……エモワとトワが居た。

「ようリョウ！」

「あら、今日は一人なの？」

「えぇまぁ……」

俺とアムールのことを知っている人に会う想定があまりなかったせいで若干言葉を濁してしまう。

するとエモワがくつくつと笑って、俺の代わりに答えてくれた。

「そりゃパートナーだからっていっつも一緒に居るわけじゃないよな」

「まあねえ。あんまりアムールがべったりだったから意外だったけど」

「はは……」

エモワとトワの会話に乾いた笑いが漏れる。

いくらこの二人だとしても、アムールとあんなことをしてしまったなんて言えるわけがない。なんとなく気まずくなり、俺は視線を逸らして話を変えた。

「あ、でも二人はいっつも一緒ですね」

「そうね、一緒に依頼をした方が楽な時は一緒にいるわ。でもたまに別行動することもあるわよ」

「へー……」

一緒に依頼をした方が楽、なのはきっとランクが同じぐらいだからだろう。

それに引きかえ、俺とアムールはどうだ。上級冒険者のアムールと戦いすら出来ない俺。

あまりにもランクの違う俺たちが、パートナーとして一緒に居る意味ってあるんだろうか。

同等な二人の関係を心底羨ましく思う。気が付けばパートナーになっていたことをアムールは後悔していないだろうか。

「いいなぁ……」

口は悪いがなんだかんだ言って助けてくれる、根本は優しいアムール。

猫語翻訳アプリでは喜んでいたように見えたが、その翻訳が本当に合っているかは怪しいものだ。——だって、アムールは猫なんかじゃなかったのだから。

「どうしたリョウ？　何か悩み事か？」

どうしようもないことで考え込んで黙ってしまった俺に、エモワが声をかけた。

せっかく二人に会えたのに勝手に落ち込んでしまった自分に気づき、慌てて顔を上げる。

そして俺はこちらを覗き込む二人に笑ってごまかした。

「いえ、すみませんぼーっとしちゃって。エモワさんたちはいつも一緒で言いたいことを言い合えて、夫婦みたいだなぁって思っただけです」

「「夫婦？」」

俺の言葉に二人が目を見合わせ、俺はしまった、と自分の言葉に後悔する。

おせっかいなことを言ってしまった。俺だってちょっと仲の良い女子と話してるだけではやし立てる同級生にうんざりしてたのに、同じようなことをしてしまうなんて。

「あのっ、ごめんなさ——っ」

「フーフって何？」

「——え？」

嫌な顔をされると思っていたのに、俺を見るトワはキョトンとしている。俺は恐る恐る二人に聞いた。

「何って、夫婦がですか？」

「うん、そのフーフって何？」

「俺も初めて聞いたな。俺達がフーフみたいってどんな意味なんだ？」

まさか夫婦の意味を訊かれるとは思わず、必死で考えながら言葉を紡ぐ。

「夫婦っていうのは……恋人同士の二人がずっと一緒に居ましょうって誓い合って家族になること……です？」

いきなり説明しろと言われても上手い言葉は出てこない。

それでも二人はなるほどと頷いてくれたから、たぶん雰囲気ぐらいは伝わっただろう。そう胸をなでおろした時だった。

「つまりパートナーのことね」

「へ？」

今度は、俺がトワの言葉を理解できなかった。

硬直している俺を置いて、二人は「そうだなパートナーのことだな」「パートナーをフーフって言う土地もあるのね」なんて納得し合っている。その様子に、混乱する。

ちょっと待て、『パートナー』って、この世界だとそういう意味なのか？

恋人同士の二人がずっと一緒に居ましょうって誓い合って家族になることが、パートナー？

「……えっ」

「そう言えば私達がパートナーになる時さ、エモワったら緊張してお酒飲みすぎてぶっ倒れちゃったのよねー」

「いやあれは別に緊張して飲みすぎたわけじゃ……っ、てか俺が寝込んでる内にお前が『しょうがないからパートナーになってあげるわー』とか言って勝手に周りに宣言したんだろ！」

「あーら私知ってるのよ。ずいぶん前から私とパートナーになるために準備してたくせに。当時のギルマスにどうやってパートナーになったらいいか相談してたのよねー。そこで酒の勢いを借りろなんて助言するギルマスもギルマスだけど」

「おまっ……なんでそれ知ってんだよっ⁉」

当時の思い出話に花を咲かせて盛り上がる二人の隣で、俺はいつになく考え込んでしまった。

「………えっ」

パートナーって、夫婦なの？

じゃあ俺とアムールって……――

「――……ええっ」

混乱した頭で目の前の二人をぼんやり眺める。

夫婦か、そうか。エモワとトワが夫婦だと言われると納得だ。

それより今日は帰ったら何を食べようかな。

いったいどこから整理したらいいのか分からなくなり、俺の頭は現実逃避をし始めたらしい。

しかし、いくら俺が逃避したいと考えても現実は厳しいもので――

「よぉ……クソチビ……」

「ぉ……わぁ……」

街の乗り合い馬車の停留所には、仁王立ちしたアムールが待ち構えていたのだった。

「よぉ、アムールじゃないか。何してんだ？」

「――そこのチビを捜してたんだ」

エモワから訊ねられ、アムールは俺を顎でさしながら答える。

集まる視線に、俺は目を泳がせた。

アムールはムスッとしたまま歩み寄ってきて咄嗟に逃げたくなるが、今更逃げるわけにもいかない。

分かってる、悪いのは完全に俺だ。ちゃんと謝るって決めたじゃないか。

そして話し合いが必要なことも出てきた。

「とりあえず帰るぞクソチビ」

「あー……、うん、そうだね……」

頷きながらも挙動不審な俺に何かを察したのか、トワがこっそり「大丈夫？　付いていこうか？」と耳打ちしてきたが、俺は首を横に振る。

そして心配させまいと二人とは笑顔で別れ、アムールに手を引かれて街を歩いた。

「なぁ、アムール……どこに向かってんの？」

「俺んち」

アムールは、今度こそ逃がさないぞと言うように俺の手を強く握る。

俺は苦笑いを浮かべて、アムールの手を引いた。

「あのさ、先にご飯食べない？　お腹空いてるんだ……」

「……ちっ、めんどくせぇな」

俺の提案にぶすっとしながらも、アムールは飯処へ歩みを変えてくれた。

うん、やっぱりなんだかんだ言っても優しいんだよな。

エモワとトワに視線を送ると、二人は心配そうにしつつもそっと手を振ってくれた。大人な対応に心から感謝しつつ、お互い無言のまま店へ歩く。

店に着き、俺がメニューで悩んでる間に今日も勝手にあれこれ注文されて、テーブルいっぱいに料理が運ばれてくる。

俺が山盛り料理と格闘している横でアムールは肉料理をペロリとたいらげると、そのままジッと俺を眺めていた。

「……お前あれから大丈夫なのか」

「え？」

いまだ大量の料理と格闘していたら、不意にアムールがボソリと呟く。

俺が顔を上げると、俺を見ていたはずのアムールは、今は頬杖をついてそっぽを向いていた。

「あれからあのクソ野郎とは会ってねぇのかよ。どんくせぇからまた標的にされてんじゃねぇのか」

あれだけ俺を凝視していたくせに今はまったく視線を合わせないアムールが、まるで独り言のようにぼそぼそ話す。だけど三角の耳だけはしっかり俺に向いている。

あぁ、そうか、心配してくれているのだ。このツンデレ猫獣人は。

俺は少し笑って、やっと口を開いた。

「うん、大丈夫。変な噂もたてられてないし、あれから誰にも何もされてない」

心配してくれてありがとう、と最後に付け加えれば、アムールはふんっと鼻を鳴らして興味ないと言いたげに自分の爪に視線を移した。

「色々迷惑かけてごめんねアムール」

俺が今出来る限りの笑顔で言えば、アムールはチラリとコチラを見た。

「パートナーなんだからいちいち気にする事ねぇだろ。今更何言ってんだよ」

俺の、頑張って作った笑顔が引きつる。

パートナー、その言葉に心臓が潰されたように苦しくなった。

俺は何も分からないままこの世界に来た。だけど、エモワとトワに助けてもらって、アムールが『パートナー』になってくれて、なんとなくこのままうまく生きていけると思っていた。

でも、今俺の頭の中はずっと混乱したままだ。

「パートナー……」

俺に触れてきたアムールの手の優しさと、浴びせられたギラギラとした視線。俺と『パートナー』になることを喜んでいたように見えたアムール。

猫みたいだって思ってた。

つんとしているけれど、いつも構ってほしがっている可愛い猫。でもそんなんじゃなくて、アムールが俺のことをそういう意味で見ていたとしたら――

ぐちゃぐちゃの頭の中が少しでも整理されるように、俺は長く息を吐き出した。

それから顔を上げて、アムールを見つめる。

「あのな、アムール……」

「んだよ」

俺は今からアムールに、とても失礼なことを言う。

激怒されても幻滅されてもおかしくないようなことだ。

「俺、さ……すげえ遠くから来たんだ。ここの常識も分からないぐらい遠くから……」

「……いきなりなんだよ」

突拍子もない話題に、アムールが顔を顰める。俺はそんな彼から目をそらさないように、必死で言葉を続けた。

「俺が育った所だと、パートナーって言葉の使われ方が違ったんだ。仲間とか、相棒とか、そんな意味で使われてた」

俺の言葉に、アムールの表情が少しだけ変わった。

金色の眼の中できゅうっと小さくなった瞳孔が驚きを表している。

「だからアムールとパートナーになるって時も、冒険者として組んで依頼をこなす相棒になるんだって思ってたんだ。でも、そうじゃなかったって知って――」

知って？

そこまで言っておきながら、次の言葉が上手く出てこなかった。

パートナーを解消してほしい？　普通ならそう言うべきなのに、俺たちで夫婦なんて変だろ？と冗談めかして言っていいはずなのに、その言葉だけが上手く喉を通らない。

アムールはずっと静かにこちらを見つめている。無言のまま向けられる視線に耐えられなくなって、俺はついに視線を下げた。

「……ごめん……」

何に対して謝っているのかも分からぬまま、ただただそんな言葉が口を突く。

「……その『ごめん』は何に対してだよ」

そんな俺を見透かすようなアムールの声。

「……それは……――」

俯いたまま言葉を濁す。すると、溜息と一緒に、アムールが立ち上がる気配がした。

ビクリと肩を揺らして、断罪の時を待つ。

しかし、殴られるだろうか、罵倒されるだろうか、とビクつく俺の横をアムールは無言で通り過ぎてしまった。慌てて顔を上げると、すでにアムールは店から出ようとしていた。俺は慌てて立ち上がる。しかし、アムールにかける言葉はどうしても思い浮かばなかった。

そもそも、俺に引き止める権利なんてないのに。

俺が悪いんだ。パートナーの意味を取り違えていたんだから。

――でも、それで俺は、どうしたかったんだ？

自分の中ですら答えが上手く見つからず、アムールが出ていった扉をただただ眺める俺の顔はたいそう惨めだったと思う。

飯時の店は客の笑い声で賑やかなはずなのに、俺の耳には何も入ってこなかった。

寂しい……なんて思った勝手な自分に、幻滅した。大きく息を吸って、ゆっくりと吐き出す。

それでも店を出る気になれないのは、一人になりなくないからだろうか。俺はよろけるように椅子に座り、バッグに手を伸ばした。

取り出したのは、スマートフォン。

卑怯だとは思うけど、アムールの本音が知りたかった。こっそり起動させていた猫語翻訳アプリ。

その画面に並ぶ言葉は……——

——会えてうれしい
——大好きだよ
「……っ」

相変わらず向けられる、好意の言葉。

アムールから向けられた、隠されているのにバレバレなその思いを嬉しいと思ってしまう。

同時にそれを踏みにじってしまったことに、とても胸が痛かった。

——なんか痛いよ
最後に翻訳された言葉が涙で滲む。

いつだって助けてくれたアムール。勝手に逃げてしまった俺を心配してくれたアムール。

なのに俺は、怒らせたらどうしようなんて、自分の心配ばかりだった。

あげくに、俺はアムールを傷つけた。

「……っ、ごめん……ッ」

アムールが去った席には料理の代金だけが置かれていて、酷く惨めな気持ちで涙を拭った。

こうして俺達は決別した――……はずだった、のだけれど。

＊＊＊

やってきた大規模討伐の日。

乗り合い馬車に揺られて森に向かう俺。そして隣には、大きな猫獣人が居る。

「……」

「……」

そう、なぜかアムールが居るのだ。あの日から俺達は会うことはなくなった。きっとこれが当たり前になるのだろう。

寂しかったし悲しかったが、仕方がないのだと無理やり納得させてアムールの居ない日常を過ごしていた。

そして大規模討伐の今日。依頼書は既に出してしまっていたから、一人で頑張ろう、と思っていたのだ。

「……」

「……」

そこでなぜか、アムールに捕まった。いや正しくはアムールが常に俺の視界に入る位置でそっぽを向いているのだ。

馬車でも隣を陣取りそっぽを向くアムール。

わざわざ俺の隣に居座って背中を向け、不機嫌アピールをしている姿は、遊んでもらえなくていじける猫にそっくりで……

～～ンもぉっ！　そんなんだから飼い猫とかぶるんだよ！

思わず心の中で叫んだが、やっぱり大きな猫はそっぽを向いた。

馬車は既に俺たちが普段暮らす街を出て、混沌の森へ向かっている。

初めは想定外の行動に戸惑ったが、なんだか今までのアムールと変わらなくてわりとすぐに慣れた。

いや、頭がパンクしそうなので一旦考えるのをやめたのだ。

なんせ今は混沌の森に向かっているのだから。今はそちらに集中しなければならないだろう。

「――頑張らないとなぁ……」

だんだんと街を離れていくのを見て、思わず呟いた。危険な森に行く不安が今更ながら襲ってきたが、隣に居るアムールを見たら、きっと大丈夫だと自然に思えた。

今回の大規模討伐は討伐チームと援護チームに分かれている。

討伐チームはその名の通り聖女様の護衛と共に魔物の討伐を行い、援護チームはそんな彼らの世話をするためのチームと銘打っている。ただ実際のところ、援護チームは聖女様のお情けで参加させてもらっている実力の低い冒険者の集まりである。つまり俺のことだ。

夜通し走って明日には例の森に着くらしい。

そこまでずっと馬車では沈黙がつづいたが、こっそり巻きついてくる尻尾に癒やされて俺は目を閉じた。

＊＊＊

『皆の者集まれ！』

馬車が森の近くに停まると、大きな声が響いた。

不自然に拡張された声は、おそらく何かしらの魔法を使っているのだろう。

馬車を降りて身体を伸ばし、声のもとに目を向けると、立派な鎧をまとったスキンヘッドの男がテントの前に立っていた。

見覚えのある顔だ。確か俺が聖女様の馬車の前に飛び出してしまった時に、怒鳴っていた人物だ。

『目的の森に到着する前に聖女様からありがたいお言葉がある！　皆心して聴くように！』

相変わらず怒鳴らないと喋れないのだろうか。耳を塞ぎたくなるほどうるさい声に周りも皆顔を顰め、アムールはすでに耳を塞いでいた。

しかし、今回自分たちを守ってくれるという話だし……

そう思いつつ近寄っていくと、テントからぞろぞろと立派な鎧を着た護衛達が現れて左右に分かれ、綺麗に整列していく。それから聖女様がゆっくりとした足取りで、さらに奥に張られたテントから現れた。

高そうな生地の白いローブに白いベールを纏う彼女にスキンヘッドが跪《ひざまず》いて、水晶のような物を渡す。

彼女は受け取った水晶を両手で捧げ持つようにして、こちらを向いた。

『皆様はじめまして』

ふつうの話し方なのに、その声は広場の隅っこに立っている俺の所まで軽々と届いた。

どうやらあの水晶がスピーカーのような役目をしているようだ。聖女様はゆっくりと俺たちを見回して、少しだけ頷いてから言葉を続けた。

『遠い所からわざわざわたくしのためにお集まりいただき、感謝いたします。中には弱き者も居ることでしょう。しかしあなた方は、必ずわたくしがお守りいたします。わたくしに与えられた偉大なる力をあなた方のために使うと約束いたしましょう。侵食する闇に抗うためにも、わたくしの聖なる力を解放し――』

……やっぱり内容はどこか、胡散臭いというか俗っぽい。

要約すると『私凄いし守るからちゃんと見ててね』ってことだろうか。

どんどん白熱するスピーチを終え、拍手が湧き起こると聖女様が頭を下げる。

スキンヘッドは熱烈な拍手を送り、聖女様の後ろに控えていた偉そうな雰囲気の初老の男は、うんうんと感慨深げに頷いていた。

周囲もむしろ彼女の言葉に感動しているようだったから、この世界での『聖女』というのは本当に大切にされているんだろう。

聖女様がテントに戻るのを見送って、俺たちもやっと自分たちのテントへ戻る。

明日はいよいよ怖そうな森に入るのだ。しっかり休んで気力と体力を最善の状態にしておかなければならない。

なのに……

「……ねぇアムール、もう少し離れられない？」

「はぁ？　お前が離れればいいだろ」

「……」

俺のスペースに入ってきて腕と足と尻尾を巻きつけておいてよく言うよ。

テントでは数人の冒険者達と雑魚寝なのだが、アムールがあまりにも堂々と俺のスペースに入ってきているから、俺がアムールの所にお邪魔してるみたいになっている。

なぜ猫って人の寝る場所の真ん中で寝るのだろうか。おかげでいつも人間が端っこで寝るはめになるんだよ。

とはいえお猫様は寝床にこだわりが強いから俺達の言い分など聞くはずもない。無理に退けようとすればひっかかれる。

「……もぉ……」

仕方ないなぁと諦めて、アムールの抱きまくらになる事を決めた。

少し硬いが温かいし、尻尾が可愛いので割と快適である。

しかし問題もあった。

――これ、緊張して眠れない夜になるんじゃないか？

結局、今の俺たちってどういう状況なのだろう。

あやふやな関係のまま一緒にいるが、俺たちはこれで良いのだろうか。

ちゃんとパートナーにならないまま、その後はどうなっていくのか分からない。

……それでいいのか？　と日本で高校生をやっていたころの自分が聞いてくる。

考えはまとまりそうになく、悩みの原因のアムールはそれでも遠慮なく引っ付いてくるからもっと困ってしまう。

明日寝不足になったらアムールのせいだ、なんて心の中で文句を言ったが、身体にかかる重みと温もりにだんだん瞼は重たくなっていった。

――その日は、とてもいい夢を見た。

猫に頬を舐められたり、頭をこすりつけて甘えられる、そんな夢。

たまらずワシャワシャ頭を撫でてあげると、ゴロゴロ喉を鳴らして喜んでいた。

そして、翌日。日も昇り切る前の早朝から起こされて、俺達はさらに道を進む。

次第に見えてきた光景に、俺は息を呑んだ。

「あれって……ほんとに森？」

俺の知る森は木が生い茂り、空気が澄んでいて、生き物がたくさん居そうな場所だ。

しかし、今俺の目の前には、緑だとか紫だとかが混じった黒っぽい霧に覆われて、木なんてほとんど枯れてしまった光景が広がっている。とても生き物が生きていけそうには見えない。

それに、近づけば近づくほど変な臭いが鼻につく。

ヘドロのような、何かが腐ったような、そんな臭いだ。

「ホントにあそこに行くの……？」

「行かなきゃ駆逐出来ねぇだろ」

「お、俺は奥には行かないからな！」

「誰もチビには期待してねぇよ」

俺達の会話をエモワとトワが微笑ましそうに見ていた。

確かに二人のあの目は俺に期待なんかしてない目だ。

安堵するべきか恥ずるべきか悩んでいる間に、どんどんおどろおどろしい森は近くなる。

そして霧に侵食されていないぎりぎりの場所でテントを張った。

どうやらここに布陣するようだ。

『討伐チームと援護チームで分かれろ！　討伐チームは集まれ！　迅速に！』

スキンヘッドが怒鳴り声で指示を出す。

エモワやトワを含む冒険者達がぞろぞろとスキンヘッドの居る所へ集まる中、俺の隣に居るアムールがソワソワしだした。

「……アムールは行かないの？」

「俺は団体戦は好きじゃゃねぇ」

「でも戦闘はしたいんでしょ？」

「……」

アムールの戦闘はまだ二回しか見ていないが、どちらも活き活きとして楽しそうだった。

性格上確かに団体戦は向いていないと思うが、きっと戦闘には加わりたいのだろう。

だからアムールの腕を小突いて促せば、アムールがボソリと呟く。

「……あの女の話が終わったら勝手に付いてく……」

「まぁ……良いんじゃない？」

遠目に見る集まりには、今日も聖女様のありがたい話が長々と続いているようだった。

しばらく見守っていると集まりが移動し始めたので、アムールもしれっと団体に紛れていった。

まぁ、協力戦は出来ないかもしれないが、アムールならきっと周りの助けになってくれるだろう。

少なくとも俺よりは……

「さーて……俺も仕事しよ」

それはさておき、俺だってやるべき事がある。

討伐チームのための荷物の整理や食事の準備は、俺達の仕事だ。

それが終われば自由時間だから珍しい薬草の採取をしたい。

そういえば、とふと先程のアムールとの会話を思い出す。

さっき、アムールと何気ない会話をした。なんの変哲もない、普通のありふれた会話だ。

それが今更ながら嬉しくなった。アムールとギクシャクせずに自然に会話ができたのだ。

まだパートナーの問題は残っているが、ひとまず今はアムールが自然にそばに居てくれるのが嬉しい。

そんな事を思いながら、俺は鼻歌交じりにバッグの中にある採取用のナイフを確認した、その時だ。

「やぁリョウくん、久しぶりだね」

聞き覚えのある柔らかな声に、息を呑んだ。体が即座に拒絶反応を示し、喉が妙な音を出して震えた。ドッドッドッと鼓動が速くなるのを感じ、呼吸が浅く、速くなる。

バッグの中でナイフを握りしめた手が痛くなり、震えながら手をナイフから離した。

そんな俺の肩に声の主の手が触れて、俺は咄嗟にその手をはたき落としていた。

「おっと……酷いなぁリョウくん。せっかくの再会なのに」

「う……うるさいっ、寄るな変態野郎……っ」

後ずさって対面したマーロに渾身の力を込めて睨みつけたが、マーロは憎らしいほど爽やかな笑顔を崩さない。

傍から見れば好青年と駄々をこねる子供に見えるかもしれない。

彼と一定の距離を保ち、バッグから手を出し紐を握りしめる。

しかしマーロは憎らしいほど爽やかな笑顔を崩さないまま、俺に向かって両手を広げた。

「変態野郎ね……滅多なことはあまり言わない方がいいとアドバイスしておくよ」

「本当のことを言って何が悪いんだよ」

「前にも説明してあげただろ？　キミやアムールと私、周りからの信頼が厚いのはどちらか、ちゃんと考えた方がいい」

「連続強姦魔に信用なんかあるかよ。いつか必ず化けの皮が剥がれるからな……！」

「ははっ！　連続強姦魔か……」

マーロが俺に近づきながら困ったように笑った。

しかし、次の瞬間に見た表情で、俺の体は後退りも出来なくなるほど凍り付く。

「思い出しただけで熱くなるな……」

歪んだ笑顔。その表情から、視線が外せない。少しでも目を逸らせば、そのままなぶり殺されるんじゃないかってほど恐ろしかった。森で遭遇した魔物なんかより、よっぽどおぞましい。

マーロは俺の反応にますます恍惚とした表情になり、俺の肩を掴んで言葉を続けた。

「逃げようとする相手を押さえ付ける瞬間がたまらないんだ。縛られて睨みつける姿も良い……なぜ皆この快感が分からないのかなぁ。男として相手を服従させたくなるのは当然だと思うのだけど」

まるでランチの話でもするような明るい調子で紡がれた言葉は、とても聞いていられるものではない。

身をよじり、払いのけようとするとまるでダンスでもするように手を取られて、またマーロはニヤニヤとした笑いを浮かべた。

「なぁリョウくん、キミもそろそろ私に墜ちないかい？　じっくり可愛がってあげるよ……アムールを思いながら涙を流してよがってくれたら最高だけど」

「ふざけんなっ、誰がお前なんかと……っ」

「良いのかい？　私はいつだってキミ達を陥れることが出来る。あまり私を怒らせないほうが――」

「――おーい、マーロじゃないか」

力いっぱい振ったつもりの腕を軽々掴まれたところで、別の声が割って入る。

声の方へ顔を向けると、そこには手をひらひらと振る大きな獣人が居た。

「あ……」

「お？　確か坊主はアムールのパートナーだよな。マーロと知り合いだったのか」

アムールより大きなその人は、丸くて黒い耳が特徴的な熊の獣人――アムールが贔屓にしているドリンクスタンドの店主だった。この人も、今回の討伐で店を出していたらしい。

助けてほしい、と叫ぼうとした時だった。

「やぁウルス、久しぶりだね。今回は援護チームでの参戦かい？」

マーロがそう言って、俺から何事もなかったように離れていく。

そして、人好きのする笑みを浮かべて、店主——ウルスに話しかけた。

「キミまで来ているとは思わなかったよ」

「儲け話が転がってるのに黙って見過ごせるはずないだろ。ところでマーロは討伐チームじゃないのか？」

「準備に手間取ってしまってね。今から追いかけて合流するつもりさ」

肩をすくめる姿は普段見せる色男っぷりからまったく外れていない。その変わり身の早さに反吐が出そうになる。

早くどっか行けと願う俺にマーロが視線を合わせる。

「じゃあリョウくんもまた、ね……」

去り際、肩に触れられそうになってさり気なく避ける。バッグの紐を両手で握りしめたままマーロを見送って、やっと俺は全身の力を抜くことが出来た。

「……マーロとなんかあったのか坊主」

そんな俺の様子を見ていたウルスさんから聞かれたくない質問をされて、また体が強張る。

アムールに対しても、彼は本気で怒ることもなく優しかった。事情を話したら分かってくれるかもしれない。

そう思うのと同時に、マーロと親しそうだった姿がよぎって言葉が出てこない。

信じてもらえないどころか優秀な冒険者の悪口を言ってまわる問題人物と認識される恐れもある。

「え、えーと……なんでもありません」

だから誤魔化してその場を去ろうとしたのだが、ウルスは大きな体を屈めてそんな俺の顔を覗き込んだ。

「あのなぁ坊主、あまりお節介は焼きたくないが、そんな顔して『何もありません』なんて説得力がなさすぎるぞ」

「え……あー、そうですかねー？」

そんな顔、と言われて愛想笑いを浮かべていたはずの自分顔を触る。

そんなに変な顔をしていたのだろうか。なんとかなんでもないような表情をつくろうとするが、意識すればするほど表情のつくり方が分からなくなる。

そんな、おそらく百面相をしているであろう俺を見て、ウルスさんは笑った。

「まぁ俺には言えないことでもパートナーになら言えるだろ？　そんだけマーキングされるほど大切にされてんだ。あいつに心配事は全部ぶちまけちまえ」

「ははは、そうですね…………――マーキング？」

ウルスがあまり詮索してこないことに安堵し、ついでにそのまま去ろうとした。

けれど、聞き捨てならない言葉に思わず聞き返す。

マーキングってなんだ。

「しっかし……ずいぶん熱心にマーキングされてるな」

俺の頭部あたりをくんくんと嗅ぎながら、ウルスが興味深げにしている。俺はただただ戸惑うしかない。

「え、待って、なんの話ですか？」

「何って、そんだけされておいて覚えがありませんって事はないだろ。しかしあのアムールがねぇ……人ってのは変わるもんだな」

「……」

何やら一人で納得しているが、俺には説明不足すぎてどう反応するのが正解なのか分からない。

マーロとの不快な接触の事なんてもはやどうでもよくなった。

俺はどうやら、またもやこの世界の常識の壁にぶち当たってしまったようだ。

しかし俺は学んだのだ。知識をあやふやなままにしておいては後々後悔するのだと。きっとこれも『パートナー』という単語のように、この世界ではごく自然に使われている単語なのだろう。

聞くは一時の恥聞かぬは一生の恥、先人が残した教訓を活かす時である。

「あのウルスさん！　マーキングってなんですか？」

「ん？」

「お手数おかけしますが教えてもらえますか！　出来るだけ詳しくなおかつ分かりやすく！」

「あ、あぁ……」

俺に気圧されたのかやや引き気味のウルスが何度も頷く。

それぐらい教えるからそう迫ってくるなと言いたいようだ。

「……つってもなぁ、マーキングなんてマーキング以外に何って言えば良いんだ？」

「どんな間柄の人がどんな目的でどんな方法を使ってするものなのかをお願いします」

「細かいな……どんな間柄っつーと、まぁ恋人とかパートナーとかの間柄だろな」

「なるほど」

「目的は……自分のものだって周りに知らせるためじゃないか？　と言っても獣人同士にしか分からないがな」

「へー……」

「方法は簡単だ。体を擦り付けて自分の臭いを相手に移すだけだ」

「……」

覚えが、あるなぁ……。しかもパートナーになる前から、頭とかグリグリされていた気がする。

「分かったか？」

「えーっと、たぶん……」

理解出来たような、出来ていないような。そもそもアムールのあれは本当にマーキングとしてだったのだろうか。ただのアムールの癖だと思っていたのだけど……

曖昧な答えだったが、ウルスは破顔して頷いてくれた。

「そうか、そいつは良かった。じゃあ俺は行くがあっちでドリンクスタンドは営業中だ。何かあれば遠慮なく言え」

「はい、ありがとうございます」

俺が頭を下げるとウルスは店の場所を示してからのしのしと去っていった。

良い人だな。アムールの知り合いは基本的に良い人ばかりな気がする。

俺は自然と笑みがこぼれ、そろそろ自分の仕事にとりかかろうと気合を入れる。

マーキングの話は衝撃的だったがなんだか少し嬉しくて、あんなに不安だったマーロの事なんか俺はすっかり忘れていた。

これもアムールのおかげ……なのだろうか。


援護班の仕事は意外とあった。これから数日間、討伐チームを含めて数十人がここで野営をすることになる。そのための食事場のテントを張ることであったり、火を焚き、料理をすることであったり、川から水を汲んでくることであったり。初めて出会う人たちと駆け回り、仕事を見つけてはこなしていく。

話に聞いていた霧は、テントを張っているすぐ近くまで漂っていて、時折それを吸い込むと具合が悪くなる人もいたから、その時には薬草を持って走っていく。

そんなことを繰り返すうちに、一度援護チームに休憩が言い渡された。

昼食のパンとスープをもらい、食べ終わるとすぐに立ち上がる。

それから俺は枯れかけた森に一人で足を踏み入れた。薬草採取のためだ。

この森には珍しい薬草があると聞いていた。それにアムールにピッタリの猫草……いや整腸草もあるかもしれない。

そう意気込んで来たわけだが、瘴気《しょうき》のせいなのか、周りの草花はほとんど枯れていた。

こんなんでまともな薬草が手に入るだろうか、と森のさらに奥へと向かうと――

「……あ」

あった。枯れた大地から懸命に伸びようとする草が所々あったのだ。

そのどれもが、図鑑でしか見たことのない、日頃入っていた森では採れないような薬草ばかり。

なんて逞しいのだろうと感動すら覚えて、その中から薬草として使えそうな草を選び分けていく。

よく効く整腸草もあったのでもちろん採取しておく。これはアムールも喜びそうだ。

しかしよくこんな禍々しい瘴気《しょうき》に耐えたなと霧を見渡して、ふと気づいた。

テントぎりぎりまで侵食していたはずの霧が後退していたのだ。

それに霧自体も、心なしか薄くなっている気がする。

「聖女様の力って本物なんだ……」

もしやこの草花も、聖女の力で生えてきたのだろうか。そうだとすればなんて有り難い。

なんか胡散臭いな、ちょっと面倒くさそうな人だな、なんて思って申し訳なかった。

手を動かしつつ、心の中で聖女様に謝る。そうして薬草が籠いっぱいになってきた頃、森の方が騒がしくなった。

目を向けると聖女様御一行が戻ってきているようだ。

「あれ？　けっこう早いんだ」

まだ日は高く、時間で言えば十五時頃だろう。よくよく目を凝らせば聖女様たちの後ろには冒険者たちの姿もあった。

「あっ、トワさん！　エモワさん！」

「リョウ！　ただいま」

エモワとトワを見つけて駆け寄ると、二人は手を振って迎えてくれた。

疲れているだろう二人の進行を妨げないように、隣に並びつつ俺は尋ねた。

「お疲れ様でした。ずいぶん早かったみたいですが、何かあったんですか？」

見る限り二人に怪我はないようだけど、こんな禍々しい森に入っていたのだ。心配事は絶えない。

しかし、俺の心配をよそに二人は笑いながら答えた。

「別に特別何もなかったわよ」

「魔物は確かに多かったがこれだけの人数で行けばそこまで脅威でもない」

「そうなんですか？」

それなのになぜこんなに切り上げるのが早いのだろうか。

そんな俺の疑問にはエモワが答えてくれた。

「森に漂う瘴気《しょうき》のせいだ。これだけ濃いとあまり長くは居られないんだよ」

「体は重くなるし体調も悪くなるし、あまりに長く居すぎると最悪命を落とすわ」

「えぇっ！　瘴気《しょうき》って、あの霧のことですよね？　大丈夫なんですか⁉」

命を落とす、なんて物騒な言葉を聞いて慌てた。

そりゃ見るからに体にはよくなさそうだが、そこまで危険だったのか。

しかし、ここでも俺の心配をよそに二人は笑った。

「実はね、私達はあまり瘴気《しょうき》の影響を受けなかったの」

トワが、いたずらっぽく笑う。その様子は確かに、瘴気《しょうき》の影響などまったくないように見えた。

「それは、良かったです……けど、なんででしょう？」

「さぁ」

「さぁ？」

「それが俺達にも分からないんだよ。もしかしたら聖女様のご加護があったのかもな。周りも俺達ほどじゃないがさほど瘴気《しょうき》のダメージを受けてないみたいだぞ」

「アムールも、ね」

「へ？」

トワが、ウインクしながら視線を動かす。俺も釣られて視線を動かすと、その先に、頭を掻きながらあくびをするアムールが居た。

「アムール！　無事だったんだ……」

いつもと変わらぬ様子のアムールにほっと胸をなでおろす。

俺の声に、アムールの耳がぴくんと動く。一瞬だけ金色の瞳が俺のほうを向き、すぐにそっぽを向く。しかしテントの方に真っ直ぐ向かっていた足取りはいつの間にかこちらに向いていた。さり気なく近づいているつもりだろうか。

「アムールはまったく瘴気《しょうき》の影響を受けてなかったな」

「ぴょんぴょん跳ね回って大活躍だったわよ。連携はとれてなかったけど」

「へー、凄いですね」

どこか怪我をしていないか、無理をしていないかと遠目で確認するがアムールの足取りは軽く、本当に無事のようだ。

「しかし聖女様の力は凄いぞ。森に入ってからも目に見えて瘴気《しょうき》の霧が薄くなってるのが分かるんだ」

「この調子なら明日はもっと森深くに潜れるかもね」

二人の話に、俺は感心する。何て心強いのだろう、と。

俺がこうして薬草を採取出来たのも聖女様のおかげなのだろう。

そして皆、大きな怪我もなく戻ってきて表情も明るい。

「おかえりアムール！」

俺は聖女様に感謝しながら、未だ俺に気づかないふりをしてるアムールに駆け寄った。

しかしアムールは気怠げに頭を掻きながら、「いちいち出迎えとかいらねーっての」と、金色の瞳でこちらを見て、ぎゅっと眉間に皺を寄せる。しかし尻尾はピンと嬉しそうに立っているから迷惑ではないようだ。

「聞いたよ、アムールも大活躍だったたって。聖女様のおかげで瘴気《しょうき》も平気だったんだよね」

「別にあんな女が居なくても――」

話している最中に、アムールが言葉を途切れさせて、俺をまじまじと見始めた。

そして、急に顔を近づけるもんだからなんだかドギマギしてしまう。

「え、え……何アムール？」

名前を呼んでもお構いなしにぐいぐい来られて、タジタジになる俺にアムールが言う。

「……居たのか？」

「は？」

「だから居たのかって訊いてんだ！」

「だから何が⁉」

急にぐいぐい顔を近づけられたかと思えば意味の分からない事を言い出すアムール。

居たって何がだ。魔物ならここには来なかったぞ。魔物より厄介な野郎なら来たが……

「……あ」

そう考えて、アムールの言いたいことが分かった気がした。

「……もしかして、マーロ？」

「居たのか」

「うん、居た……」

アムールの眉間の皺が深くなる。気に喰わなそうにゴシゴシと俺の身体を腕で拭われたから、
マーロの匂いで気づいたのだろうと思い当たる。

マーキングの事と言い、匂いって大事なんだな……と思ってなんとなく自分の匂いを嗅ごうと腕を上げると、アムールに手首をつかまれてしまった。

「何かされたか」

「別に何も……嫌なことは言われたけど途中でウルスさんが割って入ってくれたから」

「ウルスも居るのかよ」

そう言って舌打ちをするも、アムールはどこか安心した様子だった。ウルスのことは信頼しているのだろう。

いい人だったもんなと思い出している俺の手首を、アムールはそのまま引いた。

テントに戻るのかと思ったら、アムールの足はテントから遠ざかっていて俺は首を傾げた。

「アムール？　どこ行くの？」

「川で洗うんだよ、お前くせーから」

「くさい⁉」

手を引かれながら、俺は大いに動揺した。

慌てて身体を捻ってみるも、自分の嗅覚では変かどうかも分からない。周りを不快にしているかもしれないからそのままにしておく訳にもいかず、俺は黙ってアムールに付いていった。

連れていかれたのは流れの穏やかな川で、数人の冒険者がタオルを濡らして体を拭いていた。

なるほど、ここで俺も身体を拭けばいいのかと思ったら、アムールに抱えられてしまう。

「え、アムールどこ行くの？」

「だから川だって言ってんだろ」

そう言いつつも、アムールは岩に飛び移りながら川を越え、さらに奥へと進んでいく。

……川はもう過ぎてるけど？

そう思いつつ、つんと顔を逸らしたアムールからこれ以上答えが出てくるとは思えない。身体を脱力させて、なされるがままにされる。

しばらくすると、また水の流れる音が聞こえてきた。

頭を上げると、木々の向こう側に先程より小さな川が見える。

「ここ？」

「……ああ」

誰一人いない小川の流れは澄んでいて、水面は陽光でキラキラと輝いている。わざわざこんなところに連れてきてもらえるなんて、と内心はしゃいでいると、ひょいとアムールに下ろされた。

そして、いかにも自然に服を脱がされ――我に返って止める。

「ちょっとちょっとアムールっ！　自分で脱ぐからっ。あと自分で体拭くからね！」

「後半は却下だ」

「却下を却下する！　アムールは自分の体を拭けよ！」

しかし、俺の抵抗虚しく却下の却下を却下された。

しかも体を拭くだけかと思ったら、すっぽんぽんにされて川に突っ込まれる。涼しげに見えた水は、身体に触れるとしっかりと冷たかった。

「さむーっ!!」

「こんぐらいでギャーギャー騒ぐなチビ」

ギャーギャー騒ぐわ。こちとらつい最近まで平和ボケした国でぬるま湯に浸かって生きてきたんだ。水風呂なんて親父に連れていかれたサウナで一度入ったっきりなんだぞ。

なのでお構いなしにギャーギャー騒いでやったが、アムールはまったく意に介さず頭から水をかけてくる。諦めたのは俺だった。

「なぁ、もういいと思うんだけど……」

あきらめて大人しくなった俺に、アムールが背後から何度も水をかけてガシガシ洗う。

もういい加減終えてもいいんじゃないかと言う俺に、アムールはまた水を俺の頭からかけて言った。

「まだ臭い」

「く、臭いって……俺からどんな匂いがしてんだよ？」

「あの野郎の匂いがまだする」

「……それは、嫌だな……」

俺は黙ってアムールに洗われることにした。

あの変態野郎の匂いがするなんてまっぴらごめんである。

だからアムールが徹底的に洗ってくれるのはありがたいのだが、ここでまた困った事が発生した。

冷たい水の中、体を密着させて背後から肌に手を滑らせられると、なんだか思い出してはいけないことを思い出してしまう。

「……っ」

記憶が曖昧で、もしかしたら夢だったのかなって思うこともある。

けれど、体が覚えてる。アムールの手のひらを、アムールの鼓動を、アムールの熱を……

まずい、非常にまずい状況だ。

おまけに今回はアムールまですっぽんぽんなのだ。アムールの皮膚に直接触れるたびに、無駄に体が熱くなってきて、心拍数が急上昇する。

それを悟られたくなくて目をつぶり、寒いふりをして体を丸めた。

するとアムールの手がふと止まり、顔を俺の耳元に寄せてくる。

「……お前さぁ」

「うひゃあはいぃっ!? な、何、……っ!?」

緊張していた所でアムールから囁かれ、素っ頓狂な声が出てしまった。そんな俺の体をゆっくりとした動作で、まるで俺の反応を確かめるように、アムールの腕が閉じ込めた。俺はさらに緊張した。寝ている時には時折あったけれど、アムールの意識がある時にここまでしっかり抱きしめられたのは初めてだった。思わず身が強張る。

すると、アムールの耳がぴくんと動いた。

「パートナーのことを知らなかったっつったよな」

「……へ？」

何をされるのかと身構えていたら、予想外の話題を振られてしまった。

思わず目線を上げると、ぶつかりそうなほど近くにアムールの顔があってまた心臓が跳ねる。

しかしそのあまりにも真剣な金色の瞳に釘付けになってしまった。

「――うん。知らなかった」

アムールの瞳を見ていたら、自然に言葉が喉から出てくる。アムールは俺の言葉に怒るでもなく、静かに言葉を続けた。

「そんで？　パートナーの意味を知って、どうしたかったんだ」

「どうって……」

どうして急にこんな話題を振ってきたのだろう。

いや、もしかしたらずっと考えていたことなのかもしれない。

俺からは触れにくくて、どうすればいいか分からなかった話。けれどいつかはしなければならない話。

それが、今なのだろうか。

「俺とのパートナーをやめたかったのか？」

「……え」

言われて、言葉を失った。いや、何も言えなくなった、の方が正しい。

だって、それは未だに答えが出ないのだから。

「……俺は……」

俺は、どうしたいのだろう。

アムールが居なくなるのは嫌だ。でも、それはパートナーとしてなのか。

じゃあ、パートナーでなくなったら、アムールはそばに居てくれるのか。

俺との関係を解消したら、きっとアムールは新たなパートナーを見つけて今度はその人と共に居ることになるのだろう。

「あ……」

そう考えて、苦しくなった。

アムールが、俺のそばから居なくなる。

アムールが、俺じゃない別の誰かの隣に居る。

アムールの幸せを考えればそれが一番いいはずなのに、それは嫌だと駄々をこねる自分が居る。

俺なんて、お荷物にしかならないのに。

何が自分への言い訳で、何が世間体で、何を取り繕わなくてはいけなかったのかがもはや分からない。『いっしょにいたい』とまるで幼稚園児か小学生のような単純な言葉が飛び出そうになって慌てて口を閉じた。

「……どうしたいんだよチビ」

「……俺は……」

アムールはきっと、あの日からずっと考えていたのだろう。そして、俺の答えを待っていたのかもしれない。だけど――

「――ごめん……もう少しだけ、時間が欲しい……」

俺は、まだ答えは出せない。

だけど今度こそちゃんと、キミとのこれからを考えるから。

キミの優しさに甘えるのは、これが最後にするから。

アムールは、また返事の代わりに頭をぐりぐりと俺の頭頂部に押しつけてきた。

そして最後に「のろま」と嫌味付きで頬を舐められた。

＊＊＊

翌日になった。

俺は、絶賛睡眠不足である。

「何ぼーっとしてんだよ、さっさと飯行くぞ」

「え、あ、うん……」

アムールはしどろもどろな俺をせっつき、配食用のテントへ向かう。

俺は眠たいけれどあくびも出ない。それほど、アムールと居ると緊張してしまう。

なのに、そんな心情などお構いなしに俺の腕を引くアムール。しかも食事を確保したら、丸太に座って足の間に俺を座らせている。

なんなんだよ。尻尾だけ絡みつけていた可愛いアムールはいったいどこに行ってしまったんだよ。

アムールとのこれからを真剣に考えるとは言ったものの、当の本人にこれほど近くに居られると、考えるものも考えられない。

無駄に近くて静かな食事を終えると、とうとう気まずさが頂点に達した。

「あっ、アムール。もう討伐チーム集まってるよ？」

上ずった声でそう言うと、アムールの視線がチラリとこちらを向く。

ほらほら、キミもそろそろ行ったほうがいいよ。と思いを込めて言ったのだが、アムールはいっこうに動かない。それどころか「今日は行かねぇ」なんて言い出して、ツンとまたそっぽを向いてしまった。

「な、なんで行かないの？　瘴気《しょうき》がキツかったとか？」

「あんなのへでもねぇ」

「じゃあなんで……」

正直なところ、一人で薬草でも摘みながらアムールへの返事を考えたい。そう思って、懇願するようにアムールを見つめる。普段だったらこのあたりで溜息を吐いてくれていたのだけれど……今日ばかりは絶対に折れないと言わんばかりに、アムールの尻尾がぱたんと地面を叩いた。

「ねぇアムール、どうして行きたくないの？」

「別になんでもいいだろ。気分じゃねーんだよ」

アムールはついに俺から離れ、地面に座り込んで身体ごとそっぽを向いてしまった。けれど彼の尻尾と耳は俺を確かめるように揺れている。

不機嫌、という感じじゃない。むしろ――

「もしかして、マーロのこと心配してくれてる？」

「は？　俺がなんでチビの心配なんかしないといけないんだ」

昨日出会った、恐ろしい存在のこと。それを口に出すとぴくっとアムールの耳が後ろを向いた。

それから不機嫌そうにアムールがこちらを向く。

けれどその視線には確かに、ちょっぴり心配そうな色が見えた気がした。

「……ありがとう」

そう呟くと、尻尾がまた俺の身体に触れる。子供のようにむくれるアムールが愛しくて仕方ない。

こんなにも心配して守ろうとしてくれているアムールを、無下になんかできないじゃないか。

ちょっとだけほっこりしながら、ご飯を食べ終え、そろそろ行こうかと立ち上がった、その時だ。

「……っ」

先程警戒を強めたばかりの変態金髪野郎、もとい、マーロと目が合ってしまう。

マーロもこちらに気づいていて、爽やかな笑顔と共に軽く手を振ってきた。イケメンの笑顔に数人の若い女性が見惚れているようだったが、鳥肌しかたたない。

「……見んな」

「う、うん……そうだね」

俺の視線に気づいたアムールはすかさず俺のそばに来て、不機嫌を隠しもせずにマーロを睨む。

すると、マーロがしょんぼりと肩を落とす。今見るとわざとらしい仕草だが、彼のその姿に周囲がざわめくのが聞こえた。

「見て、またアムールがマーロさんを睨んでるわ」

「どうせ人気者のマーロに嫉妬してんだろ」

事情を知らない冒険者達から飛んでくる陰口、視線。

それでもアムールはまったくそんなものを気にする素振りは見せず、マーロから俺を隠すように身体を動かした。その優しさが嬉しかった。同時に、悪魔のようなあの男よりこんなに優しいアムールの方が信用されていない事実にとても腹が立った。

どうか神様お願いです。あの悪魔に天罰が下りますように。

この世界に来てから、神様なんてものは信じていないけれどついついそんな願い事を俺は心の中でしてしまった。

「どうした、怖い顔して」

「あっ、エモワさん、トワさんも！」

モヤモヤが募るなか、二人に声をかけられて慌てて振り向く。

「今から出発ですか？」

「ええ。アムールが来るなら、と思ったんだけど……今日は来ないみたいね」

トワさんがちらっと見ると、アムールがむっとした表情になる。

「気分じゃないだけだ」

「別に理由なんて聞いてないじゃない」

そう言ってトワさんが俺たちを見て、「仲よくね」といって去っていった。

＊＊＊

いく。

「なんか、妙な空気だったなあ」

「そうねえ……アムールも本当に素直じゃないんだから」

リョウからの見送りを受けて、聖女を取り囲む護衛団——冒険者たちのグループで森に入って
いく。

気になっているのは二人のちょっとだけ離れた距離感だ。相変わらずリョウのそばを離れないアムールだが、その距離が少しぎこちないように見えたのは気のせいだろうか。それに、アムールがマーロを睨みつけていたのも何か気になる。マーロといえば、この頃評判を上げている若手の冒険者だ。アムールとは正反対で、物腰の柔らかさと優男な見た目が印象的だった。

「まあ、パートナーがああいう男に気に入られたら気になるかもなあ」

「そういうもの？」

エモワの言葉に首を傾げる。

なんだかパートナーに対しての嫉妬とは違うような気がしたのだけれど……

でも気のせいかもしれないし、と私は首を振って、改めて混沌の森の様子を眺めた。

昨日に比べて瘴気《しょうき》の霧は薄くなっていて、凶悪な魔物も心なしか少ない。

「これも聖女様のおかげかしら」

「そうかもな」

エモワと話しながら、たまに出くわす魔物を倒して先に進んでいく。

この森に入るのはこの依頼で二度目だ。前回は人捜しの依頼で混沌の森に入った。冒険者になっ

たばかりの粋がった少年が、一人で混沌の森に入ったきり戻らないのだと。

あの時は瘴気《しょうき》に難儀した。視界は悪いし悪臭はするし、何よりどんどん体が重くなる。息苦しくて、節々も痛くなって、こんな場所では、もう依頼人の生存の望みは薄いのではないかと絶望したものだ。結局その新人冒険者は、森の外の草原で発見されたのだが。

そんな楽しくない思い出から考えれば、今はまるで同じ森とは思えない。

霧が薄くなっているだけでなく、所々で新たな草木も生えているようだ。

おまけに、まるで何かが自分を守ってくれているかのようだ。出てきた魔物に隙があったり、瘴《しょう》気《き》の中にいるのに、むしろいつもより体が軽く感じさえしたりする。

「ほんとに……凄いわね」

物語の中の存在、聖女。奇跡を起こして土地を豊かにし、悪を懲《こ》らしめ人々を守ってくれる。

子供の頃はそんな夢物語をわくわくしながら聞いていたものだ。しかし、大人になるにつれてそんな都合の良い人物など眉唾だと思うようになった。

だが、こうもはっきり実力を見せつけられては、信じる他ないではないか。

「もしかしたら、この混沌の森も変わるかもしれないわね」

「そんな奇跡が起こったらいいな」

この禍々しい森も、私の祖父母が生まれるよりさらに前には自然豊かな場所だったらしい。

何がどうしてここまで禍々しくなってしまったのかは定かではないが、もしまた元の穏やかな森に戻ったなら、まさに奇跡と言えるだろう。

また冒険者たちの前に一匹の角ウサギが現れたが、すぐに切り伏せられた。毒々しい見た目の魔獣たちもどこか弱っているように見える。

「――それにしても、今日はどこまで行くんだろうな」

しばらく歩き続けていた中で、エモワが周囲を見回した。

確かに、気が付けばいつの間にかずいぶん森の奥深くまで来てしまっている。それこそ以前新人冒険者を捜しに入った時よりもずっと森の奥深くだ。

昨日は日が暮れるより前に、帰還命令が出たからスムーズだった。

しかし今日は、日が落ち始めているというのにまだまだ行進が止まらない。

魔獣が弱り、減っていることで冒険者の足取りは軽い。しかし奥に進めば進むほど、霧が濃くなってくる。周囲を見回すと、もはや霧に覆われていない所はなかった。

確かに順調ではあるが、そろそろ引き返す頃合いではないだろうか――

周りの冒険者達も同じ思いだったようで、皆どこかそわそわしだした。

そんな心配が伝わったのか、団体の中心に居た聖女様と護衛達が立ち止まるのが見える。

足を進めていた冒険者たちもどこか安心した様子で彼らを見つめていたが、聞こえてきた聖女の声にわずかに顔を顰めた。

『疲れた人もいるでしょう、恐れる人もいるでしょう。しかし心配はいりません。あなた方は聖なる力に護られています。闇は、私の光が退けます。ですから世界が闇に呑まれる前に勇気を奮い立たせていただきたいのです。この戦いが終えれば、漆黒の闇が終焉を迎えるのです！　本日中にこの森の魔獣を殲滅するのです！　どうか私を信じ――』

――殲滅。

聖女が使うには少々物騒なその言葉にエモワと顔を見合わせる。それはつまり、今日中にこの混沌の森を踏破し、すべての魔獣を倒せということだ。

確かに聖女様の力は折り紙付きだ。

街でも幾度となく良い噂を聞いていたし、実際その力を目のあたりにしている。目の前に広がる濃い霧も、聖女様が進めば浄化されていくはずだし、奥に行けば強くなっていく魔獣たちも聖女様の力によって弱体化されているはず。

何より私達は雇われの身だ。雇い主が行くというのだから、そう簡単には断れない。

「……大丈夫よね。聖女様も自信満々みたいだし」

「――ああ」

まだ続いている聖女様の言葉を遮りながら、私はそんなことを呟いてしまう。そんな私に一度視線を送って、エモワが進んでいく。しかしそのエモワの視線も、どこか心配そうだった。

「……大丈夫よきっと」

魔石を仕込んだメイスが先程よりも重いように感じるのを振り切るように、私も彼の背中を追って森の奥に足を進めた。

＊＊＊

エモワとトワを見送ってから、俺とアムールは森の外縁で薬草を摘んでいた。正確には、薬草を摘んでいるのは俺だけで、アムールはどこからか肉を取り出して焼き始めている。どこから、といってもマジックバッグからだろうが。

ふわんと肉の焼ける匂いが漂ってきて、俺はそちらのほうに視線を向けた。

「……アムール、そのお肉どうしたの？」

「昨日狩った」

「へぇ……」

色が薄くてつやっとした肉は鶏肉に近いが、びっくりするほど大きい。元の魔物の姿を想像するとちょっとぞわっとする。しかし肝心の肉はしっかり捌《さば》かれていて、食べる準備は万端の様子だ。

アムールは手慣れた動きで火をおこし、その辺の木から串を作り、もも肉、むね肉と解体して肉を焼いていく。串をくるりと回すとこんがりとした焼き目が見えた。

「アムール、これ全部食べるの？」

「……少し残る」

聞くと、アムールの耳がピクリと動いてこちらを見た。

そしてアムールは珍しく俺の返事を待つように、じっとこちらを見上げている。

――もしかして、あれか。皆が頑張っているからお肉の差し入れがしたいけど、素直になれないんだろうか。

これはアムールが周りと仲よくできるチャンスだ！　と思い、俺は勝手に意気込んだ。

「じゃあウルスさんとか、エモワさんとトワさんが帰ってきたら少しお裾分けしてみる？」

「お前は食わねぇのか」

「俺はわりとお腹いっぱいだから大丈夫！」

「……やっぱ残らねぇ」

「なんでだよ！」

金色の瞳をすうっと細めてからそっぽを向いたアムールの気持ちが分からない。

そうこうしている間に、アムールが串を持ち上げた。どうやら一本目が焼き上がったようだ。皮目はこんがりとしていて、肉からは透明な肉汁が滴っている。ただ塩もないし胡椒もない。

アムールがガブリと肉に噛みついてから微妙な表情になったのを見て、俺は慌ててマジックバッグをまさぐった。

さすがに塩は持ち歩いていないけど……

そう思いながら、麦のように小さな実を付けている薬草を探り出した。確か、香辛料として使われることもあると図鑑に書いてあったはずだ。

指で潰してから鼻に近づけると、さわやかでどこかスパイシーな匂いがする。

うん、これなら行けそうだ。

「アムール、ちょっといい？」

そう言って、アムールが無言で串を口に押し込もうとするのを止める。それから薬草についている小さな実を指で擂《す》りつぶすようにして肉の表面に振りかけた。

肉の表面で温められて、さらに香りが広がっていく。肉本来の脂の匂いとスパイシーさが混ざっていかにも美味しそうな匂いになった。

「どう？　香りは良いけど、味は変わった？」

アムールが無言で香辛料をかけた部分を食べて、咀嚼し飲み込む。

そして感想もないまま、無言で新しい串を差し出された。

「……もう少しかけるよ？」

「全体に」

「はいはい」

どうやら即席香辛料がお気に召したらしい。アムールの尻尾が揺れているのを見て、なんだか嬉しくなる。俺は薬草を指で擂《す》りつぶして串を渡してから、マジックバッグの中を漁った。

「あ、あとね、アムール用の薬草もあるよ。すごく貴重な猫草……薬草が生えてたんだ」

「今猫草っつったよな」

「はいこれ、少しだけどよく効くと思うよ」

「お前が人の話を聞けよ」

不満げな視線を投げかけるアムールに薬草を渡すと、アムールは片眉を上げげた。

「毎度毎度なんでお前が採った草はこんなにピンピンしてんだ」

「マジックバッグに入れてたからだろ？」

そう言うと、アムールはどこか納得行かなそうな顔で薬草をバッグにしまった。

「まぁ良いけどよ……すぐなくなるからまた準備しとけよ」

「どれぐらいいる？」

「毎日いる。あと肉にかけたやつも毎日欲しい。家でもお前がかけろよ」

「えー、毎日準備しろってそんなのまるでプ――」

――プロポーズみたいじゃないか、と言おうとして口をつぐむ。

今は、冗談に出来ない話題だ。

「プ……？　なんだよプって」

「あー、いや別に……あっ！　俺も少しこれ食べていいかな！」

誤魔化すようにして串を指さすと、アムールは顔を顰めてから俺に串に刺した尻尾の部位の肉を一本差し出してくれた。なるべくゆっくり口に運んで、肉を噛みしめると想像したより柔らかくて肉汁たっぷりで美味しかった。

だが、同時にアムールとのやたら近い距離を今更ながら意識してしまって、顔が上げられない。

なんで俺達は当たり前のようにこんなにくっついてるんだろう。

そして俺は今までなぜ平気だったのだろう。

気づいたところで、今更距離を取るのも俺が意識しすぎているみたいで恥ずかしい。

そんな思いを抱えながら、ゆっくりゆっくり肉を味わう振りをして隣をこっそりと覗き見たら、ばっちりアムールと目が合ってしまった。

「へぁっ!? な、な、何……？」

「は、はぁ!? なんでもねぇし！ お前がちんたら食ってるからちょっと見てただけだっての！」

どもる俺と、なぜか動揺してるアムール。

アムールの尻尾がぶわっと膨らみ、目の下あたりの皮膚が赤くなるのが見える。つられて俺も赤くなった。

それからお互いまっすぐ前を見て黙々と食べた。

なんだこの状況。傍から見たら仲がいいのか悪いのか分からないだろうな。

そんな状況の中で、隣のアムールの体温を感じながら考える。

考えるのはもちろんアムールの事。そして、パートナーの事だ。

どうやらアムールは一人で考える時間をくれそうにないので、アムールが俺に構わない時間を利用するしかない。

パートナーについてだが、俺達はまだ解消していないらしい。

確かに俺もアムールも、周りにパートナーを解消したと宣言していない。

しかし、このままなし崩しにパートナーを続けて良いものなのか。

アムールは、今みたいにたまに何を考えているのか分からない時もあるが、一緒にいると楽しい。居ないと寂しい。

しかし、パートナーという関係はそんな単純なものではないと思う。

だって結婚って事なんだろ、パートナーって。

そんな友達感覚でなる関係じゃないはずなんだ。

そしてたぶん、アムールは俺を好きでいてくれてる。

そしてたぶん、恋愛感情の方の好きだ。

これが勘違いだったらとんでもなく恥ずかしいが、アムールの言動、正しくは三角お耳と尻尾とアプリの翻訳がそう物語ってる。

それはどんどん甘くなっていってて、もう誤魔化せないほどに。

――でもなんで？

なんで俺なんだろう。特に秀でたところもない、むしろお荷物にしかならない俺の、どこが上級冒険者のお眼鏡に叶ったのだろう。

そして俺は、アムールの気持ちを受け止める事が出来るだろうか。

「……俺なんかが……」

「今度はなんだよ」

「……うん、このお肉美味しいなって思ってさ」

味付けは薄めだが、アムールがわざわざ狩ってきてくれた貴重なお肉。

アムールが次々肉を胃袋に収めていく中で、俺はゆっくり完食した。

隣のアムールの尻尾が、上機嫌にピンと立っていた。

＊＊＊

霧がどんどんと濃くなる。

息苦しさを感じ、進む足が重くなっていく。これは気のせいではない。

瘴気《しょうき》を跳ね返していたはずの加護が薄まっているのだ。

「ねぇ、エモワ……」

「あぁ……そろそろマズイな」

周りを見渡すと、私達よりも顔色を悪くする冒険者達が不安の色を示していた。

ここが限界だ。森の中心部に進むにつれて魔物の数が増えてきて、周りの冒険者達も疲弊している。聖女様がそばにいるはずなのに、霧が薄くなる様子はなく、霧の陰から凶悪な魔物がいつ襲ってきてもおかしくない状態が続いている。

最悪の事態になる前に引き返すべきだ。

「聖女様！　宜しいでしょうか！」

私は立ち止まり、振り向き護衛に囲まれた聖女様へ届くよう声を張り上げる。

それだけで息が切れてしまいそうになるほど、瘴気《しょうき》が濃い。一度では答えが返らず、何度も声をかけると、「何事だっ！」と大声が騎士たちの中から上がった。

スキンヘッドの騎士が出てきて、私をギロリと睨む。どこか青白い顔の彼に、私は姿勢を正した。

「どうか聖女様にお伝えください。これ以上進むのは危険です。瘴気《しょうき》の影響で思うように動けない者も多数出ております」

すると私を睨んでいた男は迷うように視線を泳がせた。彼もさすがにまずいと感じているようだ。

しかし、どうやら彼に決定権はないようで、渋い顔をしたまま黙ってしまった。

偉そうにしていたくせになんて頼りない。

「分かりました」

不意に、騎士の背後から若い女性の声が聞こえる。同時に人混みが割れて聖女様が姿を現した。

その近さに慌てて跪こうとすると、「そのままで」と優しく声をかけられた。

ヴェールによって顔は見えないが、私達をしっかり見据える姿に少しホッとする。

私達の訴えに耳を傾けてくださるのだ——と、そのまま森の出口に向かって彼女を案内しようとした時だった。

「心配はいりませんよ」

唐突に聖女様は地面に跪き、私たちを見上げて微笑んだ。

「今から聖なる祈りを捧げ、神の祝福をもたらしましょう」

「……は？」

今、なんと言った？

呆気にとられる私達を置き去りに、聖女様はその場で祈り始めてしまった。

「せ、聖女様……あのっ、せめて霧が薄まっている場所まで戻りましょう！　そこにでも祈れるはずですっ！」

「大丈夫、わたくしを信じてください」

ヴェール越しに首を傾げる姿に胸がざわめいた。

わざわざこんな魔物だらけの最悪の状況の中心で祈る意味って何？　それに、ここに来るまでも祈りは続けていたはずなのに、魔物の数も瘴気《しょうき》も減らなくなっている――

「聖女様！　とにかく一旦退避を……――」

一瞬、彼女への敬意もすべて投げ捨ててそう言いかけて、息を呑んだ。

いつの間にか、森が不自然なほど静まり返っている。瞬時にエモワが私の背に周り、武器を構えた。私もメイスを握りしめ、周りの気配に集中する。

そして、肌が粟立った。

「トワ……ッ」

囲まれている。それも、とんでもない数の魔物だ。

息苦しいのは瘴気《しょうき》のせいか、それとも張り詰めた空気に呑まれているからなのか。

息を殺して武器を構える私達を、嫌な静寂が包み込む。

その時だった。

――ズドンッ、と突然、凄まじい音と共に地面が大きく揺れる。

「なっ……!?」

「聖女様！」

声が上がる。揺れで姿勢を崩した者たちが視線をバラバラに巡らせる。それを皮切りに、見たこともない魔物達が霧の中から次々飛び出してきた。

「来たぞっ！」

「おい危ないッッ!!」

「なんだよこの魔物は……っ!!」

突然の大きな衝撃で動揺する私達に、凄まじい数の魔物が襲いかかる。

それが、悪夢の幕開けだったのだ。

＊＊＊

「温かーい……ありがとうございますウルスさん」

「いやなに、上質な肉のお返しが飲み物ぐらいで悪いがな」

俺とアムールはウルスの店に来ていた。やはり世話になっている人にはお裾分けをするべきだろうと、俺がアムールを引っ張ってきたのだ。

そこでウルスが肉のお返しにと、俺とアムールに商品のホットドリンクを奢ってくれた。

俺は以前買った生姜湯のようなホットドリンクをフーフーと冷ましながら飲む。

その後ろでアムールも別のドリンクを真剣にフーフーしていた。猫舌なのかな。

ウルスが睨んだ通りお店はとても繁盛しているようだ。非日常にお馴染みの店があると安心するのだろう。

美味しくて温かい、そして日常を思い出させてくれるウルスのドリンクを買い求める冒険者は多い。

「しかしなんでアムールは討伐に行ってないんだ？　もう飽きたのか？」

「……あぁ」

「それとも大好きなパートナーと離れるのが嫌になったか？」

「……あぁ」

真剣にフーフーしていたアムールが適当に返事をする。全然聞いてないなこの猫獣人。ウルスもそれを分かっているようで、にやにやしながら俺を見てきた。これは、からかわれているな。

「愛されてるじゃないか坊主」

「羨ましいでしょ」

「……アムールが相手じゃなー……」

「……」

なんだよ、言いたい事があるならはっきり言えよ。

大きな手でワシャワシャと頭を撫でて誤魔化され、俺はちょっと不貞腐されながら残りのドリンクを飲み干した。

「そう言えば坊主、あれから何もなかったか？」

「何もって……なんの事ですか？」

「マーロの事だ」

「へ……？」

まさかここであの男の話題が出るとは思わず、俺は空になったカップを落としそうになった。

やはり誰の目からも、俺とマーロとの間に問題が起こっていたように見えたのだ。

しかしここで俺がマーロへの文句を言っても信じてもらえるのだろうか。

ウルスとマーロは親しそうだった。新参者の俺の口から親しいマーロの悪い噂が出たらどう思うだろう。

どう切り出したものかと悩む俺の頭を、ウルスがまた軽く撫でる。

その優しい手つきに俺は自然と顔を上げていた。

「あのな坊主、俺はな……実はあまりマーロを気に入ってないんだよ」

「え……」

「マーロの悪い噂は聞かないし俺も何かされた訳じゃないが、なんとなく好きになれねぇ……ただあの時は坊主が困ってるように見えたから話しかけただけだ。日頃は自分からは近寄らねぇさ」

「……そうなんですか？」

意外だった。

てっきり全面的にマーロの味方をすると思っていたから、ウルスの言葉に驚きを隠せない。

「あの野郎はクソだ」

呆気にとられていた俺の背後からアムールが割って入る。

ほどよく冷めたらしいドリンクを飲みながら、腕を俺の頭にのしりと乗せた。

「……アムールが言うならそうなんだろな」

「ウルスさん……信じてくれるんですか？」

「ん？　まぁ坊主が悪いやつじゃないのは分かるし、アムールもくだらん嘘をつくやつじゃない」

ウルスは話しながら、驚いた顔をした俺を見て笑った。

「それに坊主も、マーロが大っ嫌いだって顔してるぞ」

「う……」

素直に顔に出しすぎる自分を反省する反面、嬉しくなる。

アムールを信じてくれる人が居た。マーロよりアムールを信頼している人が居たんだ。

それは思いもよらない希望だった。

大丈夫、アムールがいいやつだって分かってる人はきっと他にもたくさん居る。マーロの思い通りになんて、なってたまるか。

俺はホットドリンクを追加で注文し、マーロの悪事をウルスに話す決意をした。

＊＊＊

助けて、助けて、助けて、助けて――

「ポーション！　ポーションを早くっ!!」

「バラけるなっ！　標的にされるぞ！」

「怪我人は後ろにさがれ！　回復が使えるやつは集まってくれ！」

「くそっ、腕が……っ」

どうしてこうなったの。

阿鼻叫喚の中で必死に攻撃魔法をくり出しながら自問する。

もっと早く声を上げていれば、森の奥に進む前に反対していれば、こんな地獄のような光景にはならなかったはずだ。

「……っ、今更よね……っ」

前衛の冒険者が仕留めそこねた出来損ないの蝙蝠《こうもり》のような魔物を、メイスで叩き落とす。

過去を後悔している暇はない。現状を打破するために無我夢中で戦った。

「なんで……っ！　なんでよっ!?」

私達の後ろで、若い女の子の叫びが聞こえる。

「神様っ！　祝福を……奇跡を早くっ!!」

戦いの合間に見た光景は、祈りの姿のまま泣きじゃくる聖女様。

ベールが外れて見えた顔は、まだ幼さの残る少女だった。

倒しても倒しても、次々と湧いてくる魔物。

この地獄に終わりはあるのだろうかと絶望しかけたその時だ。

「トワっ！　俺ができる限り遠くへ飛ばすから、そのまま風魔法で霧を抜けてくれ……！」

前方のエモワが振り返らずに私に告げる。

「何言ってるのよ！　私だけ逃げるわけにはいかないわっ！」

「逃げるんじゃない、助けを呼びに行くんだ！」

「……そんなのっ」

――無駄に決まってる。

そう思うのは私だけじゃないはずなのに、それでもエモワは私の腕を掴んだ。

「エモワっ⁉」

「トワ、頼んだぞ……！」

エモワが唯一使える筋力強化の魔法を使い、私の体を宙へ放つ。

いつもの癖で咄嗟に風魔法を使えば、魔物の群れを抜けて地面に降り立った。

「……っ」

群れから外れた数匹の魔物をメイスで狩る。

分かってる。エモワは私だけでも逃がそうとしているのだ。

私が助けを求めて戻った所で、戦える冒険者はテントにはほとんど残っていない。

それを分かっていながらも、エモワは私に嘘をついた。

そして私も、その嘘にしがみついたんだ。

「エモワ……ごめん……っ」

だけど、だけど、まだ望みがないわけじゃない。いや、望みなんて本当はないのかもしれないが、
私は捨てきれずにいる。

「――――リョウ……ッ!!」

私は枯れ木が肌を傷つけるのも構わず、森の中を駆け抜けた。唯一の希望にしがみつくために。

＊＊＊

ウルスと別れ、サポートチームとしての雑用も終えた俺達はまた薬草採取をしていた。

俺達と言っても、アムールは適当に草を千切ってるだけだが。だからそれ薬草じゃないってば。

聖女様の加護のおかげなのか、昨日よりさらに薬草が豊富に生えている。

つまらなそうに草を千切るアムールの隣で、俺は珍しい薬草をホクホク顔で採取していった。

採取をしながら、先程の事を思い出す。

ウルスにマーロの悪事を話した時の事だ。

ウルスは黙って聞いてくれて、最後に深く頷いた。

言葉はなかったが、どうやら思いあたる事があるようなのだ。

そして最後にまた俺の頭を撫でて、

『一人で無茶はするんじゃないぞ。せっかくパートナーが居るんだから、ちゃんと頼れ』

俺は、曖昧な笑顔を浮かべるだけで返事が出来なかった。

アムールは聞いているのかいないのか、俺の頭に腕を乗せたままそっぽを向くだけだ。

だけど、もうパートナーじゃないとは、お互い言わなかった。

パートナー。その言葉にまだ違和感が拭えない。

何度も言うが、パートナーって結婚の事なんだろ？

だったらいきなりパートナーになるのはおかしいと思うのだ。

もっとちゃんと手順を踏んで、例えばお付き合いから始めるべきなんじゃないのか。デートとかしてさ。そんで、美味しい物食べて笑い合って、友達に紹介とかして……

「……いや、してるな俺達……」

二人で街の店を巡ったあれをデートと言うなら、ばっちりデートをしている。アムールの知り合いにもこぞって紹介された。

やや順番はおかしいが、やらなきゃいけない事はちゃんと済ませてるじゃないか。

いやいやでも、あの時の俺はパートナーの意味を知らずに紹介されていたのだからなかったものとして扱うべきか？

結婚の報告をあんな軽いノリでして良いものなのか。

しかし改めて報告するのもおかしいし……あれ、俺は何を悩んでるんだっけ？

そうだよ、まずはお付き合いから……いやお付き合いってのは思い合う二人がするもので俺とアムールは違うだろ。だって男同士だし。いやでもアムールは俺を好きでいてくれてるみたいだし、付き合っても……いやいやでも、でも、だって、俺は――

「――……うぎゃっ⁉」

考えがぐちゃぐちゃになっていた所で、アムールに背後から潰された。

「飽きた。どっか行こうぜ」

人が真剣に考えてるのにこの猫は……

俺が文句を言うより早く、アムールが勝手に採取した薬草をマジックバッグに詰め始めた。まずい、このままだとまた木の上とかに連れていかれる。

俺は警戒してアムールから距離を取ろうと立ち上がった、その時だった。

「――――……っ」

「ん？」

知った声が俺を呼んだ気がして周りを見渡すと、木に手を付いて体を支えながら立つ冒険者の姿があった。

その姿はずいぶんとぼろぼろだ。それだけでも驚くのに、よくよく見れば見知った人物だと分かりなおさら驚き焦る。

「ト、トワさんっ⁉」

「お前――」

俺とアムールの声が重なる。

泥や血で汚れた姿の冒険者はトワだった。

防具には何かの牙か爪の跡が無数に残り、防具から露出している肌は細かな傷がつき血が滲んでいた。

「りょ、う……っ！」

そんな悲惨な姿のまま、よろけながらも俺の名を呼ぶ。

青ざめて泣きそうな顔で、メイスだけを強く握りしめる姿が痛々しかった。

よろけながら駆け寄ってきたトワを受け止める。

俺より少し身長が高いからトワを受け止めるのは大変だったが、後ろから支えてくれる手があったので倒れずに済んだ。

「トワさん、何があったんですか？　エモワさんは？」

「助けて……っ」

「トワさんっ⁉」

質問には答えないまま、ずるずると座り込んでしまったトワを追っておれも腰を落とす。

「助けて……お願い、エモワが……エモワが……っ」

あれほど大事に握りしめていたメイスを放り出してまで俺を掴むトワ。

俺は人から縋りつかれた経験などなく、どうすれば良いのか分からなくてオロオロするだけだ。

「あ、アムール――」

縋られているのは自分なのに、俺は情けなくも上位冒険者に助けを求めた。

しかし――

「リョウっ‼」

アムールの名前を出した瞬間、俺を掴むトワの力が強くなる。

泣きそうな、けれど決して涙は流さないトワの瞳が俺を映す。

「――リョウ、あなたの力が必要なの……っ」

「俺……？」

トワの、確信を持ったような強い口調に戸惑う。

すぐ後ろに強くて頼りになる上級冒険者がいるのに、トワの鋭い視線は俺を捉えて離さない。

「お願い、助けてリョウ……」

「トワさん……？」

「助けてっ」

なぜだ？

俺は縋りつくトワから目を離せないまま口に出せない疑問を浮かべる。

アムールじゃなくてなぜ俺なの？

俺がなんの役に立つんだよ。まともな戦いすら出来ない俺が、エモワやトワすら太刀打ち出来ない状況をどうしろって言うんだ。俺が行った所で、何も出来ないに決まってる。俺にすがるなんてお門違《かどちが》いもいいとこだよ。

だけど――

「――分かりました、行きましょう！」

女性が、トワさんが、俺に助けを求めているんだ。グダグダ考えている場合じゃない。

後悔や反省は行ってからすれば良い。

「案内してくださいトワさん」

絶望で濁っていたトワの瞳が、希望の光を映した気がした。

違うよ、俺にそんな価値はないよ。

そう思っても、トワの希望の光を奪いたくなくて、俺は下手くそな笑みを返していた。

まったく、出来もしないのにカッコつけるなんて俺も馬鹿だな。

だけど男なんて、カッコつけてなんぼでしょ？

震えそうな足を叱咤して、俺はゆっくり立ち上がった。

行かなきゃ、エモワのもとに。

「トワは行かなくていい」

俺がトワを立ち上がらせようとした時、アムールが言った。

「アムール？」

こんな時に喧嘩かと一瞬だけ思ったが、振り返って見たアムールの瞳は見たこともないほど真剣なものだった。

「足手まといだ。俺とリョウだけで行く」

その瞳はきっと、上級冒険者としての瞳だ。

最悪の状況の中で、最善を判断するための鋭い目。生温《なまぬる》い馴れ合いなどすべて切り捨て、今この場で必要とされる行動のみを判断するような、そんな目だ。

「でもトワさんの案内がないと……」

「音と臭いで分かる。行くんだろ？　さっさと掴まれ」

掴まれと言われ、親指で示されたのはアムールの背中。

俺は不安を頭の隅に無理矢理押しやり、アムールの背に飛び乗った。

「アムール、リョウ……エモワを……っ」

「このチビがなんの役に立つのか知らねぇけど、俺が行けば大丈夫だろ」

ぶっきらぼうな、けれど優しさが思いっきり詰まったアムールの言葉。その言葉で緊張が解けたのか、トワはやっと涙を流した。

きっと大丈夫です、なんて俺の口からは言えないけれど、必ずエモワを救ってみせる。

たとえ腕の一本や二本を失ってでもトワの希望を叶えてあげたい。

だって俺が、助けを求められたんだから。

「行こう、アムールっ！」

「振り落とされんなよ」

腕と足をしっかりアムールに巻きつけると、瞬時に景色が変わる。

木から木へと飛び移る際に見えた景色は、青空なんて見えない薄暗い霧の世界だった。

しかしそれ以上風景を見ることは叶わなかった。移りゆく光景が激しすぎて目を開けていられない。

今まで何度かアムールに運ばれたが、手加減してくれていたのだと実感する。

アムールから言われた「振り落とされんなよ」を実行するので精一杯で、葉っぱや枝が時折頬を掠めるが気にしている余裕もなかった。

「——あそこか」

アムールの呟きが聞こえた頃は、高揚した体を肌寒い空気が包む。

肌寒いだけじゃない、何かがまとわり付くような気味の悪い空気に肌を震わせると、アムールの腕の力が強くなる。ひゅうひゅうと風の音が強くなって、やがて静かになり、俺は瞼を開いた。

「……なんだよこれ……」

ずっと目をつぶっていたから視界がぼやけているのかと思ったが、目を擦っても擦っても視界は悪いままだ。

これが瘴気《しょうき》の霧だと気づいて鳥肌が立つ。こんな禍々しい霧の中で人は生きていられるものなのか。

しかし、こんなにも体に悪そうな霧の中にいるわりに息苦しさは感じない。

不思議に思っている間に、アムールが足を進めていく。

同時に人の声と何か別の音が聞こえてきた。戦いの場が近いのだ。

トワをあれほどまでに悲惨な姿にした場所が。

どうしよう、怖い。

悲鳴と、怒号、それから何とも分からない奇妙な音。遠くに見える、顔がどこかも分からない奇天烈な形をした魔物の群れ。そしてその中心で、冒険者が必死に武器を振り回す姿。

魔物の数は思ったほど多くないが、冒険者の数も少ない。それだけやられてしまったのだと考えてゾクリとした。深呼吸をしようとしたら鼻の奥に血の臭いが入り込んでむせこむ。

行ってから後悔すれば良い、なんてカッコつけたが、そのツケが今まさに回ってきたようだ。

「……大丈夫だ」

不意にアムールが言った。

「あの程度の魔物俺一人で余裕だっての。だからビクビクしてんじゃねぇ」

「アムール……」

知らずにアムールの服を握りしめて白くなっていた手を緩めた。

しがみつくアムールの背中がとても頼もしく思え、彼が居るなら大丈夫だと自然に思えた。

アムールは俺を背負ったまま目の前の魔物を蹴散らして、あっという間に集団の中心に辿り着く。

そこで俺を下ろしたアムールは、魔物の群れに視線を向けたまま一度だけ俺の頭を撫でた。

「アムール――」

――気をつけて、と声をかける間もなく魔物の群れへと駆けだしてしまったアムール。

アムールは今のこの場で出来る最善を尽くすつもりなんだ。

だったら俺も、最善を尽くさないと。

俺に何が出来るんだなんて悩んでる暇もない。探せ、俺が出来る事を、トワが俺に期待した事を……

震えそうな足を動かして、冒険者たちのところへ向かう。

幸いにも魔物たちの注意は目の前で元気に動くアムールにいったようだ。俺は出来るだけこっそりと冒険者たちが集まっているところへ向かった。

そこには怪我をして戦えなくなった冒険者達が苦しそうにうめいていた。

皆の表情は絶望に染まり、諦めの表情を浮かべる者も居る。

そして……その中の一人の少女を見て、俺は目を疑う。

「は？　なんで……」

――なんで……キミがここに？

あまりにも予想外の人物に、一瞬ここがどこだかも忘れてしまう。だって、あまりにもこの場には不釣り合いな人物だ。

白いヴェールは戦闘の間に取れてしまったのか、黒髪と顔が曝《さら》け出されている。

そんな彼女に、見覚えがあった。

動けなくなった冒険者達よりも絶望した表情を浮かべて虚ろな目をした彼女へ近づき、俺は半信半疑で声をかけた。

「あの……乙宮《おとみや》さん？」

「――え……？」

聖女の服を着た少女が、泣き腫らした目で俺を見た。同時に彼女も目を瞠《みは》る。

乙宮……名字しか知らないし話したこともなかったが、彼女は間違いなく高校の同級生だった。

「乙宮さん……だよね？　なんでここに？」

まさかこんな所で同級生と会うなんて思わず、俺は半信半疑で話しかけた。

すると、乙宮の虚ろな目の焦点がだんだんと合ってくる。

そして視線がしっかり俺をとらえると、驚きで目を丸くした。

「え、えっ!?　キミ、あの、キミって……」

「あ、俺は猫本良……高校の同級生なんだけど分かるかな」

「も、もちろん！　もちろん分かるよっ！」

何度もこくこくと頷く乙宮。

お互い戸惑ったままだが、予想外の知り合いに出会えた事で少しだけ気が緩む。

「でもなんで……あの、猫本くんが居るの？」

「乙宮さんこそ……あ！　もしかして乙宮さんが聖女!?」

乙宮が白いローブを着ている事でやっと理解する。噂の著名人がクラスメートだったなんて驚いたが、同時に誇らしくも感じた。

俺と同じ歳の知り合いが聖女なんて大役を務めていたのだ。素直に凄いと思う。

しかし、聖女の単語を聞いたとたん、乙宮は顔を引きつらせてしまった。

「……っ、ちがうの……」

そして消え入りそうな声でそう呟くと、大粒の涙を流し始める。

「え、えっ!?　乙宮さん!?」

「私、ちがった……ちがったのっ、私……私……」

泣く女の子を慰めた事なんかない俺はただオロオロとするだけだ。

そんな俺の目の前で、へたり込んだまま嗚咽《おえつ》交じりに乙宮が言う。

「わ、私……ちがった、聖女じゃなかった……っ」

「へ？」

「ちがったんだよっ！　私は聖女じゃないんだ……なのに、どうしよう……どうしよう……っ！」

「乙宮さん落ち着いて！」

何やらとんでもないことを言っているが、振り向いても幸い俺達の会話を聞いている人は居なかった。誰もそんな余裕がないのだ。

乙宮を聖女として護っていた騎士達でさえ戦いに参加しなければならないほど、事態は切迫しているのだろう。

「どうしよう……猫本くん、私……どうしたらいい……」

「ど、どうって……」

乙宮に縋られ、俺も取り乱しそうになった。しかし一度深呼吸して、心を落ち着かせて彼女に問う。

「乙宮さん大丈夫だから……聖女じゃないって、どういう事？」

噂はたまに聞いてはいたものの、聖女が何たるかは俺には分からない。

だが乙宮の取り乱し方を見れば、彼女がその聖女という存在に振り回されているのだと分かる。

「私のせいなんだ……奇跡を起こせると思った……私は聖女だから大丈夫だと思った……でも、奇跡なんか起こらなかったっ」

「奇跡……？」

乙宮は俺の質問に答えるというよりは、独り言のように言葉を続ける。

そんな彼女の、未だ涙を流し続ける目を見るのが辛かった。

「聖女の私が行けば全部上手くいくと思ったの……瘴気《しょうき》も晴れて、魔物も減って、怪我だって治せるって、聖女なら出来るんだって言われたから……！　でもだめだった……なんにも起こらないの……奇跡なんか起こらないのっ！」

俺を掴む手の力はとても強く、服の上からでも皮膚に食い込んで痛いほどだ。

「ごめんなさいごめんなさいごめんなさいっ……私のせいで……私のせいで……」

しかし、目の前の悲痛な叫びに、自分の痛みなんてどうでもよくなる。

もう彼女の目は俺に向いているのに俺を見ていない。

絶望だけを映す瞳が痛々しくて、俺は自然と乙宮の手を自分の両手で覆っていた。

「大丈夫だよ」

嗚咽と共に謝罪の言葉を繰り返す乙宮に、俺はできる限り明るい声で言う。

さっき、アムールがしてくれたみたいに、少しでも彼女の背負う重さが減ればいいと願いながら
俺はゆっくりと彼女に言う。

「奇跡は起こったよ、凄い人が来たから。凄く強くて優しいんだ。ちょっと口は悪いけど誰にも負けない凄いやつなんだ」

そう言って、俺はもう一度彼女の手をぎゅっと握った。

「だから大丈夫！」

大丈夫、なんて力強く言っているが、内容は人任せ。なんとも情けないが、そんなの今更だろう。俺の実力なんて限られている。今だって、濃い血の臭いに今すぐ逃げ出したいほどだ。けれどせめて彼女が笑えるように、俺は精一杯の虚勢を張って微笑んだ。それを見た乙宮がわずかに笑ってくれた。

「――……え、……あれ？」

しかし、せっかく笑った乙宮だったが、すぐに笑顔を引っ込めてしまう。そしてまるで何かに気づいたように、目を見開いた。

「どうしたの？」

先程のように絶望した様子は見られないが、今度は周りをキョロキョロと見渡す乙宮。

「瘴気《しょうき》が――霧が……薄くなってる……」

そう囁いた乙宮の瞳にはかすかな熱が宿る。俺は思わず空に目を向けた。

確かに、さっきまで曇っていた空から、わずかに光が差し込んでいる。切り裂かれたように覗いた青空に目を瞠ると、乙宮がハッとしたように喉に手を当てた。

「息も……苦しくない、かも」

「えっ、今まで苦しかったの⁉」

息苦しくない、とは今まで息苦しかったということじゃないか。

乙宮の物騒な言葉に少し心配になって尋ねれば、乙宮は頷いた。

「うん。この森に入ってからずっと息苦しかったんだ。祈っても全然変わらないし……」

その言葉にわずかな違和感があった。この森に入ってきた時、おどろおどろしい色の霧は不気味だと思ったが、特に影響はなかった。アムールもそうだったはずだ。

だから乙宮の言う息苦しさは分からない。そう言うと乙宮は目を丸くしたまま俺をジッと見つめた。

「それって……」

「あっ、もしかしたら乙宮さんの聖女としての加護があったのかも！　今だって瘴気《しょうき》の霧が晴れてきたのも乙宮さんの力でしょ？」

「いやあの、もしかしたらこの力は――」

「――とにかくせっかく霧が晴れてきたんだから出来る事をしよう。俺は戦えないから手持ちの薬を怪我してる人達に配るよ。乙宮さんはここで祈ってる？」

「…………ううん」

光が差してきた世界で、乙宮は俺を見つめたまま立ち上がった。

「……猫本君を手伝うよ」

「分かった」

俺は薬をバッグから取り出し、半分を乙宮に渡す。

「素人の俺が作った薬だけど、知り合いの薬師から教えてもらった配合だから少しは効くと思う。使い方は傷口に塗るか飲むだけだから」

焼け石に水かもしれないが、やらないよりマシだろう。

改めて戦場に視線を向ける。すると、霧が晴れて戦っていた冒険者達の動きが幾分かよくなったように見えた。反して魔物の動きは鈍っているように見える。

「行こう、乙宮さん！」

「うん！」

瘴気《しょうき》が薄くなったからか、少し元気を取り戻した乙宮は頷くとすぐに怪我人の所へ駆けていった。

俺もそれにならい、近くの人に声をかけていく。

「怪我を見せてください。少しですが薬があります」

すべての怪我に使えるほどの薬は持ってないから、一番ひどい所にだけ使っていく。

すると骨折しているのか赤く腫れて熱を持った患部も、毒でも入ったのか紫色に焼けただれていた傷口も、薬を薄く塗っただけで出血が止まり元の肌色に戻っていく。

あまりの効果に、俺と冒険者の人は顔を見合わせた。

「凄い効果だな……」

「そう……ですね。こんなに効果があるんだ」

「たぶん骨折していたと思うんだが……まさか塗り薬で治るとは」

冒険者は呆気に取られたようにまじまじと薬と俺を見つめ、我に返ると「ありがとな！」と言い残して再び戦場へと戻っていった。

まさか教えてもらった薬がここまで効果の強い物だとは思わなかったが、嬉しい誤算だ。この調子なら想定より多くの怪我人を治せるだろう。

エモワを捜しながら、速足で進んでいく。その間、魔力回復の薬草も少量バッグに入っていたので、戦いや治療で魔力が底をついた冒険者達に渡していった。

それもまた予想以上に効果があった。

また一人、また一人と冒険者たちが立ち上がって戦場へと戻っていく。

「これも聖女様の加護なのか？」

その声と同時に、冒険者の一人が問うようにこちらに視線を向ける。

「あんた、さっきまで聖女様の近くにいたよな？　この効果は、そのおかげなのか？」

「……なるほど」

確かにおかしいと思ったんだこの効果は。

先程から、配っている薬草や薬が、本で見た効能とは比べものにならないほどの力を発揮している。

俺の知識が間違っていたのかと思ったが、聖女の加護がついているのだとすれば納得だ。

必死に涙をこらえながら怪我人たちの中を駆け巡っている乙宮の姿を見つめ、俺は頷く。

「確かに聖女様の加護の可能性は高いです」

「そうか……さすがは聖女様だ」

そう言うと、冒険者たちはどよめき、大きく頷いた。

「ホントはもっと早くお力を見せてほしかったけどな」

「言うな。聖女様ったってまだ幼い少女だぞ。ベテラン冒険者が責任を少女一人に押しつける気か？」

「冗談だよ、マジになるな」

そんな軽口を叩きながら戦いへと戻っていく冒険者たちの顔に絶望の色は見られない。

次第に、冒険者たちの人数が増え、魔物たちは数を減らしていく。

息を吸い込んでも、もう血の臭いはしない。新鮮な空気が肺にめぐるのを感じて俺は息を長く吐き出した。

「よかった……」

俺が何かしたからというより乙宮の力があったからだろうが、人々の希望に自分がわずかでも関われたことが嬉しい。安堵のため息を漏らすと共に、身体から力が抜けていくのを感じた。

どうやら緊張でガチガチになっていたらしい。

それはそうだ。喧嘩すらしたことがない俺が、いきなり命のかかっている戦いのど真ん中に来たのだから。自分でした選択だとはいえ、魔物と冒険者の命がけの戦いを見てよくもまぁ今まで腰も抜かさずに立っていられたものだ。

そう思いながら、ずるずると地面に座り込みそうになった時だった。首根っこを誰かに捕まれて身体を強張らせる。

「よおチビ、役に立ってるか」

「アムール！」

しかしその緊張は一瞬で霧散した。無理やり頭をアムールのほうに向けて、視線を巡らせる。

どうやら傷は一つもないようだった。

さすが上級冒険者だ。

「無事だったんだね、よかった……」

「あたり前だろ。俺がヘマするかよ」

得意げな顔でのたまうアムールの尻尾がぴんと立ったのを見て、思わず笑ってしまう。

怪我もないのに戻ってきたのは、きっと俺の様子を見に来てくれたのだろう。そして、様子を見に来るだけの余裕が彼に出来たということでもある。

きっと、勝利が近い。

「——猫本くん！」

すると、ちょうど薬を使い終えたらしい乙宮も戻ってくる。その表情は明るい。彼女は、俺に尻尾を巻きつけ威嚇するアムールを物ともせずに興奮気味に報告しだした。

「猫本くんからもらった薬、凄い効果だね！　みんなびっくりしてたよ」

「たぶん乙宮さんのおかげだと思うよ。きっと聖女の加護が付いて奇跡みたいな効果が表れたんじゃないかな」

そうでなければあの薬効はありえない。

魔力すら扱えない素人の作った薬が、ポーションなみに傷を癒やすはずがないのだから。

嬉しそうに報告する乙宮に俺は微笑んだ。

「全部、乙宮さんのおかげだよ」

キミが奇跡を起こしたんだよ。そんな気持ちで言えば、今度は乙宮が困った顔をした。

「あのね……」

乙宮が何か言いたそうに、けれど言いにくそうに口を開く。

何か気になることでもあるのだろうかと俺は乙宮の言葉を待った。

「そのことなんだけど……猫本くん、たぶん――」

彼女の言葉を聞こうと体勢を変えた時だった。

「う、わぁ……っ!?」

ズンッ――、と、大きく地面が揺れたのだ。

――キシャァアアアアッッ。

同時に、聞いたことのないほどの奇声が耳をつんざく。

何事だと振り返ると、とんでもない大きさのワームのような魔物が、円状にびっしりと並んだ牙をこちらに向けていた。

「な……っ」

その魔物を確認した時には、もう俺に迫っていた。

他の冒険者には脇目も振らず、まるで初めから俺だけを狙ったように。

逃げなきゃ、と思う間もなく、その巨体は俺の体を吹き飛ばした。

「グッ……ガハッ――！」

そのまま地面に叩きつけられて、今までの人生で感じたことのない強い痛みが全身に広がり息が詰まる。しかし、あれだけ俺に向けられて、いたはずの牙の感触はなかった。

それもそうだろう。

それと俺との間には、いつの間にか赤毛で猫耳の冒険者が居たんだから。

「うぁ……っ、あ……アム……るっ！」

アムールが咄嗟に俺とそれの間に入って牙を受けてくれたから、俺は衝撃で吹き飛ばされるだけですんだんだ。

だけど——

「キャーッ!!」

突然の出来事に動けないでいた乙宮が、我に返り悲鳴を上げる。その声に他の冒険者達も駆け寄ろうとしたが、魔物の尾や触手によって阻まれてしまう。

巨体はなおも俺に向かってこようとしたが、正面からアムールがそれを阻む。

「こ、の……クソがっ……!!」

奇声を上げる魔物を掴んだまま、アムールが右手を大きく振りかぶった。同時に鋭い声が呪文を紡ぎ、鋭い爪から放たれるかまいたちで魔物の胴体が切り刻まれていく。

しかし、そこまでされてもなお魔物は倒れなかった。それどころか地面に転がった俺を背にして庇うアムールごと喰おうとするように口を広げる。

「あ、アムール……っ、もう、止め……っ」

ありえないほど大きく開かれた口からむわりと饐《す》えた匂いが漂う。アムールが魔物の上口蓋に短剣を突き立てるが、無防備な腹には下の牙が突き刺さる。アムールが歯を食いしばったのを見て俺は必死に手を伸ばそうとした。魔物が俺に向かってこようとすればするほど、アムールの腹に牙が刺さるのだ。

しかし全身を襲う痛みに耐えられず、地面に這いつくばったまま思うように動けない。

役立たずな自分に絶望したが、切り刻まれていくそれは、だんだんと力を失っていくように見えた。

他の冒険者達の加勢もあり、次第にアムールが押し返す。

「いい、加減……死ねっ!!」

アムールが突き刺した短剣を抜き、何かを詠唱する。するとアムールの持つ刃が風を纏った。いっそう大きく腕を振り下ろすと、大きなかまいたちが放たれる。

その一撃は、散々切り付けられていた巨大な胴体をついに真っ二つに切り裂いた。

巨体は苦しむように暴れたが、次第に動きは鈍くなり、最後に小さな奇声を残して動かなくなった。同時に、アムールもまた、地面に崩れ落ちた。

「アムール！」

俺は痛みに抵抗して地を這おうとしたが、やはり体は動かない。それでももがこうとする俺に気づいた乙宮が、俺の体を起こしてくれた。そこでやっと見えたアムールは、うつぶせに倒れて動かない姿だった。彼の気持ちをいつも教えてくれる三角の耳も尻尾も、今は力なく垂れている。

「……あ……アムール……？」

アムールはどうなったの？

いつものアムールとはかけ離れた姿に、俺の鼓動はどんどん速くなる。次第に他の冒険者たちも駆け寄ってきて、アムールを助けようと動き出す。

しかし。

「あ……ァ……」

「……っ」

ごろりと転がされたアムールの身体を見て、言葉を失う。

乙宮は、真っ青な顔で視線をそむけた。

俺は、そむける事すら出来ない。

アムールは確かに目を開けていたし、まだ意識を保っていた。

けれど、アムールの体は赤く染まり、呼吸と共に血が大量に吐き出される。腕は裂傷という言葉では済まないほどボロボロだった。

そして腹が、アムールの腹が――

金色の瞳が一瞬揺れて、俺を映し、わずかにほころぶ。

尻尾がわずかに揺れて、すぐに力を失った。その尻尾の毛先から新たな血がポタポタと落ちていった。

「ダメ、だよ……っ」

――違う、違うよ。確かに俺は、腕の一本や二本失ってもいいと覚悟した。俺がどうなっても構わない。底辺冒険者の俺なんか替えはたくさん居るんだから。だから俺は覚悟を決めてきたんだよ。

だけど、キミが、血に染まるなんて、話が違う。

ねぇ、キミを失うのはダメだよ。そんな覚悟は出来ていないんだ。絶対にダメだ。ダメに決まってるだろうっ！

「アムールッッ――‼」

――ふざけるな。アムールを返せ！

刹那、体が熱くなる。痛みなんか忘れるほどの熱が、心臓あたりから全身に広がった。

それから、その熱さが今度は一気に失われるような感覚に襲われて、気が遠くなる。

ふわりと、アムールの瞳のような金色の光が目の前を包んだ。

乙宮が間近で叫んでいるのが分かったが、その声もどこか遠くに感じた。

「リョウッ――！」

「あ……ムー、る……」

でも、妙にアムールの声だけがはっきり聞こえて、俺は笑った。

良かった、元気になったね。

よく分からないけど、とりあえず良かった。キミを失わずに済んだみたい。

ありがとう神様。俺なんかの願いを聴いてくれて。

薄れる意識で最後に捉えたのは、俺の手を必死に握るアムールだった。

そこから俺の意識は、闇におちていったんだ。

ねぇ、笑ってよ、アムール――

＊＊＊

――…………暖かいな。ここはとても暖かい。

まるで陽だまりの中にいるみたいだ。

ううん、それだけじゃない。

陽だまりの中でとても大切に守られているような、そんな心地。

ただただ無条件に安心できて、ずっとここに居たくなるぐらいだ。

そんな感情を顔に出してしまう自分がいる。

きっと今の俺はしまりのない顔をしているだろうな、と思いながら浮遊感に身を任せる。すると温もりが肌を撫でていく。俺がその温もりのほうへ身体を動かすと、ふっ、と、誰かが笑う気配がした。

なんだよ、笑うなよ。

不貞腐された俺は心地よい温もりに顔を埋《うず》めた。

すると温もりがまた俺を包んで、髪を優しく撫でてくれる。

あまりにも優しい温もりに俺はなんだか泣きそうになった。

けれど頬をくすぐるフワフワがくすぐったくて――

「――………………」

目を開くと、木で出来た天井が目に入った。一瞬自分が誰か、ここはどこか、全部分からなくて目を瞬かせる。

「えっ……と……」

呟いた声はかすれていて、軽く咳をした。

どうやら俺はベッドに寝かされているようだ。ぱちりと瞬きをしても景色は変わらない。

なんか、凄く大変な事になっていた気がするのだが、俺はこんなに暖かなベッドで寝ていて良いのだろうか。

しかし色々考えるのも億劫で、寝心地がいいのを理由にまた微睡《まどろ》みだす。

再び夢の世界へと旅立ちそうになった時、ドアの開く音が聞こえた。

重たい瞼を開いて音のした方へ顔を向けると、猫の耳が生えた男がドアを開けたポーズのまま驚いた顔をしていた。

「――………やっと起きたか」

「……アムール……？」

赤い髪。金色の瞳。それらを見た俺の口からは、自然と一つの名前がこぼれ出た。

そうだ。アムール。この世界で最初に俺を助けてくれた人。

俺の声を聞いて、アムールはすぐにいつものぶっきらぼうな顔を作ると、勝手知ったる様子で部屋へと入ってくる。それから水差しから慣れた手つきで水を汲んだ。

その様子に、俺はここがどこなのかを思い出す。

そうだ、ここはアムールの家だ。一度だけ来たことがある。

ただあの時は起きてすぐアムールを殴って飛び出しちゃったから、あまり覚えていなかったんだ。

悪いことしたな。でもあれはアムールも悪い。

「……俺って、なんでここに居るんだっけ？」

「お前が寝ちまったからしょうがなくここに運んだんだ」

俺の様子を確認するように、アムールの視線が走る。体の両脇に拳をついてゆっくりと体を起こすと、アムールが水を渡してくれた。

それを一口飲むと自然と息がこぼれる。

「んーと……俺って、なんで寝ちゃったんだっけ？　あと、どこで何をしてて寝ちゃったのか教えてくれる？」

アムールの大雑把すぎる説明に苦笑いを浮かべて、再度訊ねる。

するとアムールはベッドに腰掛けて胡座を組み、俺の頬を撫でた。まるで不思議な物を見るように、ここに俺が居るのを確かめるように撫でてくるのがくすぐったくて身をよじる。

「動くなチビ」

そう言って、アムールは俺をベッドに寝かせる。

別にどこも悪くないと思うのだが、無理に起きる理由もないのでそのまま従い、アムールの返答を待つ。

「……森で何があったか覚えてるか」

俺が大人しく横になっているのを確認して、アムールが静かな声で言った。

「森？　うーん……確かアムールと森に入って……」

森に、なんで入ったんだっけ？　俺はあんなに混沌の森を怖がっていたのに。

そうだ、確かトワに頼まれたのだ。あのトワがボロボロになって森から帰ってきて、なぜか俺に助けを求めてきて、それで、それで……――

「――あ……あれ、エモワさんはっ？　みんな無事なのっ⁉　それに、アムールもっ！」

パズルが組み上がるように、記憶がバチバチと繋がっていく。

――そうだ、俺は森に入った。そこでは悲惨な光景が広がっていて、乙宮に会った。

本当に大変なことになっていたんだ。考えるのが億劫なんて言ってる場合じゃない。

「アムールッ！」

気が付けば身体を跳ね上げるようにしてアムールの肩を掴んでいた。

「腹……怪我して……」

かすり傷一つ負ったところすら見たことがない彼が、自らの血で真っ赤に染まった姿をようやく鮮明に思い出したのだ。こみ上げてきた吐き気をぐっとこらえながら彼に触れる。

冒険者の誰よりも悲惨な姿になったアムール。

なのに駆け寄ることすら出来なかった情けない自分。

いつも助けてもらったのに、守ってもらったのに、俺はアムールに何も出来なかった。失うかと思ったんだ。あの時、本当にアムールを失うのかと――

「アムール、腹の怪我は？　凄いでかい魔物から俺を庇ってくれたよね……っ、そんでアムール死にかけて……っ！」

「誰が死ぬかよ！」

そんな動揺する俺を、アムールが一喝した。

「俺があの程度で死ぬわけねぇだろ！　ナメんなよ！」

「あ、あぁ……」

散々心配したものの、怒る様子はすこぶる元気そうで呆気にとられる。

というか、怒る内容がどこかズレている気がするのだが。俺のせいで悲惨な目にあった事は怒らなくて良いのか。

しかし、怒るその姿がどうにも可愛らしく愛おしく思えて、たまらなくなる。

胸のどこかがきゅっと締まって、なんとも言えない気持ちで見上げると、アムールは眉間に皺を寄せて、俺の頰に触れた。

「――、自分の心配しろバカチビ……」

「……っ」

アムールらしくない、少し苦しそうな弱った声に、今度は胸が苦しくなった。

彼をここまでさせるほど、俺は寝ていたのだろうか。

自分の心配をしろとアムールは言う。あれほど怪我をしたはずのアムールから言われるほど、俺は目を覚まさなかったのか。

そこまで考えて、ハッとする。

「……ねぇアムール、ちょっと腹見せて」

「なんでだよ」

「良いから！」

渋るアムールを引き剥がし、彼の服を引っ掴んで腹を露出させる。

だって、どう考えてもアムールの方が重症だったじゃないか。あれほど背筋が凍る思いをした経験はない。あれほど後悔したことも。

アムールを巻き込んでしまった。アムールに怪我をさせてしまった。アムールが死にかけたのは、俺のせいだ。

しかし、そんな後悔を抱えて目にしたアムールの腹は、無駄な贅肉のない男として憧れるような綺麗なシックスパックだった。

いいな、俺もこんな腹筋になりたいな――じゃない。傷は？　えぐれてたよね？　やっぱり夢だった？

触ってみても、やはり傷跡すら見当たらない。

「なんで……」

それでも信じられなくて無遠慮に触っていたら、アムールの尻尾がブワッと広がっていた。

ごめん、びっくりさせて。

俺はアムールの服を戻して、ついでに広がった尻尾を撫でつけて、逆立った毛を戻す。

「……ったく、チビが俺の心配をするなんざ百年早いんだよ」

やや頬を赤らめて俺の頭を小突くアムール。先程の弱々しさは消えて、いつものアムールだ。

その姿はやはり元気そうなのだが、でもなぜ？　俺が見た背筋が凍る光景は夢だったのだろうか。

そんな疑問が浮かぶ間も、アムールは頭をグシャグシャ撫でたり頬を突いたりしてくる。だんだん触り方が雑になってきたな。

「……ねぇアムール、俺って何日寝てたの？」

それでも俺を見るアムールの目は真剣で、ここまで心配させるなんて、俺はいったい何日眠っていたのだろうか。

だから気になって訊ねたのだが、アムールがまたつらそうに眉間に皺を寄せたから、俺はそれ以上言及しなかった。

アムールのそんな顔は、もう見たくない。

アムールの腹の傷があんなに綺麗に治っていたのだ。もしかしたら年単位で眠っていたのかもしれない。

大切な人が何年も眠り続け、いつ起きるかも分からず、当てもなく見守り続ける。

俺はアムールで想像して、ゾッとした。

――もし目の前でアムールが倒れてずっと目を覚まさなかったら？

何年も何年も見守って、話しかけても返事はなくて、いつ起きるかも分からなくて、途方に暮れる毎日。俺は、耐えられるだろうか。

見上げると、アムールは眉間に皺を寄せて俺を見つめていた。ぐっと口をつぐんだ様子にそれ以上のことは聞けなくて頭を下げる。

「……ごめんな、心配かけて」

「……別に。寝てる間もお前は呑気にヘラヘラ笑ってたからな」

「う、嘘だぁ！」

「ホントだっての」

場を和ませるためなのかアムールがこんな冗談を言ってくるが、その瞳には寂しさが見て取れた。

そんな目をさせるほど、キミを一人にしたの？

「……ごめん……」

俺はアムールの手を握り、ぎゅっと力を込める。

「それと、ありがとう。いつも助けてくれて……初めて会った時も、マーロの時も」

「……」

「お礼、言えてなかったからさ」

「……ふん」

目を合わせてそう言うと、アムールが驚いたように瞬きをする。

それからいつものようにそっぽを向いて、また乱暴に俺の頭を撫でた。

ツンとしたアムールの姿になんだか温かな気持ちになる。

あれから何年経ったのかは知らないが、変わらぬアムールが嬉しかった。

ありがとう、たくさん守ってくれて。そばにいてくれて。キミがキミのままでいてくれて。

アムールを見ていると温かな気持ちが溢れそうで、抱きしめたい思いが強くなる。

アムールもそんな気持ちだったのかな。そうだと良いな。

だけど俺は抱きしめる度胸がないから、代わりにフワフワの頭をそっと撫でた。

「気安く触るな」

なんて言いながら、アムールが撫でやすいように頭を下げるから、なんだかおかしくて笑ってしまう。やっぱりアムールはアムールのままだった。

ちなみに俺が目を覚まさなかった期間は、なんとたったの二日だったらしい。

あまりにもアムールが悲壮感を漂わせるからいったい何年眠っていたのかと思ったじゃないか。

でも、まぁ、心配してくれてありがとなアムール。

第四章　猫獣人が集めていた物

目が覚めてから二日が経った。俺は、未だにベッドの上でぼーっと窓の外を眺める生活が続いている。

エモワやトワは大丈夫だろうか、と聞くと「大丈夫だ」と言われてはベッドに戻される。

せめて掃除や料理でもしようかと思うのだが、それすらアムールは許さないのだ。部屋の移動は許されず、同じ部屋の中でじっとすることを強《し》いられている。

「なぁアムール、もういい加減大丈夫だと思――」

「うっせぇ。軟弱チビが上級冒険者に逆らうな。まだ寝とけ」

「……」

この調子である。

心配してくれるのはありがたいが、少し過剰だ。

なんせ、俺を寝かせるだけじゃない。食事もベッドだし、風呂は抱えられて連れていかれる。

まるで幼児扱いである。――案外、過保護っていうか……

仕方ないので、部屋の中で少しだけ運動をしてみたり、ベッド横の本棚にあった薬草図鑑を眺めたりして時間が無駄にならないようにしている。

そんな日々を過ごす間も、エモワやトワが気にかかった。アムールは大丈夫と言っていたがせめて顔だけでも見たいな、と思っていた、とある朝。

アムールがついに外出をすると言い始めたのだ。

「ちょっと出かけてくるぞ」

「俺も行く！」

「だめに決まってんだろ。大人しくしとけ」

「もう元気だってば！」

出かけようとするアムールに食いつくが、アムールはまるで子供を諭すように俺の頭を撫でて出ていってしまった。がちゃりとかけられた鍵の音を聞いて、俺はさっきまで寝ころんでいたベッドに再び身体を沈めた。

寝床にはこだわりがあるのか、アムールのベッドはふかふかで、いつだって俺を心地よく夢へと誘《いざな》う。微睡みながら、夢と現実の境界線で時折アムールの顔が浮かんだ。

「……アムール……――」

分かっている、アムールは俺を心配してくれているからこそ過保護気味になってるのだと。

でも、それだけだろうか。

だってさ、とても楽しそうなんだ。家にいる間ずっと引っ付いててさ、俺が昼寝してたらいつの間にか隣で気持ち良さそうに寝ててさ。

なんだろう、自意識過剰かもしれないが、ひょっとして、俺を独り占め出来るのが嬉しかったり……？

「……まさかね」

いくらアムールでもそんなはずはないだろう。でもそうだったら少し気恥ずかしいな。

なんて、満更でもない自分に気づいて苦笑いを浮かべた。

結局俺はどうしたいのだろうか。だって、俺にとってのアムールは、つんつんしているけれどどこか可愛らしいにゃんこで、なんでも許せちゃう存在だけど、恋愛対象じゃなかったから。

だけどアムールから男の目で見つめられると、体が言うことをきかなくて……

好きってなんだ。パートナーってなんだ。

そんなことをぐるぐる考えるうちに、俺は眠りについていた。夢でもやっぱり大きな猫からじゃれつかれていた。大きな赤毛のモフモフの猫。抱きしめようとすると、その姿はいつの間にかアムールに変わっていて、そのままアムールの金色の瞳が近付いてきて――

「うー……ん――」

なんだか、変な夢を見ていた気がする。

思い出そうとしたが夢の記憶は霧のように消えてしまって、まぁ良いかと俺はベッドを出た。キッチンに入り、水を飲んで軽く体操をする。

今なら好き勝手動き回っても文句を言う猫獣人は居ないので、ここぞとばかりにうろうろしてみる。

暇だったんだ。なんせテレビもないんだから。

とはいえ、そんなに広くないアムールの家の探索は数分で終わってしまう。今日も木で出来た家に目新しい物はなかった。玄関に落ちている枯れ葉が一枚増えていたぐらいだ。尻尾に付いてきたのかな。

「お……？」

しかし、よく見ると玄関の横の壁にうっすらと切れ目のような線が走っているのが見えた。顔を近づけてみると、かすかに空気の流れが漂ってくる。

特に取っ手はなく壁と同化していて分かりにくいが、これはドアだ。

「何があるんだろう……？」

吸い込まれるように、俺はドアに手をかけていた。

取っ手がないから開けにくいが、壁のわずかなでこぼこを引いてドアを開ける。アムールは爪をひっかけて開けているのだろう。

冒険する少年のようにワクワクしながら開けた先には、想像より狭い空間があった。

部屋の中央にある古びた木の机の上と、床に物が散らばっている。壁際には本棚があって、歯抜けに本が並んでいた。椅子はない。灯りをつけるものも見当たらず、小さな窓からの光だけが部屋を照らしている。どうやら物置部屋のようだ。

「ん……？」

そんな中、わずかに光を反射する一輪の花が目に止まった。

紺青色の繊細なガラス細工で出来た花が、花瓶に挿すでもケースに入れるでもなく無造作に机に置かれている。

——こんな所に置いていたら割っちゃうぞ。

そう思いながら、俺はそっとその花を摘まみ上げた。窓からの光に照らすと、紺青色の花びらが光を反射してちらちらと光る。俺の好きな深い青色に思わず息を呑みながら、壊さないように積まれた服の上に置いた。

その服の隣には、真新しいナイフが一つ。アムールの使っている短剣よりは少し小さく、薬草採取にちょうど良さそうだ。それに合わせたように、少し小さなマジックバッグまである。いつも使っているポーチ型とは違って、肩にかけられる紐が付いた物だ。一見便利そうだけれど、跳び回るアムールには揺れてしまって邪魔なのかもしれない。

マジックバッグも、ナイフも使った形跡のない新しい物だ。

「使わない物を置いてるのかな」

高価なマジックバッグまで乱雑に置かれているところがアムールらしい、と思いながら視線を巡らせると、ふと目に留まるものがあった。

隅っこにコロンと置かれていた虹色に輝く結晶。

湖に生えていた結晶だ。あの時、魔力を溜められないから価値はないって言われたけれど、かっこよかったからよく覚えている。でも硬くて自分では取れなかったんだ。なんだよ、アムールも気に入ってるんじゃないか。

「――あれ？」

次に俺は瓶を発見する。この瓶は確か、ウルスの露店で飲んだ生姜湯みたいなドリンクの原液だ。ウルスの店で販売されている、お湯で薄めれば家でも簡単に飲めるようになっているものだ。

「でもこれ、アムール嫌いじゃなかったっけ？　俺は好きだけど…………――あ」

そこで、俺はようやく気づく。

思い上がりだろうか、とも思ったが、部屋の中に目を凝らせば凝らすほど、そうとしか思えなかった。

アムールでは小さすぎるナイフ、アムールでは使いづらいマジックバッグ。アムールはいらないといっていた結晶、アムールは嫌いなはずの飲み物。でも、ここに置かれている物はすべて――

「――俺が、欲しがってた物……？」

一度気が付いてしまえば分かりやすかった。

他にも俺が欲しいと思っていた物ばかりが置かれている。

そうだ、このガラスの花も俺が森で摘んでいた花に似ているのだ。この色が好きなんだって言ったのを、覚えていてくれたのか。

積まれている本も真新しい。よく見れば、一冊抜けている本のところには俺がベッドで読んでいた薬草図鑑が入っていたようだ。シリーズになっている本の二冊目を手に取って俺は呆然とする。

冒険譚から薬草の図鑑まで様々だが、これも俺にくれようとしたのだろうか。

隅に置いていた服も、よく見ればサイズがアムールの物じゃない。

「……アムール……」

これ全部、俺のため？

「――っ」

途端に胸が熱くなる。

嬉しいような、泣きたいような、言葉にできない思いが溢れる。

興味なさそうにアクビしていたくせに、全部全部覚えてたんだね。

そのくせこんな所にこっそり溜め込んで、どうして素直に渡せないんだよ。

「もぉ……なんなんだよ……」

不器用すぎる優しさ。こんなに必死に隠す理由ってなんなんだよ。

ガラスの花を指でなぞりながら、これを買うアムールを想像して自然と笑みがこぼれた。

けれど俺だってアムールの事を言えないのだろう。

アムールの好意は知っていた。言葉ではなかったけど、これでもかってほど態度で示してくれたから。なのに、たくさんの愛情を感じておきながら、俺はたくさん言い訳をして誤魔化した。

未知の感情が怖くて、今の関係を壊したくなくて、俺の中の常識を言い訳に逃げ回ったのだ。

だけど、こんなのずるいよ。グダグダ考えていた自分がバカみたいじゃないか。

温かな思いを不意打ちでぶつけられ、俺は口に手を当てて叫びたい衝動を呑み込んだ。

「……っ、アムール……」

ただ、今は無性に、キミに会いたい。

——ゴトン。

背後から、物が落ちる音。

突然の音に振り返ると、金色の目をまん丸にして固まったアムールが居た。

足元にはりんごがいくつも転がっている。

「ばっ……おま何して、それ……っ」

尻尾をブワッと膨らませたアムールが文句を言うよりも先に、俺は彼を抱きしめていた。

力加減とかが全然分からなくて、タックルするみたいになってしまったけれど、アムールはよろけることなく受け止めてくれた。

だけど両手は驚いた格好のまま固まって、尻尾だけでなく髪や耳の毛まで逆立っている。

そのすべてが愛おしかった。

「ごめんねアムール……勝手に見ちゃって」

謝りながらも顔の緩みがとまらない。会いたいと思っていたら会えたんだ。

こんな幸福、隠せるわけない。

「ねぇ、これってさ……――」

――俺のために集めてくれたんでしょう？

そう言おうとして、なぜだか言葉に詰まる。高揚していた気持ちが、途端に落下していく。

なぜだろうか、急に不安になってしまったのだ。

「あ、あのさ……」

声が不自然に裏返る。

アムールへの想いを自覚したとたん、自分の思い過ごしかもしれないと考えてしまった。

どう考えても俺のために集めてくれた物なのに、それが勘違いだったら？　ただの自意識過剰だったら？

やっぱり俺は臆病だ。アムールから好かれているとあんなに自信満々だったくせに、いざ思いを伝えようとしたとたん自信なんて木っ端微塵に崩れ去る。

「だから、つまり……ここにあるのって……俺の――」

「――っ、別に！　お前にやるための物じゃねぇよっ！」

「……っ」

ギラギラとした視線に一瞬体が硬直する。慌てたように早口でまくし立てるアムールの言葉が妙に心に突き刺さった。

おかしいな、いつもなら笑って「はいはい」なんて軽く言えるのに、今日はアムールの言葉一つ一つに過剰に反応してしまう。

アムールは素直じゃない。言った事の大半は本心じゃない。

分かってるはずなのに、いつもみたいに流すことが出来ない。

「……そっか、違うんだ……」

抱きしめていたアムールの体をゆっくり離した。俺は何をやっているんだろう。浮かれてアムールの胸に飛び込んだ自分が、だんだんと恥ずかしくなる。

ごめんアムール、一人で勝手にはしゃいで。おまけにこんな辛気臭い顔しちゃってごめん。

なんか今の俺、いつもの俺でいられないみたいなんだ。キミはいつも通りなのにね。

今すぐ逃げ出したくなる。けれど、そんな逃げようとする俺の腕を、アムールが掴んだ。

「……っ、……わない……――」

「え？」

顔をあげると、アムールが眉間に皺を寄せて唸っていた。こんなに近くにいるのに、なぜだか目を合わせようとしない。

「――……だからっ、違わないっつってんだよっ‼」

――そして、宙を彷徨《さまよ》っていたアムールの手が、俺を強く引き寄せた。

「全部！　ここにあるもん全部お前のだっ！　俺が！　お前にやりたくて集めたもんだっ‼」

「え、あ、ええっ⁉」

なぜか怒ったように叫ぶアムール。その顔は抱きしめられていて俺からは見えない。

「あ、あの……アム――っ」

急に素直すぎる言葉を浴びせられて今度は俺が固まった。

今ならアムールの尻尾がブワッてなる気持ちが分かる気がする。

予想もしない事態が起こると人間でも毛を逆立てたくなるもんなんだな。

けれど、悲しい気持ちは消えて、代わりに熱すぎるほどの気持ちが俺を満たしていく。

アムールが強い力で抱きしめるせいで、俺とアムールは隙間なく密着して……

「……アムール、すごくドキドキしてる……」

「うっせぇ！　お前もだろ！」

アムールが、また叫ぶ。でも、声にさっきまでの棘《とげ》はなくて、かろうじて見えた首が赤い。それにアムールの言う通り、壊れたように俺の心臓も落ち着かなかった。

嬉しくて嬉しくて、どうしよう、泣きそうだ。

いつも素直じゃないアムールが、びっくりするぐらい素直になったのは、きっと俺のためだ。

俺が悲しい顔をしちゃったから、頑張ってくれたんだろう？

いつだってそうだ。アムールは俺が悲しむ事は絶対にしない。たとえ自分のプライドを捻じ曲げてでも、俺の悲しみを拭おうとしてくれるんだ。

だったら俺も、いい加減素直にならないと。キミのためにも、自分のためにも……

「……アムール――」

待たせてごめん。

常識なんてどうでもよくなるほどに、俺はアムールが好きなんだ。

「――キミが好きだよ」

「……っ！」

ヒュッ、と、息を呑む音。けれど俺を抱きしめる腕の力は強いまま。

その力強さが少し苦しいけれど、同時にとても安心できた。

言った。やっと、自分に素直になれた。

アムール、キミのおかげだよ。俺が素直になれたのは。素直じゃないのは俺の方だったんだね。

俺はずっと、アムールの優しさに甘えて自分を誤魔化して、心地よい関係を継続させようとしていた。そんなズルい俺なのに、アムールはずっとそばにいて、俺の心に踏ん切りがつくまで待っていてくれたんだ。

その間もたくさんの愛情を、これでもかってぐらいくれて。

ずいぶん偏屈な愛情表現だったけど、そのどれもが楽しくて嬉しかった。初めは戸惑ったけどね。

「ありがとう、アムール……」

そばにいてくれて、待っててくれて、俺を選んでくれてありがとう。

今度は俺が返すから。もらった想いを何倍にもして返すから。

聞こえてくる大きな鼓動に俺は誓う。もう誤魔化さない。これからはずっと、キミの想いにまっすぐ向き合うと。

俺を力強く引き寄せる腕に負けないぐらい、俺もアムールを強く抱きしめる。

聞こえてくるのはアムールの鼓動だけ。まるで世界に二人っきりになったように感じた。

どくりどくりと速くて大きな鼓動をずっと聞いていたくて俺は目を閉じて――

――あれ、本当に心臓の音しか聞こえないな。

気のせいかな、上から聞こえるはずの呼吸音がしないのだけど、アムール息してる?

「……アムール?」

見上げたら、予想以上に固まったアムールが居た。視点が明後日《あさって》の方向を向いていて、口はぎゅっとつぐまれていて――やばい、ホントに息してない。

「あ、アムールッ!　息!　呼吸しろってッ!!」

いくら上級冒険者でも呼吸しないと死んじゃうぞ!

とにかく正気に戻すため頬を引っ叩こうとしたが、俺を引き寄せる力が強すぎて抜け出せない。

呼吸停止してるくせに、この力強さはなんなんだ。

仕方ないので引っ付いたままアムールを揺さぶったら、アムールは「はっ」と息を吐いてやや混乱気味に視線をうろうろさせ始めた。

「良かった……死んじゃったのかと思った……」

「……なっ、うっせぇな！　お、お前が変なこと言うからだろっ！」

「変なこと⁉」

「聞こえなかったからもっかい言え！」

「いや聞こえてただろ、息が止まるぐらいに……」

俺が言い返してもアムールは納得しなくて、しつこく俺の言葉を催促する。

一世一代の告白だったんだからちゃんと聞いとけよ。そう思うもアムールは俺を離してくれないし、しまいには尻尾まで巻きついてきたから俺はもう逃れられない。ずるいぞアムール。

仕方ない、ここは男らしくバシッと決めてやろうじゃないか。可愛い猫ちゃんのために！

「――……き」

そう決心したはずの声は、まったくバシッと決まらなかった。

「……今、なんつった……」

「……」

言うなよ。今猛烈に反省しているのだから。

容赦ない言葉を投げかけるアムールを恨みがましく見たら、予想以上に真剣な瞳が俺を捉えていた。

三角の耳は常に俺に向き、まるで俺の言動を一つたりとも逃すまいとしているようで、バシッと決めようと意気込んだ自分がバカみたいに思える。

身体の力が抜けて、俺の喉から言葉は自然と零れ落ちていた。

「……キミが好きだよ」

「…………っ」

アムールが息を呑む。また呼吸停止されても困るので背中をぽんぽん叩いたら、また顔を真っ赤にした。

「ほ、ホントだろうな……!? お前、嘘だとか言ったら……おまっ、飯を肉なしにするからな！」

「……ぶはっ……そ、それは嫌だな……」

おそらくアムールの精一杯の嫌がらせであろう提案に噴き出してしまった。

こんな彼だからこそ楽しいんだろう。そう思いながら、俺はもう一歩踏み出して彼の胸に顔をすり寄せてから、上を向いた。眩しいぐらいきらきらした金色の瞳を、もう一度まっすぐ見つめる。

「待たせてごめん。改めて俺を、アムールのパートナーにしてくれる？」

これから先の人生を、俺はアムールと歩んでいきたい。

頼りなくて臆病な俺だけど、キミの隣に堂々と立てるように頑張るから。

偉そうに言ったけど、やっぱりちょっと怖かった。

俺を守ってくれたアムールの姿はやっぱりカッコよくて、俺なんかが隣に立っていていいのか分からないぐらいだったから。

「し、仕方ねぇなっ！ お前がそこまで言うならパートナーにしてやる……！」

けれどアムールはまぁ、なんともアムールらしい了承をしてくれた。その顔は真っ赤で、眉間に皺を寄せて俺のことを睨んでいるくせに、口元は笑っていた。

なんだよその変な顔は、なんて思いながら、俺も笑いをこらえられなくて一緒に笑った。

「これからよろしくな、アムール！」

隣にはアムールが居てほしい。

アムールの隣は俺でありたい。

これからもその思いは変わらないだろう。

正真正銘のパートナーになった俺たちは、一通り笑った後、自然に唇を合わせていた。

いやたぶん、俺が催促したんだ。胸が温かくてキスしたいなってアムールを見つめたら、アムールが俺の後頭部に手を添えてキスしてくれたんだ。

嬉しくって、アムールの背に手を回し、俺も背伸びしてもっと強く唇を押しつけた。

するとアムールが何度も角度を変えて唇をついばむから、だんだんとフワフワした気分になってくる。気が付くと、俺の腰はしっかり抱かれていて、アムールの熱い舌が俺の唇をつついた。

抗わず唇を開いたら、アムールの舌が待ちわびたように侵入してきて、俺の舌に絡みつく。

「ふ、ん……」

人間より少しざらついた舌に舐められると、妙に気持ちよくて変な声が出てしまいそうだった。

キスしたままだと上手く息が出来なくて、息継ぎのために少し離れると唾液が銀色の糸を引く。

それがなんだか凄くいやらしく感じ、背中をぞくぞくとした快感が駆け抜けた。

見つめたアムールの瞳はまだ足りないと訴えていて、俺の息が整う前にまた口付けられてしまう。

「んんっ、あむ……ん、ぁ」

さっきまでテンパり猫だったくせに、急にそんな獲物を見る肉食獣みたいな目をするなよ。その目で見つめられると俺の体は言うことを聞かなくなるんだ。

もう限界だとアムールの背中を叩くが、深い口付けは終わらないままで、次第にくらくらしてきた。

そんな俺にお構いなしに、アムールは俺の上顎や舌をざらりと舐める。まるで口の中で舐めていないところがあることを許さないような舌の動きに、どんどん体の熱が高められていく。

もう自分の足で立ってなんていられず、強く抱きしめるアムールの腕に縋りついた時だった。

「んっ！　んんっ⁉」

アムールの手が下着の中に入ってきて、ひんやりとした空気が肌を伝う。苦しいやら気持ちいいやらでボーッとしてきた頭が、驚きで覚醒する。しかし驚いた悲鳴はアムールの唇に奪われた。

「ちょっ、アムール……ッ、んん！」

アムールの手はさらに肌を滑り大きな手のひらで俺の尻を揉みしだく。

知らぬ間に上着はすっかり乱れていて、もう片方の手が上着の中に入り背中の素肌をするりと撫でた。

「ちょっと、アムールってば！　んっ、なんで、急に……！」

唇は解放してくれたが、今度は乱されてあらわになった素肌をざらざらの舌が這っていく。

いつの間にか壁へと追いやられていて、アムールと壁に挟まれ、俺は体を震わせた。

俺の抗議に、アムールはいつもの顰めっ面のままべろりと俺の頬を舐めた。

「全然急じゃねえよ、散々焦らしやがって……」

「焦らしたつもりは……ひゃっ⁉ や、やだって！ そこやだ……っ」

首筋から鎖骨の辺りまでを舐めていたアムールの唇が、胸元へ下りてくる。

その先にある突起を口に含んで吸い上げられてしまえば、声を抑えることなんてできない。

「ひゃっ……んんっ」

舌先で転がすように刺激され、下半身に熱が集まって腰抜けになりそうな感覚に襲われる。

こんなところが気持ちいいなんて、と声を抑えようとするがうまく行かない。慎重に滑らされる指先がくすぐったくて、たまらない。

「やっ……だ、だめっ……」

尻を揉みしだいていた手がさらに肉に食い込んで、俺は悲鳴に似た声を上げた。

反射的に頭を押し返すが、思うように力が入らなくてアムールの頭を抱え込むようになってしまう。

まるで自分からねだっているようで恥ずかしかったが、体が熱くて言うことをきかないのだ。

「……だめって反応じゃねーだろ……」

先程まで顔を真っ赤にして取り乱していたはずのアムールが、余裕そうに言うから悔しかった。

余裕のない自分を笑われた気がして、精一杯の抵抗でアムールを睨んで、息を呑む。

「……っ、ぁ」

熱のこもった金色の眼差しと、熱い吐息と共に這わされる唇からは時折牙が覗く。笑ってなんかいない、余裕なんかない。

苦しそうに歪められた顔は、今すぐにでも喰らいつきたいと言わんばかりだった。

それでもアムールは俺に快感を与えるだけだ。

アムールの下半身は痛々しいほど服を持ち上げているのに、彼は未だ俺に合わせて愛撫を繰り返している。

アムールの言う通りだ。俺はきっと、ずっとアムールに我慢させていたんだろう。焦らしてるつもりなんかなかったが、アムールからしたら焦れて焦れて歯がゆかったのかもしれない。

「アムール……」

「……っ!?」

咄嗟に俺は、アムールの股間に手を伸ばしていた。

「あの、アムールもさ、気持ちよくなってほしくて……――」

しどろもどろに言いながら、恥ずかしさと緊張で震える手をなんとか動かした。彼の下穿きの紐をほどき硬く張り詰めた物を取り出すと、それがぴくんと脈打つ。

「う……わ……」

想像していなかった大きさへの驚きと、こんなに張り詰めさせて苦しかっただろうな、と申し訳なさが混ざってまじまじと見てしまう。

「――ハッ……」

「ひぅん……っ」

少しでも欲を発散させてあげたくて脈打つものを握ると、熱い吐息と共にアムールの右手が俺の尻たぶを握ったものだから思わず変な声が出てしまう。

恥ずかしくて目の前のアムールの胸に顔を埋《うず》めてしまったが、これではまともに動けない。

アムールを気持ちよくすると決めたんだからなんとかしないと、と思っていたら耳元で名前を囁かれた。

「……リョウ……」

「……っ」

ぞくぞくっと背筋に甘い快感が走った。

いつもチビだとかオイだとかで呼んでくるアムールが、かすれた声で俺の名を呼ぶ。それだけで身体が歓喜で震えてしまうのは、俺はすっかり彼に骨抜きにされてしまっているからだろうか。

そんな事を考えながらゆっくり顔をあげると、アムールの指が俺の唇をなぞった。

「ンクッ、ん……？」

その感覚がくすぐったくて身体を震わせると、アムールは俺の唇を押さえて、指を口腔内へと侵入させてきた。

訳も分からずなされるがままになっていたら、指を三本も入れられてしまう。ちゅう、と吸い付くとアムールの金色の瞳が瞬いた。

「煽んな」

「ふ、んん……は、ぁん、ふぁ」

そんな言葉と共に、長くて節くれだったアムールの指が舌や上顎の柔らかな部分を揉む。じわじわとした快感が背筋に走る。苦しさと快感で涙目になりながら見たのは、怖いほど強い眼差しだった。

食いしばる八重歯の間からフーフーと荒い息を吐く姿が俺の体をさらに熱くさせていく。

「んぁ……」

アムールの指が俺の口から抜けると、唾液の糸が伝ってすぐに切れた。口元から溢れた唾液を舐め取られ、そのまま深いキスをされる。

敏感になった口腔内はあっさりアムールの舌を招き入れていた。

「ん……んんっ⁉」

うっとりとキスに酔いしれていた俺だったのだが、そこで予想外の刺激に襲われ目を見開いた。

尻に、何かが侵入している。ぬるぬるしていて、柔らかいようなゴツゴツしたような細長い物が尻穴を広げるように動いている。

それが先程まで俺が舐めていたアムールの指だと気づいた時には、長い指の根元までが俺の中に侵入していた。

「ひっ、や、あっ、アムール……！」

未知の感覚に怖くなって無意識に腕を突っ張ろうとしたが、反対に強く引き寄せられてしまう。

密着したお互いの体は熱く、耳元で感じる野獣のような激しい呼吸にぞくぞくした。

「ひん……っ」

俺の唾液で濡れた指はクチュクチュと音を立てて内部を広げていく。次第に指の数も増えているようだった。腹の中が圧迫されるようで苦しくて、苦しさを逃がそうと浅い呼吸を繰り返す。

しかし、苦しくて違和感しかないはずだった体に、徐々に変化が表れる。

数本の指を前後に揺らしながら出し入れされるうちに、何か違う感覚が芽生えてきたのだ。指の動きに合わせて腰が揺れてしまう。

「あ……っ」

自分でも信じられない声が出て、慌てて口を押さえる。

「……ここか」

その時、アムールの指が一点を掠め、電流が流れたように体が跳ね上がる。

それは今まで感じたことのないもので、自分の体がどうなっているのか分からない。

未知の感覚に不安を感じて「そこは嫌だ」と懇願したが、アムールの手は無慈悲に俺の体を昂《たかぶ》らせた。

「ひぁあ!?　んんっ、あっ、待って、アムール、待ってっ、っぁあ！」

体の中に熱が溜まっていく。抵抗しようにも抱きしめる力が強すぎて、アムールの服にしがみつくことしか出来ない。

知らない快感に呑まれるのが怖くて、きつく瞳を閉じた時だった。

「——ハァッ、待てねぇよ……我慢しろっ」

頭上から聞こえた苦しそうな声に再びはっとする。

抱きしめられているから顔は分からないが、涙でぼやけた視界から見えるアムールの首元は真っ赤に染まっていた。同時に荒い息遣いが俺の髪を揺らす。

「は、あ、あっ、んっ、んぁあっ」

再度アムールの苦しみに気づいてしまっては、抵抗なんて出来なくなった。頭の片隅にわずかに残った冷静な部分が、アムールを楽にさせてあげたいと考えるのだ。

ぬぷぬぷと長い指が俺の中を何度も擦る。ただ与えられる快楽を逃そうと必死に呼吸を繰り返せば、吐息と共に自分の物とは思いたくない甘い声が漏れた。

しかしもう声を抑える余裕はなくて、ただアムールにしがみついて快楽の波が過ぎるのを待つ。

「……ッ、もう、良いな……っ？」

「え……？　んっ」

何かを訊ねられた気がしたが、ぼーっとした頭が言葉を理解する前に尻から指を引き抜かれる。

それすら快感になって体が震える。

やっと終えた行為にホッとし、アムールの服にしがみついていた手を緩めるとそのままへたり込みそうになる。

そんな俺をアムールが抱えてくれる。

変な格好で少し苦しいが、たくましい腕が支えてくれると安心した。

しかし、その安心はすぐに消え去る。

「へ……？　あっ？　んぁっ‼」

尻の穴に、とんでもない大きさの物が入ろうとしたのだ。

驚きで目を見開くと、俺はとんでもない格好をしていてさらに驚く。

壁に背中を付けたまま、両足をM字に大きく開いてアムールの腰を挟んでいるのだ。両膝の裏にアムールの腕があって俺を支え、ふとももから尻へ辿った下にはアムールの――

「はっ⁉　ウソ、アムール待って！　そんなの、無理、入るわけなっ――い、ぁあっ‼」

尻に押しつけられた、アムールの勃起したもの。

その亀頭が穴を広げ、ぬぷりと侵入してくる。

「あっ！　ひぅっ、まっ、おっき、ぃ……んぁああっ！」

大きく腫れた亀頭部が入ってしまえば、あとは一気に挿入された。

そのまま揺さぶられて、視界がぐらぐら揺れる。

「ひっ、あ、あっ」

「はっ、はっ……くそ、力抜け……！」

「あっ、ぅあっ、む、むりぃっ」

アムールが苦しそうに唸るが、力の加減なんて出来るはずもない。

凶悪なものが俺の中をこじ開け、暴いていく。苦しくて怖くて、アムールの背に爪を立ててしがみつきながら呼吸をするだけで精一杯だ。

不意に、後ろ髪を引かれた。

その拍子で上を向けば、すかさず唇を塞がれる。

「ぁん……ん、ふぁ……」

ついばむようにキスされて、舌で唇や舌を撫でられた。優しいキスが俺の恐怖を溶かしていく。

ざらざらの舌で優しく撫でられる感触がくすぐったくて、次第に強くしがみついていた手の力が抜けてきて、そして——

「——っ、か、はっ……」

ズンッ、と、俺の力が抜けたのを見計らって腰を打ち付けられた。

信じられないほど奥を侵され、あれほど苦しかったのにまだ全部入っていなかったのだと思い知る。

「あ、あっ、ぅあっ」

「……っ、リョウッ」

「はっ、はぁっ、あぅっ、やっ！」

「リョウ、リョウ……ッ！」

揺さぶられるだけだった動きが激しくなる。

何度も出し入れされて、その度にグチュングチュンッと濡れた音が響いた。

苦しかったはずの感覚が、アムールから名を呼ばれる度に変化していく。

「あんっ、あ、あぅっ！　あぁ、そこっ、ぅん——っ！」

「ハアッ、ここかっ……」

俺の声の変化に気づいたのか、中を侵す部分が、俺の知らない場所を何度も擦りあげた。アムールが腰を打ち付ける度に、俺のペニスがアムールのでこぼこした硬い腹に擦れて昂る。

「やっ、あんんっ！　そこっ、ばっか……やめっ」

「はっ、ばかやろ、ンな声出しといて、やめるわけねぇだろ……っ」

「うっ、あっ！　も、イ、くっ……ぁんん――っ!!」

達する直前、俺は訳も分からずアムールに口づけていた。

強すぎる快楽から助けを求めるようにアムールの唇へ吸い付いた俺に、アムールはさらに強い力で吸い付く。

夢中になってキスをしながら、アムールは俺の中に、俺はアムールの腹に熱を吐き出した。

「んぅ、ん、ん……」

達した後も、アムールは腰を強く俺に押しつける。

まるで最奥に自分の物を残そうとしているように。

その動きすら今の俺には快感になり、唇を合わせたまま鼻にかかった声が出てしまう。

全て出し終えて満足したのか、ようやくアムールが力を抜き唇が離れた。

お互いの荒い息が交じる中、見つめ合って、またキスをする。

「はぁ……ん、アムール……」

やがて、強張っていた身体がほどけ、俺はアムールの胸に顔を埋《うず》めた。速くなっていた鼓動が混ざり合い、少しずつ呼吸が落ちつく。

ずっとこうしていたい、そう思っていたら、不意に体が揺れた。

「はんっ……え、あっ」

未だに頭がチカチカしていて、アムールが歩いているのだと気づくのには時間がかかった。

ただ、俺を抱えたまま歩くから中が擦れて、もういっぱいいっぱいな体がまた快感を拾ってしまう。

これ以上は無理だと声を出そうとしたタイミングで、ベッドに下ろされた。同時にアムール自身が中から出ていったのが分かって、わずかに息を吐き出す。

――寂しい、なんて思ったわけじゃない。

ただ柔らかなベッドのシーツの上に手足を投げ出して、アムールを見上げた。そんな俺の上に、再びアムールが覆いかぶさってくる。

今度は何をするのかと思えば俺の顔を舐めてきて、そのくすぐったさに、思わず笑ってしまう。

髪を梳《す》くように撫でられ、時折気まぐれにキスを落とされ、その心地よさに身を任せて瞼を閉じた。

脱力してなされるがままの俺の体を、アムールがうつ伏せにする。

柔らかなベッドと、後ろからのアムールの体重と体温に安心してウトウトしかけたのだけれど。

「……っ!?」

尻の穴に、ついさっき知ったばかりの熱が押しつけられたのだ。

「ちょっと待ってアムール！　まだすんの!?」

アムールのすっかり復活した熱に驚き慌てて起き上がろうとするが、アムールにのしかかられていて身動きが取れない。

無理無理無理ムリムリッ！　と抗議しようとする俺の耳元で、アムールが呟いた。

「まだ元気だろ……」

「元気って……朝まで病人扱いしてたくせに！」

ベッドから出る事も歩くことも許さず過剰なぐらい世話を焼いていたくせに、そんな病人に無茶をさせるつもりなのか。

そう反論してみたものの、アムールの怪しい手の動きは止まらず、またもやあっけらかんと耳元で言い放つ。

「もう大丈夫っつったのお前じゃねーか」

「〜〜っ、こんな時だけ俺の言葉を聞くなんてズルいぞっ！」

なんて、なんて可愛くない猫なんだ。

俺の叫びは虚しく響いて、そのまま再び硬くなった物で貫かれてしまった。

「うあっ、ひやっ、そこ、だめだってぇっ！」

「ここがいいんだろうがっ、うそつくな……っ」

背後から覆いかぶさった大きな体が逃さないと言うように俺を包み込み、いやいやと首を振っても無慈悲についさっき知ったばかりの場所を刺激する。

「うんっ、はっ、あぅ、あ、ああっ」

擦られるたびに快感がせり上がってきて、もう抵抗なんてできなかった。今までにないほど体を密着させたまま、アムールが腰を動かす。

その度シーツに俺のモノが擦れて、中からも外からも刺激されて、必死にシーツに縋りつく。

覆いかぶさるアムールからは荒い息が吹きかけられ、今にも食らいつかれそうだ。

「リョウ……」

「ふ、あっ」

なのに俺の名を呼ぶ声は優しい。

肌のぶつかる音と共に湧き上がる快楽。それに合わせて出てしまう声を、もう制御なんか出来ない。

「つぁ、うぁ、あ、あぅッ」

血管の浮き出た太い腕が俺を抱きしめる。腰の動きがさらに激しくなり、耳元では俺の名と共に野獣のようなうめき声が聞こえた。

「〜〜〜ッッ！」

中は再び熱で侵される。同時に俺も熱を吐き出していた。

「はぁ……、リョウ、ベロ出せ……」

絶頂の余韻からまだ抜け出せないうちにアムールから言われ、俺は訳も分からないままに、だらしなく開いた口から舌を出した。

大きな手で横を向かされ、くちゅりといやらしい音を出して舌を舐められる。

ハァハァと互いの吐息を絡ませて、唇は合わさず舌だけを愛撫するアムール。

「んァ……ふぅっ」

そしてアムールが抱きしめたまま体を起こすから、俺は中を貫かれたままアムールの膝に座る形になる。

重量で深くなる繋がりに、また体がビクビク跳ねた。いや、ホントにもう無理だって。

いい加減抜いてほしいのだが、まともに力が入らず自分ではどうしようもない。

「も、アムール……」

だからアムールにギブアップを伝えたのだが、アムールは背後から俺を抱きしめて頬を寄せ、スリスリと甘えてきた。なにそれ可愛い。

「はぁ……もうちょい……」

「もぉ……」

不覚にもときめいてしまった俺は、ついついアムールを甘やかしたくなってしまう。

こんな時だけ可愛こぶるなんてズルいぞ。

けれど、入ったままの中のモノが質量を取り戻しそうになっているのに気づき、我に返る。

やっぱりダメだ。もうやめさせよう。

そう思い心を鬼にしようとした、その時だった。

頬を撫でる別の感覚。フワフワで、モフモフで、ふかふかで。

俺は思わずそのモフモフを手に取る。綺麗な毛並みの茶色いそいつは、俺の大好きな、アムールの尻尾だった。

まあ、もう少しだけ良いか。

俺は大好きな尻尾にあっさり絆された。

長い尻尾を抱きしめ、ふかふかのそれに顔を埋《うず》めた。

ひだまりの香りのするそれ。温かくて力強くて――

「……アムールのかおりだ……」

「……っ」

「ひんっ⁉」

突然、中のアムールのモノが脈打った。またたく間に質量と硬さを取り戻したモノが俺の中を擦る。

「へぁっ⁉　ちょっ、え、なんで……あ、あ、あっ」

「お前……ワザとやってんのかよっ」

「ひゃあっ、ばっ……アムール……っ」

なぜだか苛ついたように舌打ちされて、そのまま体を揺さぶられる。おまけに可愛いはずの尻尾まで、俺の体に絡まり敏感な所を撫でてくるじゃないか。

もうこうなってはやめるなんて出来なくて、その後も俺はしつこいほどに喘がされた。

可愛くない。こんな猫ぜんぜん可愛くないからな！

この時はそう思っても、俺は何度も猫好きの性《さが》に負けてしまうのだった。

第五章　猫獣人の家への来客

アムールの腕の中で気を失った、翌日の朝。

「うう……」

思わずうめき声をあげて、俺は隣を見やった。パートナーになったのはいい。でも、その結果抱き潰されて、翌日起き上がることも難しくなるなんて聞いていない。

まったくこの猫は、と思いながら、寝ているアムールの髪を手で梳《す》く。すると瞼がわずかに震えて、金色の瞳が俺を映す。

「起きたかよ」

「アムールのせいで動けないいんだけど」

「リョウが弱いのが悪い」

自然に名前を呼ばれて、思わず頬が熱くなる。

ずるいんだこの猫は。そんな穏やかな空気に包まれて、穏やかな気持ちになっていく。ずっとこんな時間が続けばいいな、なんて思っていたら、不意に、チリンッ、と小さな鈴の音が響いた。

アムールの耳がピクリと動いたが、ベッドから起き上がる様子はない。

いいのかな、と思いながら見つめていると、鈴の音がさらに鳴り響いた。

チリン、チリン、チリン、チリチリチリチリチリチリチリ――

「――……るせぇっ!!」

怒鳴った勢いのまま立ち上がり、アムールがドスドスと足音を鳴らして部屋を出ていった。

いったい何事だと驚いていたら、鈴の音が聞こえた方からアムールの怒鳴り声が聞こえてくる。

「チリチリチリうっせーんだよっ！　つか誰だこんな鈴つけたのはっ！」

「アムールが居留守を使うからでしょっ！　どんどんドアを叩くのは近所迷惑だから付けてあげたのよ」

「頼んでねぇだろ外せバカ！」

「はいはい近所迷惑だから中で話そうなー」

エモワ、トワ。知った声の賑やかな会話。その声に思わずベッドから出ようとしたその時、ちょうど彼らが部屋へと入ってきた。

「リョウ！　目を覚ましたのね……っ」

「トワさん！　うわっ」

俺の顔を見て目を輝かせたトワがベッドへ駆け寄る。そのままの勢いで抱きつかれ、ベッドに沈み込む。

「ごめんねリョウ！　あんな危険な所に巻き込んじゃって……」

体を離し、震える声で謝るトワの瞳には涙が滲んでいた。

その姿はあの日を思い出させる。ボロボロのまま俺に縋って助けを求める痛々しい姿。

そんなトワの姿は見たくない。ましてや、俺が彼女を泣かせるなんてあってはならない。

俺は咄嗟にトワの手を掴み、笑いながら首を横に振った。

「これからだって少しでも俺が役に立てるなら喜んで引き受けますよ」

冒険者は助け合うものなんでしょう、と冗談めかして付け加えたら、泣きそうになっていたトワが笑ってくれた。

くしゃっとした笑みでも綺麗な姿に、一瞬目を奪われる。

「……ホントに心配したんだから」

「すみません、ご心配おかけしました……。でも、もう俺も元気ですから」

というか、今起き上がれないのはアムールのせいだから。しかし、今までエモワとトワがここに来ていなかったのはどういうことだろう。

首を傾げると、トワの後ろでエモワが苦笑していた。

「アムールがお前に会わせてくれなかったんだよ。ようやくお許しが出たってことは、回復したんだろ？」

「そうそう。あなたがこんなに甲斐甲斐しくリョウの面倒を見てくれるとは思ってなかったわ。アムールも、リョウを無事に連れて帰ってくれてありがとう」

トワが振り返ってアムールにも礼を言う。

アムールはいつものようにそっぽを向いたけれど、尻尾はわずかに揺れていた。それに、いつもならトワに反論するところで黙っているのを見るに、アムールの中でも少しだけ何かが変わったのかもしれない。

そう微笑ましく思いながらも、会いたかった二人に会えた喜びを噛みしめた。二人共大きな怪我もなさそうでなりよりだ。しかし俺は、苦笑を作って、二人を見上げた。

「……でも俺は結局何も役に立てませんでした……せっかく期待してくれたのにすみませんトワさん」

「え……」

わざわざ俺に助けを求めたのに、俺はせいぜい聖女である乙宮の手助けをしたぐらいだ。おまけに魔物と戦ってすらいないのに気を失い、かえって迷惑をかけてしまった。それなのに心配は駆けるわ、連絡をしていないわで、呆れられたって仕方ない。

申し訳なくて頭を下げようとしたら、トワが慌てたように俺の手を握った。

「リョウ、本気で言ってる？」

「本気って……俺が出来たのは聖女様と一緒に怪我人に薬を分けてあげたぐらいで、活躍していたのはアムールですよ」

そう言うと、エモワとトワが目を見合わせる。

「……リョウは……自分が何をしたか本気で分かってないんだな」

呟くエモワにトワが頷くと、エモワが再び口を開いた。

「最初に言っておくと、冒険者は全員無事だ。怪我人も居ない」

「そうなんですか!?　でもあんなに怪我人が居たのに？」

「治ったらしいわ。私はその場に居なかったから人伝《ひとづて》に聞いた話だけど、聖女様の力で怪我が治ったって言ってたの」

「ついでに瘴気《しょうき》の霧も一気に晴れて、残っていた魔物は動きが鈍った。そこで冒険者たちが一気に畳み掛けて魔物の殲滅は成功した」

気がかりだったその後の話に、驚きと共に感心した。

自分が情けなくも気絶している時に、冒険者達と聖女が共闘、奮起していたのか。

じゃあやっぱり、アムールの腹の傷が綺麗に治っていたのも、聖女のおかげだったんだ。

「凄い……やっぱり聖女様の力は本物だったんですね」

頭をよぎるのは、泣きながら俺を見上げた乙宮の姿。あんな場面に追いやられていたら、俺だってプレッシャーで訳が分からなくなっていたに違いない。それでも最後にはちゃんと力を発揮するなんて、さすが聖女として選ばれただけのことはある。

それに比べて自分は……と落ち込みそうになったところで、室内の沈黙に気が付いた。

アムール、エモワ、トワ。三人がなんとも言えない表情でこちらを見ている。

「……アムール。話してなかったの？」

「それどころじゃなかったんだっつの」

アムールがトワに腰をつつかれて眉間に皺を寄せる。するとそれを聞いたトワは、意を決したようにとんでもないことを話しだした。

「あのね、リョウ……あの力は聖女様の力じゃなかったの」

立っていたエモワが、アムールに「借りるぞ」と声をかけて椅子を引き寄せる。そのまま俺の目の前に座り、視線を合わせた。

「いや、ある意味聖女の力と言えるな……リョウ、お前が聖女なんだ。リョウの力でみんな無事だったんだよ――………」

………――しばし、静寂が続いた。そして、やっと出た俺の言葉は少し間抜けなものだった。

「……はい？」

エモワの言っている意味が分からない。それほど俺にとっては突拍子もない話だったからだ。

頭の中で言葉を整理して意味を理解した後も、とても本気だとは思えない。だからなんの冗談だと笑い飛ばそうとしたが、エモワはいたって真剣な様子で当時のことを話しだした。

「あの日、俺はな――」

＊＊＊

――あの日、俺は死にものぐるいだった。

トワを無事に逃がせたとはいえ、俺だって死ぬ気はないのだ。生きて会いたい、トワを悲しませたくない。その思いが限界を超えた体を突き動かした。

しかし、削られていく体力と気力。減っていく冒険者達。容赦なく襲い来る魔物と瘴気《しょうき》がじわじわと絶望へ引きずり込む。

そんな時に、一筋の光が見えた。

地獄と化した世界で希望を運んできたのは、アムールとリョウだった。事態は一変する。

あれほど濃かった霧が次第に晴れてくる。魔物の動きが鈍くなる。怪我で動けなくなっていたはずの冒険者が、いつの間にか復帰して参戦している。諦めを見せていた瞳に、希望の炎を宿して。

戦いに混じったアムールの動きも目を瞠るものだった。初めから瘴気《しょうき》の影響などまったく受けていないかのような身のこなし。無駄な動き一つなく、着々と魔物の数を減らしていく。

絶望的な戦いから余裕すら出てきた時、俺は確かに見たのだ。

薬を配るリョウの周りから、瘴気《しょうき》がわずかに薄くなっている光景を……

名もない冒険者など皆気にもしないからなのか、気づいたのは自分だけだったかもしれない。しかしその奇跡は、確実に状況を塗り替えていく。

「リョウ、お前……――」

己の中で信じ難いものが確信に変わりつつあった、その時だ。

――キシャァアアアアアッッ。

奇声と共に襲う地鳴り。

巨大なワーム型の魔物が、地面を突き抜け牙を剥いた。

冒険者が態勢を整えるより早く、巨大なそれは一直線に一人の冒険者へと向かう。

目や耳すら見当たらないのに、一寸の狂いもなく、狙いを定めたかのように。

「リョウッ!!」

リョウの小さな体が宙を舞う。

しかし、一人の冒険者がそれを拒んだ。彼が間に入って踏ん張ったから、リョウは吹き飛ぶだけで済んだのだ。

リョウを庇ったアムールの奮闘を見て、俺もすぐに共闘しようとした。だが巨体を無茶苦茶に動かすワームには近づく事すら難しく、ボロボロになった剣での対抗しか出来ない。

そうこうする間に、ワームの牙を受けアムールが血に染まっていく。

口から血を吐き地面に血溜まりを作って、それでも一向に引かないアムールの目は、護るべきものを護る戦士のものだ。

その執念は凄まじく、己の生命力が削られていくと同時にワームの命も削り取っていく。

やめろ、それ以上抵抗したら死んでしまう。他の冒険者達も口々にアムールへ叫んだが、アムールが止まる事はなかった。

アムールは分かっていたのだろう。今自分が引けば、この魔物が真っ先に向かう場所を……

強い執念のもと、次第にアムールがワームを制圧していく。そしてとうとう、アムールは自分の命が尽きる前に、巨体を真っ二つに切り裂いた。

上がる歓声、崩れ落ちる巨体。その中で、力なく倒れたアムール。

俺は使い物にならなくなった剣を投げ捨て、アムールのもとへと駆け寄り倒れた体を仰向けにした。そこで見た光景に、息を呑む。

他の冒険者達も言葉を失っていた。「ポーションをっ！」と叫ぶ冒険者もいたが、絶望に等しかった。もう、ポーションで治せる範囲を遥かに超えていたのだ。

それでもなお何かを探そうとしているアムールに気付き、彼の身体を咄嗟に支える。

その先で、リョウが目に入った。

聖女に支えられアムールを見るリョウは、痣だらけの顔で表情を失っていた。

震える手をアムールにのばすリョウ。夢であることを望むように、声にならない声でアムールの名を呼ぶ。

しかし、目の前でさらに吐血したアムールを見て、リョウの顔は絶望に染まった。

俺はやるせない気持ちを持て余し、血が滲むほど歯を食いしばった。ようやく脅威が去ったのに、やっと希望が見えてきたというのにもう、己に出来ることはないのか。友人を助ける術はないのか。

二人の、リョウとアムールの笑顔を取り戻す術は、希望は、救いは、どこにもないのだろうか。

せめてアムールをリョウのもとへ……そう考えた時だ。

突然、辺り一面を光が包む。それは一瞬の出来事だったが、その一瞬で世界は変わったのだ――

＊＊＊

「――あの時、その光がすべての傷を癒やして瘴気《しょうき》を退けた。一瞬の出来事だったよ。奇跡が起きたと今でも皆興奮気味に話してる。でもな、俺はその時見たんだ。あの光は間違いなくリョウから発せられていた」

エモワの話を、どこか他人事のように俺は聞いていた。

まるで心躍る冒険譚を聞かされているようだ。絶望を希望へと変える正義のヒーロー。自分の事でなければ、目を輝かせて食い入るように聞いていただろう。

でも俺は聖女でもなければヒーローでもない。

人の邪魔にならないように、隅っこで薬草を採取するだけの底辺冒険者だ。そのはずなのだ。

きっとこの先も、俺の人生は変わらない。

そう、思っていたのに、エモワは俺の考えを見抜いたように首を横に振った。

「薬草と薬にあれほどの効き目のものはない。あれはリョウが作ったんだろう？」

「……それは――」

「聖女様の力、と思っているやつが多いが、俺は違うと思ったぞ。アムールもだろう？」

突然アムールに話を振られて、振り返る。すると仏頂面をしていたアムールがこくりと頷いた。

「こいつが採ってきた草はいつまで経っても枯れねえ」

「そ、それはマジックバッグのおかげなんじゃないの⁉」

「他にもあるわよ。初めて森に入った日、私やエモワは瘴気《しょうき》の影響がほとんどなかった。アムールもね。どちらも森に入る時そばにいたのは聖女様じゃない――あなたよ」

エモワ、トワ、アムールの三人に見つめられて、思わず黙り込む。

この世界に来て、最初は求めていた特別な力が今更自分にあると言われてもどうしたらいいのか分からない。

それに、そうしたら乙宮は？

困惑したまま顔を上げると、トワが少しだけ肩の力を抜いて微笑んだ。

「それに……リョウは、聖女様がどんな人って言われてるか知ってる？」

「い、いえ」

でも伝説やら物語で語られているとしたら英雄みたいに強くて格好いいか、純粋でとにかく清廉とか、そんな感じじゃないだろうか。どう考えても自分からかけ離れているだろう言葉を思い浮かべて首を横に振る。

俺の返事を聞くと、トワは少し笑いながら口を開いた。

「いろんな奇跡を起こす夢物語みたいな伝説がたくさんあるんだけどね、聖女様自身についてはこんなふうに書かれているの」

――奇跡を起こす天から現れた聖なる御仁は、少し臆病で浮世離れした、世間知らずのお人好しである。

「……臆病で浮世離れした世間知らずのお人好し――」

え、それが俺なの？　俺って臆病で浮世離れした世間知らず？

するとテーブルに行儀悪く座って不機嫌そうに尻尾をペシペシしていたアムールが、ちょっとだけ噴き出した。笑うなこの野郎。

「でもね、そんなのただの後付けかもしれないわ。理屈じゃないの。リョウのそばはいつだって心地よくて、不思議な雰囲気があった……だから私、無意識にもしかしたらって、ずっと心のどこかで思ってたみたい」

だからあの時、咄嗟にリョウに助けを求めたのよ、とトワは俺の手を取り強く握った。

「改めてお礼を言わせて。エモワを……皆を助けてくれてありがとう。私の手を取ってくれてありがとう」

「混沌の森に入るのは怖かっただろう。それでもリョウがトワの願いを聞き入れてくれたおかげで、俺も無事に帰ることが出来た」

ありがとな、とエモワが俺の頭を撫でる。

あまりに話が大きすぎてまだ消化不良を起こしている俺だったが、二人からの礼に少しずつ気持ちが変化していった。

俺が思っていた以上にエモワは危険な状況だったらしい。

生きて帰れるかも分からない絶望的な場所にエモワを残して、トワはどんな気持ちで俺に助けを求めたのだろうか。

あの時は俺に何ができるんだと思っていた。それでも、足を踏み出せたことが二人を救えたのだとしたら、これほど嬉しいことはない。

「……二人が……無事で良かったです」

二人が何事もなくいつものように笑い合える以上に、俺が望むことなんてあるだろうか。

だったら、俺が聖女で良かった。二人を、皆を助けられて良かった。

「……って言っても、アムールのおかげで俺も無事だったんですけどね。アムールが居なかったら戦いの場に辿り着くことすら出来なかったと思います」

自分が皆を救ったと思えば誇らしくも思うが、同時になんだか照れ臭くも感じて、アムールに話を振った。

するとトワもアムールに振り返り、微笑んだ。

「もちろんアムールにも感謝してるわ。リョウを止めずに連れていってくれて、守ってくれてありがとう」

「……別に、俺は草むしりに飽きたから戦闘しに行っただけだ。チビを運んだのはそのついでだ」

しかし、やっぱり素っ気なく返すアムール。どうやら褒められるのは苦手みたいだ。

その光景を微笑ましく見ていたが、トワが再び俺に向き合うと、また真剣な顔に戻って話を続けた。

「でもねリョウ。他の冒険者達は混沌の森での奇跡を、少女の聖女様の力だと信じてるの」

少女の聖女様――乙宮のことだろう。自分は聖女ではないと泣きじゃくっていた彼女の姿を思い出して、ちりっと心が痛む。

ただ、彼女が聖女だとまだ思われているなら、少しだけ安堵した。

訳も分からず知らないセカイに飛ばされても、彼女は聖女として頑張っていた。なのにいきなりその肩書が外されたりしたら、いっぺんにこの世界から拠り所を失うように感じるだろう。乙宮に聖女の力がなかったとしても、立ち居振る舞いは本当の聖女様のようだった。他の人もそれを信じていたのだから。

「それでいいと思います。いきなり聖女だなんて言われても俺に務まるとは思いませんし」

今はこのままがいいのではないかと思う。

そしていつか、ゆっくり話がしたい。前にいた世界を唯一知る相手なのだから。

しかし、現実はそう甘くなかった。

俺の言葉を聞いて、エモワとトワの顔が曇《くも》る。

「だがな……教会の奴らは、本物の聖女がお前だと勘付いて捜しているようだ」

「え、なんで……、っていうか、だったら乙宮さんは⁉」

聖女の周りに集まっていた男たちの姿を思い出して、身震いする。あれほど聖女を神聖視していたのだ。乙宮が偽物だと責められていたらと思い、思わず立ち上がろうとする。

しかし、肩をアムールに押さえつけられて、俺はベッドに引き戻された。

「オトミヤ、ってのが聖女か？」

「え。う、うん。そうだけど……」

「知り合いか？」

「うん。知り合いなんだ……」

その言葉にエモワとトワが目を瞠る。しかしアムールは驚いた表情は見せずに溜息を吐いた。

余計なことを言いやがって、と言わんばかりにエモワとトワを睨むアムールを見て、トワがむっと唇を尖らせる。

「アムール知ってたのね……それでも、私たちとリョウを会わせないのはやりすぎよ！　ずっと心配してたんだから！」

「そうだぞ。よっぽど体調が悪いのかと思っただろう」

「んなこと知ったらこいつはすぐ聖女のとこに行こうとするだろうが！」

アムールの尻尾がぶわっと膨らむのを見て、何故彼が頑なに俺を外に出そうとしなかったのかが分かった。教会から俺を守るため、それから俺が乙宮に会おうとするのを止めるためだったようだ。

「ありがとう、アムール」

「お、お前のためじゃねぇ！　お前がパートナーなのにどっかフラフラ行ったら、俺が困るから……」

そう言っているうちにまたアムールの頬に朱が差す。あらあら、と言いたげにトワがエモワに視線を送ると、アムールが尻尾でバシバシと俺を叩いた。

ごめんって。

ただ、心配されていたことは嬉しいけれど、ようやく自分が何者か分かった今、俺がここでぐずぐずしているわけにはいかない。

改めて視線を上げて、アムールの顔を見ると嫌そうに顰められてしまった。

「俺、行くからね」

臆病で浮世離れした世間知らずのお人好し。聖女とはそんな存在だと言われていたとしても、臆病なだけで、アムールに守られてばかりいるわけにはいかない。

じっと見つめると、アムールは溜息を吐いてそっぽを向いた。これは了承の合図だ。それから俺はトワとエモワをチラリと見上げる。どうか行かせてほしいと思いを込めて。

するとトワとエモワは顔を見合わせてから微笑んだ。

「そうね。いつまでも隠れているわけにもいかないけど、リョウが落ち着くまではゆっくりしていたらいいわ。心身共に落ち着いてから一緒に教会に行きましょう」

「そうだな。教会の良いようにはさせないから安心しろ」

「え？」

「「ん？」」

首を傾げる俺と、俺を見て首を傾げるトワとエモワ。

二人の優しい言葉に安心していたが、最後に気になる言葉が聞こえたからだ。

「教会に一緒に行ってくれるんですか？　トワさんとエモワさんも？」

だってさっき、「一緒に行きましょう」とトワは言った。つまりそういう事だろうかと訊ねれば、トワは当然だと胸を張った。

「もちろん付いていくわよ！　私達はリョウの保護者なんだから！」

「そうなんですか？」

「そうなのか？」

「ちげーだろアホか」

そこから始まるいつもの口論。

再びの賑やかな雰囲気に包まれて、日常が戻ってきたようでなんだか嬉しくなった。

突然降りかかってきた聖女という立場も、教会との対峙も、この三人が居れば怖くない。そんな風に思えたのだ。

第六章　猫獣人と教会へ

「リョウ、大丈夫？」

「大丈夫ですよトワさん」

心配そうに訊ねるトワに、俺は出来る限りの笑顔で返す。

よく晴れた昼下がり、俺はトワやエモワ――そして少し離れているアムールと街を歩いていた。

久しぶりの街は相変わらず賑わっていて、時々露店から美味しそうな匂いが漂ってくる。

俺達は本日、いよいよ教会へと乗り込むのだ。

幸いにも、あの時乙宮を囲んでいたような騎士や神官は近くにはいないようだ。

「しかし本当に大丈夫かリョウ？　ずいぶん長い間寝込んでたみたいだし、今日も疲れてるように見えるぞ？」

トワに変わってエモワがさらに心配そうに顔を覗き込むが、俺は乾いた笑いしか返せなかった。

おいアムール、お前のせいだぞ。

我関せずといった様子で歩くアムールを恨みがましく見ながら、俺はため息を吐いた。

アムールと正真正銘のパートナーになったあの日から、俺はベッドからなかなか離れられなかった。

ただでさえ引っ付いていたアムールが、さらに引っ付くようになったからだ。

俺を背後から抱え込むのがお気に入りのようで、そのまま頭をぐりぐり擦り付けられるし、尻尾も巻きついてくるから、俺はついその可愛さにデレっとしてしまう。

ピコピコ動く三角お耳が肌をかすめてフワフワ尻尾が撫でろとばかりに絡んでくるのだ。

猫好きがデレるには十分だろう。

そうこうしているうちに、まるでグルーミングをするように舐められるようになって、くすぐったさに笑っていたらいつの間にか服が乱れていて……

「……ニャンコトラップだ……」

猫獣人の可愛さを最大限に活かした罠を毎日仕掛けられては身が持たないというもの。思わずため息を吐くと、さらに心配そうな表情になったエモワの手が肩に乗せられた。

「リョウ、あまり無理するなよ」

「はい、次こそは引っかかりません」

「引っかかる?」

「いや、なんでもないです……」

回避困難なニャンコトラップに思いを馳せつつ、教会へ向けて歩みを進める。しかし、その足取りは目的地に近づくにつれて重くなっていった。

俺は今の生活が気に入っている。底辺とはいえ自由気ままな冒険者生活と、ゲームのようなファンタジー世界を見て回る楽しみと、好きな人とパートナーになれた幸福は例えようもない。

しかし、教会に行って、俺が正式に聖女だと認定されたらそれが変わってしまうかもしれない。

そのことが怖くて、俺は足を止めた。

すると俺の少し後ろを歩いていたアムールも足を止めたことが、影を見て分かる。ぴょこんと生えている三角耳の影を見ながら、俺は小さく呟いた。

「……ねぇ、アムール」

返事はない。ただ、アムールが一歩近づいてくる。俺は振り向いて、彼に聞いた。

「もし俺が聖女だって言われて、教会とかに住むことになったらどうする？」

もし、俺と引き離されたとしたら、どうする？

そうなったら、俺に拒否権なんかあるのだろうか。

初めて自分が聖女だと理解した時は、ただエモワたちを助けられて良かったとしか考えなかった。

でも、これからのことを具体的に考えると、嫌な未来ばかりを思い描いてしまう。

ねぇ、アムール。俺はどうしたらいい？

そう聞くと、アムールはすぐに答えを返した。

「はぁ？　まぁベッドが柔らかくて飯が美味いなら許してやっても良い。あと日当たりの良い部屋じゃないと駄目だ」

「……ん？」

返ってきた答えに、俺はしばらく考え込んでしまう。アムールの声からは不安なんて微塵も感じられなくて、俺まで気の抜けた声が出てしまった。

「えっと……俺が教会に行ったらアムールもついてくるんだ……？」

「何か言ったか？」

「いや何も……」

当たり前のように付いてくることを前提に話すアムールに、俺の不安はあっけなく消え去る。

この猫ならば、たとえ引き離されようと好き勝手に忍び込んで、我が物顔で隣に寝ていそうだ。

「……まったく」

なんて、呆れた声を出しながら頬が緩んで仕方なかった。

やっぱりこの猫獣人には敵わない。

一気に身体の強張りがほどけて、俺はそっとアムールの手を掴む。するとアムールの尻尾がピンと立ってそっぽを向かれてしまう。

しかし手は握り返してもらえたので、そのまま俺達は教会へと向かうことにした。


「着いたわね」

「相変わらずでかいなぁ」

エモワの呟きに大いに同意しながら、俺は整備された広場の先にそびえ立つ建物を見上げた。

今まで遠目でしか見たことがなかったが思った以上に大きい。

いつかテレビで見た世界遺産のような貫禄のある巨大な石造りの建物に、ごくりと唾を呑んだ。

「行くぞ」

門の前に並んでいる鎧をまとった厳《いか》つい兵士たちにビビっていた俺に構わず、アムールが彼らに歩み寄った。

頼りになるなあ、と彼の背を見守り……

「おいお前、ぼーっとしてないでさっさと偉いやつ連れてこい」

「は？　誰だお前は……教会になんの用だ」

「ストップアムール、一旦こっち来ようか」

即行で彼の身体を引き戻した。俺は初動から人選を間違えたようだ。

助けを求めるように隣を見ると、即座にトワが隣に歩み出て兵士たちに頭を下げた。

「突然ごめんなさい。この子は冒険者のリョウ、そして私達は付き添いよ。聖女様に謁見の許可をもらえないかしら？」

「事前の謁見許可はもらっているのか？」

「いいえ。でも『リョウが来た』と伝えてもらえれば、話が早いと思うわ」

トワの言葉に、兵士は胡散臭そうな顔をしたが、トワの堂々とした様子に渋々といった様子で教会へと入っていく。そして数分もしないうちに、高そうなカズラを着た男がこちらに向かってバタバタと駆けてきた。

そして俺を見た瞬間に、カッと目を見開く。

「お、お、お待ちしておりました聖女さ――っ‼」

いきなりの聖女様呼びに身体を硬くすると、エモワが鋭い声で彼を制した。

「――話は中でだ。むやみに騒ぎを大きくするなっ！」

「なんだ貴様はっ⁉　私を誰だと――」

「その人は、俺の保護者代わりで大切な人です」

「どうぞ皆様ご案内いたしますっ‼」

あまりの変わり身の早さに思わず感心した。まったくもって尊敬はしないが。それから俺たちは長い石造りの道を歩いていくことになった。

俺達を出迎えた男はこの教会の司祭らしく、恰幅がよく、やや後頭部の毛が薄い。そしてよくしゃべる。

「本日はお日柄もよく神のお導きが――」

「全ては神の御業にて聖なる剣を手にした聖女様が――」

「いかなる苦難が待ち受けようとも神は我々を見捨てず天より尊き御仁を――」

「道を迷い彷徨《さまよ》う我々を神は見捨てず救いの手は今ここに導きを――」

などなど、彼は案内中にずっと早口で喋っていたが、いまいち何を言っているのか分からなかったので聞き流しておいた。

途中、壮麗な天井絵やモザイク画、大きなステンドグラスなどが目に入ったが、それを楽しんでいる余裕なんてない。

司祭以外は皆口をつぐんだまま、歩みを進めた。

「それでは聖女……いえリョウ様。全てを見渡す天に比べれば狭苦しい所ではございますが、こちらでお寛ぎいただければと存じます」

司祭以外の無言が続く中、大きなドアの前で司祭はそう締めくくって、俺たちを中に誘《いざな》った。

なんというか、無駄に広い。

高い天井からはシャンデリアが吊り下げられ大きな階段の先に二階があるが窓はない。防犯上の問題だろうか。日当たりがよくないのでアムールから言わせれば不合格だろう。しかし、ふかふかのソファーは気に入ったようだ。

それからすぐにシスター服を着た女性がお茶やお菓子を運んでくる。あまりに美味しそうだったので手を出そうとしたが、エモワに止められた。

まずエモワが一口食べ、問題ないと判断してから俺も菓子に口を付ける。素朴な甘みが口の中に広がって、思わず頬が緩んだ。

美味しい、と呟くと「油断するなよチビ」とソファからアムールに言われてしまった。

二枚めのクッキーに手を伸ばすと、部屋の中にノックが響いた。

「お部屋に入ってもよろしいでしょうか」

俺は姿勢を正すが、エモワとトワは足を組んだままだし、アムールに関しては背もたれに寄りかかったままだった。これで良いのだろうか。

俺が「どうぞ」と返事をすると、見覚えのある初老の男が腰を低くして入ってきた。かと思うと、

突然床に突っ伏す

「この度は……お詫びの言葉もございませんっ!!」

「は？　え？　何？」

見事な土下座と叫びにオロオロする俺の隣でエモワもトワも、アムールまで、皆座ったまま腕と足を組んでふんぞり返り、土下座する男を見下ろしていた。何、みんな打合せでもしてたの？

戸惑う俺をよそに、トワが、抑揚のない声で言う。

「まずは頭を上げてもらえるかしら？　それじゃ話も出来ないわ」

トワの声かけに初老の男がゆっくりと顔を上げる。

そこで、やっと思い出した。

――この人、乙宮のそばにいつもいた偉そうな男だ。あまりにも態度が違うから分からなかった。

豹変ぶりに驚いていると、トワがまた彼に声をかける。

「それで？　まず何に対して謝罪しているのか聞かせてもらえる？」

「はは！」

以前はあれだけ偉そうに説教していた男が、今やトワの下僕のようにぺこぺこしながら床に座ったまま説明し始めた。初老の男はジュスと名乗った。この教会の司教らしい。

司教は俺を蔑《ないがし》ろにし、真の聖女を見誤ったことへの謝罪をしてから、窮地に立たされた冒険者や騎士たちを見捨てずに救ってくれたことに対する感謝を述べた。

別に聖女扱いも人々から崇拝されるのもまっぴらごめんなので、怒りなんてない。

ただエモワやトワを含め、聖女がいるからと言って油断した結果、沢山の人達を危険に晒したことに関しては誠心誠意謝ってほしいと思う。

結果として、怪我人や死人が出なかったのは救いではあるが。

司教の話を聞きつつそんなことを考えながら、ふと疑問をぶつけた。

「あの……ところで、何故俺が聖女だと気づいたんですか？　俺が聖女だと確信を持っているようですが、その根拠はなんでしょうか？」

当事者の俺がやっと喋ったからなのか、やや緊張の面持ちを見せたが、司教はすぐに神妙な表情へと変わる。

「この目で見たからです。神の所業を……」

「見た……？」

俺が聞き返すと、司教は深く頷いた。

「突然天から舞い降り、瘴気《しょうき》を祓いながら偽りの聖女の手を取って微笑む慈悲深いお姿はまさに聖母……絶望に染まる暗闇を照らす灯火のようでした」

——天からって、下ろしたのはアムールだけど。

オーバーなセリフと、いかにも憎々し気に『偽りの聖女』と言い捨てた彼の言葉にむっとする。

しかし彼は俺の表情には気が付かないまま、わなわなと手を震わせて天を仰いだ。

「そして、私は確かに見たのです。全てを浄化させたあの奇跡の光は……確かに貴方様から放たれた……！」

司教にまで上り詰めたジュスは聖の魔力が非常に高いらしい。それ故、瘴気《しょうき》を浄化するような聖の力の動きは他の人より敏感に分かるのだと言う。

しかし、皆が興奮して乙宮に押し掛けている間に、俺は司教の前から消え去っていた。

だがその後、乙宮本人が証言したのだそうだ。

自分は聖女ではない、猫本良こそが天が遣わした使者なのだと。

彼はどうやらそこで俺の名前を知ったようだ。

「乙宮さんが……」

ようやく彼女の名前が出て、俺は背筋を伸ばす。

自分は聖女ではなかったと涙を流していた乙宮。そんな乙宮を、司教は偽りの聖女と呼んだ。

乙宮自ら聖女を名乗ったのかは定かではないが、現在の教会はどうやら乙宮をあまりよく思っていない。

「乙宮さんは……聖女様は今どうしてるんですか？」

「偽りの聖女でございます」

「でも……」

「あの少女が自分から聖女だと名乗ったのかしら？」

きっぱりと乙宮を非難する司教に言いよどむと、隣からトワが口を挟む。

トワは腕を組んだまま、眉間に皴を寄せていた。

「いえ、そういうわけでは……」

「ではどういう経緯で彼女が聖女になったの？」

「し、神託がくだったのです！」

「それは知っているわ。街でも噂になっていたもの……で？」

トワの眉間の皺は益々深くなる。そんなトワに司教は怯《ひる》んだが、語尾を弱くしながらも何とか言葉を続けた。

「で、ですから……森に聖女が現れるとの神託に従い、我々は森にいた少女を保護したまで……っ」

「なぜ彼女が聖女だと思ったの？」

「史実の通りに不思議な服を着ていましたし、まるで別の世界で生きていたかのような振る舞いで……これほど条件が揃っているのです。聖女だと誰でも思うでしょう！」

「でも間違いだったのでしょ？」

「そ、そうですな……」

キッパリと言い放つトワに、司教は言いよどむ。

「つまり右も左も分からない少女を一方的に聖女だと祀り上げたくせに、それが間違いだったから今度は彼女に全責任を押しつけているのね？」

「いえ、その、それは……」

トワから問いただされてもごもごと口ごもる司教に、トワは呆れのため息を吐いた。

凄い、俺が言いたいことをすべてトワが代弁してくれる。なんて頼もしいのだろう。

俺だけではきっと、教会の圧力に負けて良いように言いくるめられていたかもしれない。付いてきてもらって良かった。

頼もしい保護者の援護に感謝しながら、俺も気合を入れて問いただす。

「あの……乙宮さんは今どこに？」

「……教会の保護下にございます」

「保護下……」

柔らかい言葉に一瞬安心したが、彼の言葉を聞いたエモワとトワの視線がきつくなったのに気が付いて、慌てて姿勢を正す。

実際のところは、囚われているのに近いのかもしれない。

そうだとしたら一方的に聖女だと決めつけられて、それでも聖女として責務を果たそうとしていた彼女に対してあんまりな仕打ちではないだろうか。

「乙宮さんに会うことは出来ますか？」

せめて今の乙宮の現状が知りたい。

そう思い口に出せば、司教は少し間をあけて答えた。

「……もちろんでございますとも。では日程が決まりましたらまた――」

「――いえ、今日……今からでお願いします」

「それは……いえ、かしこまりました。聖女様の御心のままに」

対面を後日へ誘導しようとした司教に声をかぶせて抗議した。エモワやトワを見習い少し強気に出てみたが、意見が通ってほっとする。

乙宮の元へ案内するというのでソファから立ち上がると、トワがよくやったとばかりにウインクをよこした。

「こちらでございます」

通されたのは、階段を何度も上がった所にある部屋で、扉の前には鎧を着た男が一人立っていた。護衛と言っていたけれど、おそらくは彼女を監視しているんだろう。

扉を開けると、それなりに広くて綺麗な部屋があった。

部屋の中心には丸い小さなテーブルと椅子があり、俺達の顔を見て驚いた様子の乙宮がテーブルから顔を上げた。

「んぇ……猫本くん？」

テーブルに突っ伏してうたた寝をしていたようで、綺麗な切れ長の瞳が少しだけ眠たそうに細められている。

「えーっと、久しぶり乙宮さん」

「あ、うん！　久しぶり」

元気に返事をする乙宮には、やつれた様子はない。

確かに俺たちが先程居た部屋に比べれば質素だが、不自由な生活を強《し》いられているわけではなさそうで安心する。部屋は一人で過ごすには広いし、家具も揃っている。

テーブルには本が積まれているから、読んでいるうちに眠ってしまったのだろう。

彼女は小さく伸びをすると立ち上がり、俺たちに椅子を勧めた。

それに甘えて腰かけると、乙宮がふわっと笑顔を浮かべる。

「それにしても元気そうで良かった……あの時猫本くん、気を失っちゃって心配だったんだ。体調はもう良いの？」

「うん、俺はぜんぜん平気。それより乙宮さんも色々大変だったんじゃないの？」

乙宮が心配で会いに来たはずなのに、逆に心配されてしまって苦笑いを返す。

こんなに元気そうなのに、司教はなぜ隠そうとしたのだろうか。

司教を見ると、気まずそうに視線をそらされた。どうやらやましいところがあるというのは間違いないようだけど……

はて、と首を傾げると、俺の後ろに立っていたトワが、乙宮に話しかけた。

「こんにちは聖女様。乙宮さんとお呼びした方がいいのかしら？　混沌の森ぶりね」

「え？　えーっと……あっ！　森でお会いした冒険者さん⁉」

「そうよ。覚えててもらえて嬉しいわ」

「……っ」

その言葉に乙宮は突然立ち上がったかと思うと、直角に腰を曲げて頭を下げる。

「あの時はごめんなさい！　私のせいで危ない目にあわせてしまいましたっ！」

土下座しそうな勢いで謝罪する姿に驚いて振り向くと、トワもエモワも驚いたように目を瞬かせていた。その沈黙に、また乙宮が頭を下げようとする。

その姿を見てトワが柔らかく微笑んだ。

「――あなたってとっても素直なのね」

頭を下げたまま震える乙宮の頭をトワが撫でた。

その優しい手つきに乙宮は恐る恐るといった様子で頭を上げた。

「素直すぎてちょっと心配だわ。ここでの暮らしはどうかしら？　何か不満はある？」

「い、いえ……私が聖女じゃないって分かった後もとても良くしてもらってます。ご飯も美味しいし」

「……」

乙宮の言葉を聞き、司教が目を見開いた。何に驚いているのだろうか。

その後も穏やかな会話が続き、乙宮もトワの優しげな様子に緊張が解けたようだ。

エモワが一歩さがっているのは、きっと乙宮を怖がらせないためだと思う。女性のトワに任せたほうが乙宮も安心するだろうとの気づかいだ。

アムールが一歩さがっているのはただ単に興味がないからだろうな。ずっと部屋を見渡している。

そういうやつだよキミは。

一通りの会話を終えたトワは俺に振り返り、俺の腕を軽く引いて乙宮の前に出した。どうやら今度は俺が乙宮と話す番のようだ。

「あの、少しだけ二人で話してもいいかな。あ、乙宮さんがいいならだけど」

あえて二人で、と言った意味は即座に伝わったらしい。

和やかにトワと話していた乙宮の表情が変わる。彼女もすぐにこくりと頷いた。

「……そうだね。私も二人の方が色々話せるかも」

「ありがとう」

乙宮の同意を得て、周囲に視線を向ける。すると心得たようにエモワとトワが頷いた。

「……リョウがそうする必要があるというなら席を外そう。ドアのそばに居るから何かあればすぐに呼べよ？」

「聖女様同士、だもんね。司教様も、いいかしら？」

トワの言葉に司教は何も発する事なく、一礼して二人に続く。

そしてアムールは、なぜか俺の背後から離れなかった。

「……アムールも、ちょっとだけ席を外してもらえるかな」

「なんでだよ」

「いや、だから乙宮さんと二人で話したいから」

「俺の前で話せばいいだろ」

「だから二人で話したいって言ってるだろっ！」

ほんとにこの猫は我が道を行くな。少しは人の話を聞いてくれ。

不満そうなアムールを部屋の外に追いやり、俺は静かになった部屋で乙宮と向き合った。

小さな丸テーブルを挟んで座りなおすと、乙宮が仄かに微笑んだ。

「人払いしたってことは、猫本くんも言ってないんだね」

「……うん」

乙宮の言わんとすることは理解している。俺達が『別の世界から来た』ことを、だろう。

いきなり「俺は違う世界の人間です」なんて口走れば誰からも信用されなくなるかもしれない。

来たばかりの頃はそう思って口を閉ざしていたのだ。

「乙宮さんも言ってないんだ」

乙宮も同じように周りの目を恐れたのかもしれない。

知り合いが誰もいない見知らぬ土地でさぞかし心細かっただろう。乙宮の中での防衛本能が黙秘を選択したのだろうか。

「うんそうだね。なんか異世界ファンタジー漫画とかでもさ、主人公って別の世界から来たって言わないじゃない？　だからそんなもんだと思って」

「……そ、そっか」

防衛本能が……働いたわけじゃないのかな？

まぁ良いか。そこは特に重要ではないので置いておこう。

「あの、教会の人がいなくなったから改めて聞くけど、乙宮さんは、あれから大丈夫？　聖女じゃないって自分から言ったって聞いたけど、本当に教会から酷いことはされてない？」

「うん、本当に大丈夫。最悪、地下牢とかに入れられるのを覚悟してたんだけど、なんかきれいな部屋に案内されたし、美味しいご飯も三食出てくるし、退屈しないように本ももらえたし……」

そう言って乙宮が部屋を振り返る。

確かに何度見ても、むしろ広さはちょうどいいぐらいだし、明るい部屋だ。掃除も行き届いているようだし、家具だって揃っている。

ではなぜ、司教はあんなにバツの悪そうな顔をしたのだろう。

そう聞くと乙宮も事情はよく分かっていないようだった。

「……ところで、俺は卒業式で寝ちゃってたらいつの間にかこの世界に来てたんだけど、乙宮さんはいつここに飛ばされたの？」

乙宮の待遇は今のところ悪いものではなかったのでひとまず保留とし、俺はお互いの経緯を確認する事にした。

すると、乙宮から思いもよらない話を聞かされる。

「あ、やっぱり寝てたの猫本くんだったんだ」

「やっぱりって？」

「うん、卒業式でなんか隣の子が寝てるなーって思って、起こそうとして手を触れた瞬間に森に飛ばされたんだ。猫本くんとは別の場所だったみたいだけど」

「えっ⁉」

乙宮はあっけらかんと話しているが、俺は驚愕した。

だって、俺に触れた瞬間にここに飛ばされたのだ。おそらく俺が飛ばされた時間とも合う。

つまり、乙宮が異世界に来るのに俺が巻き込まれたわけでも、二人して飛ばされたわけでもない。

俺が、乙宮を巻き込んだことになる。

「ご、ごめん……」

「ううん。こんなの誰にも予想できないよ。猫本くんだって来たくて来た訳じゃないんでしょ？」

「うん、まぁ、そうだけど……」

「原因は不明だけど、元々聖女様伝説があるみたいでね。この世界に何か起きると異世界っていうか、私たちの世界から誰かが強制的に選ばれちゃうってことじゃないかな。――まあ、運が悪かったっていうか、良かったっていうか」

乙宮、強いな。微笑んで話しているけれど、俺よりずっときちんとこの世界で何が起きたのか分かっている感じがする。

「聖女と言えば、乙宮さんは教会の人から聖女について何か詳しく聞いたりした？」

「うん、ジュスさん――さっきいた司教様が歴代の聖女について色々教えてくれたから」

「ほんとに!?」

乙宮の言葉に、俺は思わず身を乗り出した。

「じゃあ元の世界に帰る方法が分かったりとか」

乙宮の話に思わず食い付いたのだが、乙宮はそんな俺の様子を見て気まずそうに視線を逸らした。

「私もね、気になったから調べたりジュスさんに訊いたりしたの。でも……聖女が元の世界に帰った記録は、どこにもなかった」

「そうか……」

返ってきた乙宮の言葉が、ずんとのしかかる。乗り出した身体を引いて、椅子に腰を落ち着けなおす。

今までは原因不明だったから、ただ生きるので精いっぱいだった。でももし、聖女と言う役目のせいで呼ばれたなら、それが終われば帰れるんじゃないかと思ってしまったのだ。

そんな曖昧な希望が消えてしまうと、やはりどこか胸が痛む。

無意識にテーブルに置いた手を握りしめると、乙宮は申し訳なさそうに言った。

「ごめんね」

「いや……別に乙宮さんが謝ることじゃないだろ？」

「でも、がっかりさせちゃったし」

「それこそ乙宮さんのせいじゃないよ……」

「大丈夫」と言って笑おうとしても、上手く口の筋肉が持ち上がらない。

自分の感情に乙宮まで巻き込んでしまって申し訳なくて、情けなかった。

「……やっぱり、猫本くんは元の世界に帰りたい？」

しかし、乙宮の問いで、はたと思考が止まる。

「え……、そう、だねぇ、どうだろ……」

咄嗟に言葉が出なかった。帰りたい、のだろうか？

普通に考えたら、きっと帰りたいのだと思う。死にかけたし、魔物なんているし。両親も友人も置いてきてしまったのだから。

しかし、元の世界に戻るということは、この世界に別れを告げるということで、そしたら――

「……友達、置いてきちゃったからなぁ」

「猫本くん、友達多かったもんね」

俺の言葉に乙宮は納得したように頷いた。けれど、俺自身は微妙な顔で笑うのみだ。

「私はあまり友達多くなかったから……でもお母さんとお父さんには会いたいかも。お味噌汁とかだし巻き卵とか久しぶりに食べたいな」

そんな俺の心情を知ってか知らずか、乙宮は明るく話しかけてくれる。

「あー分かる。こっちの料理も美味しいけど日本のダシの利いた料理も恋しくなるよね」

いろんな感情を押し込めて、俺も明るい声で返す。

テーブルの上で無意識に握りしめていた手をほどき、肩の力を抜いて、俺はそこで気づいた。

乙宮の手も、いつの間にか強く握りしめられていることに。

「そうそう！　お母さんの作るだし巻き卵ほんとに美味しくって……またあれを、食べたい、なって……」

「……乙宮さん？」

明るく笑っていた声が不自然に震えだして、俺は乙宮の手から顔に視線を移し、ぎょっとした。

「それで、お、お味噌汁も……あれ……？」

乙宮が、笑ったまま涙を流していた。

話をしながら溢れ出した涙に、俺だけでなく乙宮自身も驚き戸惑っているようだった。

「あ、あれ？　おかしいな、今までこんな、日本が恋しくなったこと、なかったのに……」

服の袖で必死に拭っても、乙宮の瞳から涙が次から次に溢れていく。

今までこんなことなかった、寂しいと思ったことはなかったのにと言う姿に、胸が締めつけられた。それはきっと、それこそ防衛本能なのではないだろうか。

――帰れない、ここで生きていくしかない。

――帰りたいと願った所で叶う当てもないのなら、願わない、考えない。

無意識にそうすることで乙宮は、自分の心を守っていたのかもしれない。

大袈裟なほど『聖女』らしく振る舞っていたのは、やるせない気持ちを誤魔化すために別人になりきろうとしたのではないだろうか。

帰りたいと思う自分の感情を、別人に変えようと……

「乙宮さん……」

「あ、あの……ご、めんね、急に……っ」

最後は嗚咽交じりになり、本格的に泣き出してしまった乙宮の背中をさすった。

目元を赤くして謝る乙宮に、俺は慌てて首を横に振る。

彼女はその後も涙をこぼしながら、ポツリポツリと俺達の居た世界の思い出を話した。

そのどれもが懐かしく、彼女にとってあの世界がどれほど大切なものだったかがよく分かる言葉に、俺も鼻を啜ってしまった。

なんとか笑顔を作って乙宮を励ましていたら、落ち着いてきた乙宮がふと顔を上げて言った。

「猫本くんは強いね……。この世界で困ったことはなかったの？」

そう言われて頭の中にいくつかの思い出が蘇る。

「ううん、いっぱいあったよ。例えば――」

この世界に来て、一番初めに魔物に食べられかけたこと。生活にお金が必要だと気が付いたけれど、頼れるものが自分しかなくなったこと。心の支えだったスマートフォンの電池が切れかけて、元の世界との繋がりがなくなりかけたこと――

でも、それらを数え上げようとして、いつもアムールが助けてくれていたことに気が付いた。

確かに、元居た世界のことを考えることがなかった。でもそれはアムールや、エモワとトワがいつも俺のそばに居て、いっぱい話しかけてくれていたからだ。

改めて、そばに居続けてくれた三人のありがたさを感じながら、俺はこの世界で起きたことを一つ一つ話していく。

乙宮はまるで冒険譚を聞くように、どの話も一生懸命に聞いてくれた。

「えっ、スマホがあるの⁉」

「ネットには繋がらないから、ほぼ写真とか動画を見るだけの機械になってるけどね。乙宮さんは何も持ってこれなかったの？」

「うん。ちょうど何も触ってなかったからかな……。制服は教会の人に聖衣だ！　とか言って回収されちゃったし」

そう言って苦笑する乙宮にいつも持ち歩いているスマートフォンを見せる。乙宮はその中に保存されていたクラスメイトとの写真を食い入るように見つめ、くしゃっとした笑みを浮かべた。

「懐かしい……」

そう言いながら彼女が写真や動画をひとつずつ眺めていく。

すると、一つだけサムネイルが真っ黒な動画があった。

「なんだっけ、これ」

タイトルは撮影された日時になっているはずだが、文字化けしてしまっている。

首を傾げながら再生すると、雑音に紛れてとある声が再生された。

「――――~――――~~~~」

「――っ」

「猫本君!?」

それを聞いた瞬間、ざわっと背筋が粟立ち、俺は思わずスマートフォンを床に放り出しそうになった。そうだ。思い出したくもない、この世界でまだ解決できていない唯一の問題。

「乙宮、さん。この声についてなんだけど――」

この世界で、生きていく。そうするためにあと一つだけ、俺は乗り越えなくてはいけなかった。

＊＊＊

「……やっと終わったか」

「うん、お待たせアムール。皆さんも長い時間お待たせしてすみません」

部屋の外に出るとエモワとトワ、アムールが俺を待ってくれていた。そして、司教も。

「納得出来るまで話せた？」

「はい、お陰様で」

なんてトワには返したが、納得出来たかどうかは疑問だ。まだまだ課題は山積みだからだ。

「それではリョウ様、今後リョウ様がお過ごしいただく御部屋にご案内いたしましょう」

「……ん？」

まだまだ話し合いが必要そうだな、と思っていた時だった。

今この人なんて言った？　と司教の顔を見れば、手をすり合わせてにこにこ顔で俺を見ている。

「え？　案内？　どこにですか？」

「もちろん最高級の御部屋でございます！　聖女様に快適にお過ごしいただけるようお望みの物は教会の全精力をもって全て揃える所存ですとも」

「いや、そうじゃなくて……」

俺が教会に囲われるのは当たり前だと言わんばかりの様子にゾッとする。

「いえ、俺は帰ります」

一旦ここから離れよう、そう思って強めに意見したが、今度は司教が慌てる。

「お、お待ちくださいっ！　まだリョウ様にはお伝えしたい話がございます！」

身を引く俺に司教の手が伸ばされる。

しかし、身構えた俺に触れる前に、大きな手に掴まれ阻止された。

「おい お前」

阻止したのはアムールだった。司教の手を掴んだまま、俺を司教から隠すように前に出る。

「このチビを引き止めてどうするつもりだ」

「なっ！　リョウ様をチビなどと……っ、リョウ様の知人といえども許されることではないぞ！」

それに聖女様が教会に住まわれるのは当然のことだ！」

「知人じゃねぇ。こいつのパートナーだ」

「……っ⁉」

そう言ったアムールがどこか誇らしげに胸を張る。

そんなアムールをエモワやトワが微笑ましげに見ていた。アムール、恥ずかしいからやめてくれ。

なんて思っても内心ではちょっとだけ喜んでいる自分が居た。もしかしたら俺たちはバカップルかもしれない。

「……っ、パートナーがいらっしゃったのですか……貴方様が……」

しかし、勝手に和みだした俺達とは対照的に、司教が渋い顔を見せる。だがすぐに彼はアムールにへりくだるように笑顔を作った。

「で、では……ぜひパートナーでいらっしゃる貴方様も我が教会でお過ごしいただければ幸いです。最初にお通しした部屋などいかがでしょうか？　あそこなら広さも申し分なく警備も――」

「却下に決まってんだろアホかお前は」

「な……っ」

良いぞアムール、もっと言ってやれ。

「窓がねぇ部屋なんか駄目に決まってる」

「違うアムール、そこじゃない」

思わずツッコミを入れてしまったが、重要なのはそこじゃないだろ。

「も、もちろん最上階の日当たり抜群のお部屋もご用意できますが……」

即座に別の案を提示してきた司教だったが、今度はエモワとトワが間に入った。

「どちらにしろ却下だな」

「彼らには彼らの家があり生活があるのよ。それを邪魔すると言うなら容赦しないから」

ぴしゃりと言い放った二人に司教は何かを言いたげに口を開いたが、言葉を発することなく再びつぐんだ。

「今日はこれで失礼させていただきます。それと、今後のやり取りは手紙でさせてください。ここに来ると緊張しちゃって思った事を上手く話せないかもしれないので」

間に入っていたアムールから一歩出て司教に伝えれば、彼は一度眉間に皺を寄せ、苦々しく重い口を開いた。

「……リョウ様がそれをお望みであれば。しかし教会はいつでもリョウ様を御迎えする準備は出来ております。どうか気負わず、いつでもお気軽にお立ち寄りくださいませ」

その対応に一瞬驚いた。最初の、さも聖女はここにいるのが当然、という態度を見ると、もう少し強引に来るかと思っていたのだ。

しかし、エモワとトワは当然のように頷き、俺の背を押す。

そしてあれよあれよという間に教会を出てしまった。

トワが、ふう、と溜息を吐いてアムールを見る。

「あなたがどんなつもりで言ったのかは分からないけど、あのパートナー宣言が効いたわね」

「へ」

トワの言葉に、言われたアムールではなく俺が反応してしまう。するとエモワも苦笑しながら説明してくれた。

司教は、教会にとって都合のよい人物を俺のパートナーにあてがいたかったらしい。ここから帰ることが出来ない聖女が、別の国に流れたり、失われることがないように『保護』することは、本来教会にとっては必須だったようだ。

ただ、既にパートナーがいるとなると話は変わる。この世界で『夫婦』のような意味になるパートナーを引き裂くことはたとえ教会だとしても難しいのだ。

「それでアムールの存在を知ってがっかりしてたんだ……」

そう言うと、俺の視界の端でアムールが自慢げな表情になる。

——なんだか、パートナーになってから、アムールの表情が余計に分かりやすくなった気がする。

そんなことを思っていると、エモワとトワも同じことを思ったようでくすくすと笑っていた。

二人と別れ、ようやく家に帰り着いてどっと疲れが押し寄せた。

体力を使うような事はしていないが、精神的にかなり疲労したようだ。

「疲れたねぇ……」

上衣を脱ぎながら今日あった出来事を思い返す。

乙宮は思ったより快適な生活をしていた。しかし、元の世界に帰れない事実を今更ながら実感し戸惑いを見せた。そして、新たな問題も浮かび上がった。

乙宮とは出来るだけ早く手紙のやり取りを始めよう。落ち着いたら暇を見て会いに行こう。

俺がしてやれることなんてほとんどないかもしれないが、顔見知りが居るだけでも少しは慰めになるかもしれない。

ふと、脱いだ上衣を持ったまま窓を見た。日は傾いていて、まもなく暮れるだろう。

外から子供の声が聞こえた。高い笑い声の後に、優しげな女性の声が聞こえる。

親子で家に帰るのだろう。そんな当たり前の光景を思い浮かべて、なんだか胸が温かくなった。

何を食べるのかな。この世界の家庭料理がどんなものなのかまだ知らないが、子供は「また同じやつー」なんて生意気に文句を言いながらも全部ぺろりと食べちゃうんだ。

そしてそんな時に食べた味を、大きくなってまた食べたくなったりするんだろうな。

俺もいつか――

「――リョウ！」

「んえっ、何、アムール……？」

「何じゃねぇ、何度も呼んでんだろが。飯どうするかってきいてんだ」

気が付くと、いつの間にか目の前に不機嫌そうなアムールの顔があった。尻尾がペシペシ床を叩いている。

俺は手から落ちてしまっていた上衣を慌てて床から拾い上げて、アムールに笑いかけた。

「あー、ごめん。ちょっとぼーっとしてたみたい」

「ぼーっとしてんのはいつものことだろ。シャキッとしろっての」

「はいはい悪かったって……」

無視されてぷんすこ怒るアムールをなだめ、尻尾が床を叩かなくなったのを確認して一息ついた。

「ご飯か……」

そして改めてアムールから訊ねられた内容を考えたのだが、いい案が思い浮かばない。

外に食べに行くにしても家で何か作るにしても、どうにも気が乗らないのだ。

「今日はもういいかなぁ。なんかあまりお腹空いてないんだよね」

だからアムールだけでも何か食べてこいよと促すが、アムールはじっと俺を見たまま動かない。

「……アムール？　うわっ」

それを怪訝に思い、彼の方を向くとアムールは俺の腕を引き、ソファーに座り込んでしまう。

腕を引かれた俺は、そのままボスッとアムールの胸に顔が埋《うず》める姿勢になってしまった。尻尾が身体に絡みついてきて、温かい……じゃなくて。

「どうしたんだよアムール」

彼の胸を叩くようにして訴えるが、アムールは俺を抱えたまま、ソファーに仰向けになった。必然的に俺もアムールの腹の上で寝そべるような格好になってしまう。なんだよ、と見上げようとしても、アムールの腕の力が強くて動けない。

「何、アムール……もしかして甘えたいとか？」

「……そうだ」

「へ？」

だからちょっと冗談で言ってみたのだが、まさか肯定されるとは思わず驚く。

「え……甘えたいの？」

「そうだっつってんだろ」

不貞腐れたような声で返事をしながら、尻尾がさらに俺の腰に絡まる。

その時、アムールの腹がぐぅっと鳴ったのに気が付いた。

なんだ、やっぱり腹が減ってるんじゃないか。

そう思い、彼の身体から起き上がろうとしたが、アムールは俺を離そうとしない。なんなんだよ、て思ったら、頭をぽんと撫でられた。

「……あ」

それで、分かったんだ。何が甘えたいだよ、嘘ばっかり。

いつもならそんなことぜったいに言わないくせに、妙にあっさり頷いたのがその証拠。もしそれが彼の本心なら、顔を真っ赤にして否定するはずだ。

だから、そうじゃなくて――

俺は身体を持ち上げようとするのを辞めて、目の前の広い胸に顔をぐりぐり押しつけた。いつも俺に頭を押しつけるお返しだ。

「……何してんだよ」

「アムールを、甘やかしてる……」

「……そうかよ」

俺の言葉に、アムールは力を抜いて、俺の後頭部をわしゃわしゃと撫でる。そのくすぐったさにじんわりと胸が熱くなった。

――ねぇ、本当はさ、俺を甘やかしたいんだろ。

猫獣人としての野生の勘？　それとも些細な変化にも気づくほど俺を見ててくれたのかな？　もしかしたら飯を食べられるかどうかで判断しているのかも。

どちらにしろ、俺の自分でもどう処理していいのか分からない感情を、アムールは感じ取ってくれたんだろう。

今日、この世界に来て、初めて元の世界の話をした。

そのせいで、忘れていた――いや忘れたふりをしていた感情を思い出した。

そこからずっと胸にもやもやしたものがつっかえて、どうにも息がしづらいままだ。

「ねぇ、アムール……」

今までずっと、この世界で生きていくのに精一杯で、考えないようにしていた。

両親はどうしているだろう。友人はいきなり俺が消えてびっくりしてないかな。世界は、俺が消えても不都合なく回っているのだろうか。

寂しい、恋しい。せめてもう一度、皆に会いたい。

けれど帰る術《すべ》はないのだと言われた。もうこの世界で生きていくしかないのだ。

俺はアムールの胸に顔を埋《うず》めたまま、喉に詰まっていた言葉を吐き出す。

「……俺さ、別の世界から来たんだ」

「そうかよ」

「うん、そんでさぁ……もう元の世界に帰れないんだって……」

「……そうかよ」

アムール、「そうかよ」しか言わないな。今のけっこう重大なカミングアウトだったんだぞ。

それでも、だからなんだと言わんばかりの態度がキミらしくておかしくて、安心した。

もう俺は帰れない。落胆と悲しみが同時に襲ってきて、しかしその中に、わずかな安堵があった。

だって、もし帰れる選択肢があったとして、俺はどうしただろうか。

「アムール……」

この世界と、元の世界。

俺は、天秤にかけ、掲げた方を捨てる覚悟はあっただろうか。

「俺もう、帰れないって……」

大切な家族や友人達。とても切り捨てられるものではない。

けれどこの世界でも、俺は最愛の人を見つけてしまったんだ。

「アムール、好きだよ……」

「……当たり前だ、パートナーなんだからよ」

帰りたい。帰りたくない。家族に会いたい。キミと離れたくない。

なぜ急に転移しちゃったんだろう。転移してキミに会えて良かった。

悲しい、寂しい、愛しい——

やっぱり俺はズルい。世界を恨んで、ここに残るしかないのだと自分を正当化させている。選べないのは、自分のくせに。

そんな俺を甘やかすから俺はますますズルくなる。だけどキミなら、どんな俺でも受け入れてくれるでしょう？

ぐりぐり押しつけていた頭をくしゃりと撫でられた。

ぐちゃぐちゃな感情は涙に溶けて、アムールの服が吸い取っていった。

第七章　ツンデレ猫獣人と生きていく

「ようリョウ、アムールも。久しぶりだな。どこ行くんだ？」

「おはようございます、エモワさん。今日は久しぶりに薬草の採取に行こうと思ってます」

「そうか」

ギルドに向かう途中でエモワに出会った。今日はトワと別行動らしい。

「教会とのいざこざもようやく落ち着いたもんなあ」

「えぇ、お陰様で……」

俺達と並んで歩くエモワが安心したように微笑み、俺も笑顔を返した。

そう、エモワが言う通り、俺と教会との関係は上手い具合にまとまったのだ。

何度も手紙をやり取りし、ある程度話がまとまった頃合いを見て教会に数回足を運んだ。

その際は必ずエモワとトワにも同行してもらい、二人が見守る中で最後の話し合いが行われた。

「エモワさんやトワさんにはたくさんお世話になりました」

「何言ってんだ。命の恩人への恩返しにしたらまだまだ足りないぐらいだ」

だからこれからも頼れよと言うエモワに、ありがとうございますと礼を言う。俺は本当に良い人達に恵まれている。

最初に教会に出向いてからひと月程、ようやく話し合いに終止符が打たれ、晴れて俺は自由になった。

ただ、すんなりと事が運んだ訳ではない。ほとんどは手紙でのやり取りをしたのだが、それが難航したのだ。

しかしそれは、教会との話し合いが難航したわけじゃない。

主にこの猫獣人のせいなのだ。

俺は、教会に向けて手紙を書こうと馴れない羽ペンを持ち、アムールの尻尾を移動させて自分の思いを綴っていた。

自分達のこれからを決める大事な手紙なのだ。自分のためにもアムールのためにも、そして残された乙宮のためにも妥協はしたくない。

まず俺の今の気持ちを書く。少し考え、アムールの尻尾をよけて、今後の希望も書き綴る。

乙宮にも今後の希望を聞きたくて、紙を替えアムールの尻尾を退けて乙宮にも手紙を書いた。

そして、少し考え、もし可能ならばとアムールの尻尾をよけてから手紙に――

「――んもぉ！　アムール尻尾邪魔っ！」

「はぁ？　じゃあお前が別の所で書けばいいだろ」

「別の所で書いても邪魔しに来るくせに！」

俺が移動しても尻尾を移動させても、また絶妙に邪魔な位置でパタパタしている尻尾。

あれだ、パソコン使ってたらキーボードに乗ってくる猫と一緒だ。よく課題をしているノートの上にも乗ってきてた。

けっして俺の目は見ずに、「自分はたまたまここに居るだけですが何か？」って顔で作業を妨害してくるニャンコに俺は腹を立て……られないのが猫好きの性《さが》である。

「んもぉっ、邪魔するやつはこうだ！」

だってニャンコが無言で構えって訴えてくるんだぞ。構うだろそんなの。優先順位はニャンコに構う事だろ。

だからついつい昔、家猫にしていたようにお腹にダイブして猫吸いよろしく構い倒すわけだが、いかんせんアムールは家猫ではない。

自分が構えとアピールしておきながら「てめぇ何すんだ！」なんて怒るふりをするアムール。キャッキャしてるうちにベッドに連れ込まれて、まぁ、あれだ、服を引っ剥がされて構い倒される。気が付けば日が暮れて、ベッドで体力を使い果たしぼーっとしている。大きなニャンコに頬を舐められながら。

とんでもないニャンコトラップである。三角お耳と尻尾の可愛さが憎い。


「しっかし時間かかったよな。手紙でのやり取りの内容は知らないが、なかなかしつこかったんじゃないか？」

「えぇほんとに……しまいには外に蹴り出しましたね」

「蹴り出した？　まさか教会の奴らが家にまで来たのか⁉」

「いえアムールを……」

「アムールを⁇」

ギルドで依頼でも受けてこいと無理やり外に出したが、それが成功するのも数回に一度程度。そんなこんなで手紙でのやり取りが難航し、ここまで時間がかかってしまった訳である。

おい、後ろをしれっと歩くアムール。何度も言うがお前のせいだ。

いったいなんの話だと言いたげなエモワに乾いた笑いを返していたら、噴水がある広場に人が集まっているのが見えた。

「あれは？」

「あぁ、今日はミサの日だからな。その前に聖女様からの有り難いお話があるんだよ」

「聖女様の……」

人だかりに目を向けると、ちょうど豪華な馬車が止まり、うやうやしく扉が開かれる所だった。

出てきたのは白いローブを身にまといベールで顔を隠した女性だ。

「……頑張ってるんだ……」

言わずもがな乙宮である。噴水の周りは一段高く作られており、彼女はその中心に立った。

自然と人々が一段下りた場所へと移動し、乙宮を囲んでいく。

乙宮は大勢の中で堂々と立ち、優雅に一礼をして演説を始めた。

「そうだな、彼女もなかなか頑張ってるよ。相変わらずの聖女様っぷりだ」

「そうですか」

結局、乙宮はまだ聖女として教会に残っている。

それは乙宮の希望でもあった。見知らぬ土地で誰からの助けもないままやっていけるだろうかと不安を漏らしていた彼女の不安は教会にも伝わったらしい。

『ジュスさんがね、このまま教会に残ってはどうかって言ってくれたんだ』

乙宮が手紙で寄越した教会からの話を最初は怪しんだ。また乙宮を都合よく使うつもりなのではないかと勘ぐったのだ。

しかし話を聞いていくうちに、どうやら本当に善意で言っているようだと考えを改めた。

それは乙宮が聖女ではないと判明した後に配置された部屋に起因している。彼女は追い出されるでも地下牢に入れられるでもなく、手厚い庇護を受けたように見えた。

しかし、教会としては彼女を囚人として扱っていたつもりらしい。

狭い部屋に軟禁されて、質素で少ない食事を出されて、慈悲として与えられたわずかな本を読むだけの生活。しかし乙宮、ひいては俺からすると、与えられた部屋は自分の部屋より数倍広いし、食事は家の料理より豪華だったから特に不満を表明するでもなく、その待遇に文句ひとつ言わなかった。

そのことに教会側は勝手に感銘を受けたようだ。

それに俺がアムールと外で生きると言い張っているところに、乙宮が象徴としての『聖女』になることを提案してくれた。

『お世話になるだけだと申し訳ないし、猫本くんの代わりにまた聖女しようか？』

つまりは、普段のミサやら国民への挨拶やらを乙宮が受け持ち、今回の森のように浄化が必要になった場合はこっそり俺が付いていけばいい……と言うような内容だ。

乙宮の申し出は非常にありがたかったが、そうなると乙宮の負担が大きすぎやしないかと戸惑った。しかし乙宮は、俺の心配をよそに『なんかね、わりと……悪い気はしないよ？』と強《したた》かに微笑んだ。その様子に、俺も笑った。

教会としても『聖女』がバトンタッチせずに済むのはありがたかったらしく、今では乙宮は司教から孫のように可愛がられているらしい。

俺は聖女としての役割を果たす代わりに、教会は干渉しない。

乙宮は教会から生活を保証してもらう代わりに、今まで通り聖女として人前に立つ。

こうして、俺は晴れて自由の身となったわけである。

「――神の御心は今日も皆様の平穏を願い、私は神の使徒として皆様を導くために――」

俺が思いにふけっている間にも、乙宮の演説は続く。

やはり少々話が長いが、その堂々とした出で立ちは聖女と呼ぶに相応しかった。

「適材適所ってやつかな……」

きっと俺ではそうはいかなかっただろう。

大勢に囲まれて萎縮してしまい、おどおどした姿に「本当に聖女なのか？」なんて後ろ指をさされていたかもしれない。

何より男だしな。それだけで『聖女』という名前には違和感があっただろう。

乙宮が聖女としての代役を引き受けてくれたことに感謝しつつ、俺は足を止めて彼女の演説に聞き入った。

「――さぁ、我々と共に祈りましょう。神はすべてを見ています。皆様の平和を脅かす悪からは聖女の名のもとに私がお護りすると誓いましょう！」

高らかに演説を終え、観衆から拍手を受けて胸を張る姿は、自信に満ち溢れていきいきとしていた。そんな乙宮の元気そうな様子に安堵し、感謝の意も込めて俺からも拍手を送る。

一礼し、護衛に囲まれながら乙宮が馬車へと移動する。

観衆もパラパラと散っていき、騒がしかった広場が日常を取り戻そうとした時だった。

「待ってくれ！」

広場に、一人の男の声が響いた。

そのままギルドに向かおうとしていた俺の足が、地面に縫い付けられたように動かなくなる。

「……マーロ」

一緒の空気を吸うのすら嫌な人物が、数人の冒険者を引き連れて立っていた。

硬直してしまった俺を、アムールが引き寄せる。事情を知らないエモワは不思議そうな顔をしたが、ただならぬ雰囲気は感じ取ったようだ。俺達とマーロを交互に見て黙り込む。

幸い、マーロは俺達には気が付かなかったようで、その場に跪くと相変わらずの芝居がかった口調で乙宮に告げた。

「聖女様に聞いていただきたいことがある。私は混沌の森の討伐に参加していた者だ」

乙宮が足を止め、ゆっくりと振り向く。

それを見て、マーロはさらに朗々と声を重ねた。

「森であなたが起こした奇跡は凄まじかった。すべての傷を癒やし、魔物を退けた聖なる力は紛れもなく奇跡だ。ただ、皆と戦い傷ついたにもかかわらず、私は奇跡の力を与えられなかった……」

悲しげに切々と語るマーロは、端整な顔立ちもあって悲劇のヒーローのように見える。

確かにマーロの右腕は三角巾で固定されており、包帯も巻かれている。どれほどの怪我かは分からないが、今、彼の腕は使い物にならないようだ。

周りに居る冒険者はマーロの知り合いなのか、同情の目をマーロに向けながら寄り添っている。

乙宮も彼を見て、両手をぎゅっと握りしめると彼のもとに歩み寄った。

「まぁ……命がけで参加してくださったのに、神のご加護を受けられなかったのですね。それはお辛かったでしょう……」

マーロに近づく乙宮をとっさに止めようと駆けだしかけて、エモワに止められた。

こんな大勢の前でマーロが彼女に何かするとは思えないが、知り合いが無防備に近づくだけでも恐ろしい。歯ぎしりする俺をよそに、二人は手が触れるほどの距離まで近づいてしまう。

「今すぐ私の力でお助け出来るわけではありませんが、できる限りあなたのために祈りましょう。あなたのお名前をお聞かせ願えますか？」

「聖女様……」

乙宮が優しい声でマーロと視線を合わせるように屈《かが》んで、手を差し伸べる。

俺は拳を握り、差し出された手を取ろうとするマーロの手を叩き落としたい衝動をこらえた。

「聖女様の慈悲に感謝します……私の名はマーロ。冒険者として皆を助けたい一心で混沌の森に出向いた者です」

「……っ！」

乙宮とマーロの手が触れる寸前だった。マーロへ差し出した乙宮の手が止まる。

「あなたがマーロ……」

「は？　聖女様？」

優しげだった乙宮の声が、急に感情の読めない冷たいものへと変わった。

その変わりようにマーロは怯み、呆気にとられているようだ。そんなマーロへ、乙宮は冷たく言い渡す。

「マーロさん、あなたに神の加護が与えられなかったのは、あなたにその資格がないからではないでしょうか」

「なっ⁉」

絶句するマーロに、ざわつく観衆。

口を開いたまま固まったマーロの代わりに前に出たのは、マーロと共に居た冒険者達だった。

「聖女様！　それはあんまりだろ！」

「そうよ！　マーロに加護をもらえる資格がないだなんて……っ」

高い位置にいる乙宮を睨みつけ非難する冒険者達。

しかし、乙宮は怯むことなく彼らの声を聞いていた。冒険者達はさらに言い募る。

「マーロはあれから魔法も使えなくなったんだぞ？　利き手の怪我も治るか分からないって医者から言われてるし、このままじゃ冒険者も続けられないじゃないか……っ」

「マーロはいつだって優しくて、いつも周りを助けてくれる善良な人なのよ？　真っ先に加護を与えられるべき人じゃない！　それを資格がないだなんて酷いわ！」

「二人共……」

怒りをあらわにして叫ぶ二人を見てマーロは辛そうに顔を歪めた。まるで友情の物語のように涙を誘うシーンだ。しかし、乙宮はそんな彼らを見下ろしたまま静かに口を開く。

「……話は分かりました。では彼が本当に善良な人間であるかどうか、これを聞いて皆様にも判断していただきましょう」

そう言った乙宮は、ローブの裾から丸い大きなガラス玉のような物を取り出した。

球体は、常に色を変化させてわずかに光を発している。その神秘的な光に、がなり立てていた冒険者達は一瞬声を失った。

その沈黙の隙に、乙宮がその不思議な玉に手をかざす。すると、球体の光が強くなり広場に声が響き渡った。

『――ははっ！　連続強姦魔か……――』

「……は？」

マーロが、間を置いて驚きの声をもらす。

それもそうだろう。ざらざらとしたノイズと共に流れたのは、紛れもなくマーロ自身の声だったのだから。

『――思い出しただけで熱くなるな……――』

さっとマーロの顔が青くなるのが見えた。

「な、なんで……」

『――逃げようとする相手を押さえ付ける瞬間がたまらないんだ。縛られて睨みつける姿も良い……──』

声が響き渡っていくごとに、広場に集まっていた人々の視線がマーロへと集まっていく。

『──なぜ皆この快感が分からないのかなぁ。男として相手を服従させたくなるのは当然だと思うのだけど──』

「なんで……なんでこんなものがっ！」

焦りを見せるマーロ。マーロを哀れんでいた二人も、驚きで目を丸くして彼を見つめていた。

この世界に録音機はない。代わりに使われるのが魔石だ。しかし音を閉じ込める魔石は貴重で、一般市民が持てる物ではない。

だからマーロも、まさか冒険者としても底辺の俺が、証拠を持っているなどと、微塵も思わなかったのだろう。確かに俺が貴重な魔石を手に入れるなんて不可能だ。そんな物買えるはずがない。アムールにだって入手困難な物なのだから。

だが、俺には文明の利器があった。そう、スマートフォンだ。

『──なぁ×××くん、キミもそろそろ私に墜ちないかい？　じっくり可愛がってあげるよ……××を思いながら涙を流してよがってくれたら最高だけど……──』

混沌の森で再会したあの時、咄嗟に起動させた録画機能。絶対に泣き寝入りしてなるものかと、震える指でバッグの中を必死に漁ったのを覚えている。

自分に信用がないのなら、信用に値する証拠を集めれば良い。画像は撮れなくとも音声はしっかり録音されていて、これでマーロに反撃できると大事にしまっておいたデータだった。

それを俺は乙宮にも聞かせたのだ。あのマーロのことだ。乙宮まで取り込もうと人の良さそうな顔をして近づくかもしれないと、彼女にマーロの正体を話し音声を渡していた。

けれど、まさか聖女としてこれほどのことをしてくれるなんて。

まるでこの時を待っていたかのような周到さに舌を巻く。

音声がだんだんと下卑た内容に変わっていくと、周囲の視線は冷たくなっていく。

「……み、みんな信じては駄目だ！　こんなの嘘に決まってるだろっ」

焦りながらも困ったような笑みを浮かべて冗談にしようとするマーロ。そんなマーロに、また別の人物が近づき声をかけた。

「ウルス！」

熊の獣人、ドリンクスタンドの店主ウルスだった。

彼はマーロと乙宮の前に歩み出ると、懐から紙の束を取り出し掲げる。

「この署名を皆にも見てほしい。この男に関する事だ」

束になった紙には、どれも文字がびっしりと書かれていた。それを見たマーロは目を輝かせる。

「ウルス……私が無実だと署名を集めてくれたのかい⁉」

しかし、そんなマーロにウルスは呆れの眼差しを送った。

「こんな短時間でそんな訳あるか。これは匿名での告発。マーロ、お前から襲われたと証言してくれた人がかなりの数居たんだよ。その人達にお前の罪を書き示してもらったものだ」

「は？」

ウルスの言葉にマーロの表情が再び引きつる。そばにいた冒険者も表情を曇《くも》らせ、マーロから距離を置き始めた。

「な、なにを言ってるんだウルス……」

「俺はある日突然、マーロを避けるようになった奴を何人か見てきた。お前の悪い噂を耳にしてからそいつらに声をかけ説明したら、協力してくれたよ。これ以上被害を出さないために……てな」

ヒクリと、マーロが口の端を痙攣させる。

どうにか冗談にしようとしたのか無理に笑おうとするマーロ。だが、言い訳すら浮かばなかったのか、酸欠の金魚のように口をパクパクと動かすだけだ。

静まり返った広間に、しだいに囁き声が生まれる。

「あのマーロさんが……」

「……冗談だろマーロ……」

「最低ね……」

さざなみのように広がる猜疑心。ひそひそと交わされる言葉は、好青年と呼ばれていた男に向けての誹謗だった。

不穏な空気に包まれる広場に、再び乙宮の声が響く。

「神はすべてを見ています。皆様の善行も、そしてあなたの罪も……」

「……っ！」

乙宮の言葉にマーロの目が見開かれる。そして、歯ぎしりが聞こえそうなほど食いしばったかと思うと、今度はつばを撒《ま》き散らしながら叫びだす。

「ふざけるな！　こんなっ、こんなもの信用できるかっ！」

「では問いましょう」

マーロの剣幕にも乙宮は怯まない。

乙宮はマーロを見下ろしたまま背筋を伸ばし、視線を観衆に流して問う。

「この方と聖女である私……皆様はどちらを信じますか？」

「……っ、キサマ……っ」

拳を握り、怒りで顔を歪めるマーロに、もはや好青年の面影はない。

「マーロ、お前……」

「嘘でしょ……気持ち悪い……っ」

引き連れていた冒険者達からも同情の眼差しが消え、マーロを蔑むものへと変わっていた。

周りからの信頼を利用してきたマーロ。

その化けの皮が剥がれ落ちた今、手を差し伸べる者など居るはずもなかった。

「くそっ、ふざけるなっ！　私は無実――……っ！」

その時だった。

なおも往生際悪く足掻こうとするマーロの体が突如吹き飛ぶ。観衆の内の一人がマーロを殴り飛ばしたのだ。

殴り飛ばした人物は、地面に叩きつけられたマーロに馬乗りになりさらに拳を振るう。

その拳は、何度も何度もマーロに叩きつけられ――

「――……ん？　あれっ⁉　アムールッ⁉」

――なんて、他人事のように見ていたが、よく見れば殴っているのはアムールじゃないか。隣に居たはずなのにいつの間に……

周りは止めるどころかやんややんやと煽り立てるもんだから、仕方なく俺がアムールを止めにいく。

これ以上はマーロが死んでしまいそうだったからだ。

しかしマーロを庇って止めた訳ではない。こんなクズのためにアムールに人殺しになってほしくないだけだ。

「アムール！」

名前を強く呼べば、顔に返り血を浴びたアムールが唇をつんと尖らせていた。

「……まだ殴りたりねぇ」

「もう十分だよ。ありがとうアムール、スッキリした」

俺がそう言うと、不承不承といった様子でアムールが立ちあがる。アムールの腕を引きながら横目で見たマーロは、自慢の綺麗な顔が腫れて哀れな姿になっていた。

「……っ、まっ待ってくれっ！　せめてアレは治してくれっ！　それぐらいいいだろっ‼」

衛兵に引きずられながら、鼻血を垂らしたマーロが最後に叫ぶ。

しかしもう、マーロの言葉に耳を傾ける者は誰一人おらず、その叫びは虚しく響いて晴天の青空に消えたのだった。

一連の騒動が終わった後も周りの興奮は冷めやらず、ざわつく広場の中心で乙宮がそっと馬車へと足を進めていくのが見えた。

「乙宮さ……」

そう声をかけようとした時だ。乙宮がこっそりベールをめくると俺を見て、ウインクをよこした。下手くそなウインクだったが、俺には最高にかっこよく見えた。

「……ありがとう」

俺は親指を立ててナイスの合図をこっそり送る。

それを見た乙宮は少しはにかんで馬車へと戻っていった。

「リョウ、もしかしてお前……」

その後、エモワが何かを言おうとしたが、途中で口をつぐむ。しかし俺はエモワの言わんとする事は分かる。エモワもそれに気づいたのか、気まずそうに頭をかく。

「……すまない、デリカシーに欠けてたな」

「いえ、良いんです。それに俺はアムールのおかげで未遂でしたから」

「そうか……しかし今日トワが居なくて良かったよ」

「そうですね、女性のトワさんにはショックな話でしょうから」

「いやそうじゃなくてな、トワが居たらマーロを本気で殴り殺してそうだからだ」

「あの女がショックを受けるようなタマかよ」

「……」

二人の言葉で、アムール以上に拳を振るうトワが安易に想像出来てしまい、苦笑いを浮かべる。

確かにトワがこの場に居なくて良かっただろう。エモワや俺に止められる自信がない。アムールは止めずに一緒に殴ってそうだし。

だんだんと周囲の興奮もおさまり静けさを取り戻しつつある広場から、マーロが消えていった街路を眺めた。

「……今日はもう帰ろうかアムール」

「飯食ってからにしようぜ」

「俺もなんだか依頼を受ける気分じゃないな。俺も一緒に良いか？」

「もちろんです！」

利き手が不自由になり、魔力も失い、地位は剥奪され、周りからの信用も地に落ちたマーロの行く末は……まぁ、ろくなものではないだろう。

ちなみにマーロが最後に懇願したアレとは、まさにアレのことだった。つまり、男性生殖器だ。

後々分かった事だが、どうやらマーロは混沌の森の瘴気《しょうき》に誰よりもあてられて勃起不全になったらしい。

それを聞いて噴き出してしまった俺は悪くないと思う。また一つ世界が平和になって良かったじゃないか。

俺は罪を憎んで人を憎まずの精神でいられるほど聖人ではないようだ。

今日の食事はいつにも増して美味しかった。

エピローグ

美味しいご飯をたらふく食べて、ついでに買い出しをしてアムールと共に家に帰る。

上着も脱がずベッドにダイブし、ふかふかの枕に顔を埋《うず》める。

「うー幸せ」

「簡単だなお前の幸せは」

「些細なことに幸せを感じてこそ、幸せになれるんだよ」

ごろんと上を向いて熱弁すると、アムールがちょっと唇の端を上げた。皮肉げな笑みが似合う。

今日はいい天気だったし、好きな果物を買いだめできたし、そして何より、大きな不安が取り除かれた。

乙宮には、手紙を送って欲しい物を探っておこう。そして、いつかこの世界で街を一緒に歩けたらいい。二人で一人の『聖女』として、そしてこの世界にどういうわけか連れてこられてしまった二人として。

まだきっと顔を合わせたら、前の世界の話をしたり下手したら泣いたり後悔したりすることすらあるのかもしれないけど、きっといつか、この世界にずっと居たような顔をして笑い合うことだってあるだろう。

この世界でこの世界の服を着て、この世界の食べ物を食べ歩きする俺と乙宮の姿を思い描いて、ちょっと笑う。それから俺はごろんとまたベッドの上で転がって、アムールを見上げた。

「……今日の晩ご飯どうしようか……」

「今飯食ったばっかなのにもう晩飯の心配かよ」

「だって今日は夜までだらだらしたい気分なんだよ」

思いっきりだらだらするためにも準備が必要なのだ。

なんかもう、手軽に食べられるものがいい。

「サンドイッチでいいかなぁ……」なんて呟いたら、アムールがぴくりと耳を動かした。

「なんだそれ」

そっか。この世界ってサンドイッチないのか。なんか伯爵とか公爵とかが作ったってそう言えば習った気がするような。

「薄く切ったパンに、肉とか野菜挟むの」

「変な食べ方だな」

「そーかな？　俺の世界、だけのやつかも。んー……ねむ……」

アムールと会話をしているうちにどんどん瞼が重くなっていく。

シーツが窓から入ってくる陽光にじんわり照らされて、俺の身体も温められていく。

まだ日は高いのに、心地よい眠気が襲ってくる。色々と満たされたからかな。こんな時間に寝たら夜に眠れなくなるぞという罪悪感がさらに眠りに誘う。

寝ちゃ駄目だと思ったら余計に眠くなるのは何故だろう。

そして俺は、早々にまぁ良いかと開き直った。

夜眠れなくなったなら夜ふかしすればいいんだ。

なんたって俺は自由気ままな冒険者なんだから。

せめて上着ぐらい脱がなきゃなぁ、と考えるとさらに眠くなる。意地が悪い睡魔だ。

「……おい」

アムールの声が聞こえる。呼ばれているのは分かるが、返事をするのも気だるくて瞼を閉じたまま寝たフリをした。

「……寝てんのか？」

——そうです俺はもう寝ています。一時間ぐらいしたら起こしてください。

頬をツンツン突かれているが、俺は頑として寝たフリを続行した。今日はだらだら過ごすと固く決意したのだ。アムールにだって邪魔はさせないぞ。

すると諦めたのか、アムールの手が俺の頬から離れる気配があった。

しめしめ、やっとゆっくり昼寝が出来ると、思考が深くベッドに沈みそうになった時だ。

「……？」

手が、何かを触ってる。

夢の世界に行きかけた思考を少しだけ現実に戻すと、手首を掴まれて強制的に何かを触らせられているようなのだ。

それはワシャワシャしていてちょっとツンツンしてて、モフモフしていた。

なんだこれ。このモフモフはなんだ。何をしているんだ。いや、俺は何をさせられているんだ。

あまりにも気になりすぎて夢の中へ行けず、俺は薄く目を開いた。

「〜〜っ！」

そこでは、アムールが、セルフなでなでをしていた。

三角のお耳を横に倒して、俺の手を使い自分の頭を撫でている。

気持ちよさそうに目を閉じて、嬉しそうに笑みを浮かべるその姿が——

「〜〜っ、可愛すぎだろ……っ!!」

「ンなっ!?」

俺はたまらずアムールの頭を抱きしめていた。だってこんなのどうしろっていうんだ。今俺は悶絶して死ぬ所だったぞ。誰だニャンコをこんなに可愛くしたのは。名乗り出ろ、お礼をするから。

俺が起きているとは思わなかったのか焦って固まっているのを良いことに、アムールの頭を揉みくちゃに撫でまくる。

そんなに撫でてもらいたかったのか。最近翻訳アプリ使ってなかったから気づかなかったよ、ゴメンなアムール。

俺が無言で撫でさすると、アムールが尻尾を膨らませて叫んだ。

「お、おいっ！　俺は別に……チビの手を使って頭かいてただけだからなっ！　勘違いすんなよっ！」

「うんうん分かってる分かってる。今は俺がアムールをどうしても撫でたくて撫でてるんだよ」

「……それならいい……」

俺が間髪容れずにそう返すと、プライドがなんとか保たれたのかアムールが素直に頭を預けてくれたので、俺は心置きなくモフモフを堪能する。

しばらく大人しく撫でられていたアムールだが、次第にゆっくりと体を動かし始めた。

どうやら中途半端な姿勢だったから楽な姿勢を探しているようだ。

抱えたアムールの頭がぐいぐい押すから、俺はそのままベッドに寝転んだ。そしてアムールが動かなくなったので、俺はまたナデナデを再開させた。アムールの頭を胸に抱いてワシャワシャと撫でながら顔を寄せて、頬でも毛並みを楽しんだ。

あまりこれをお猫様にやりすぎると、呆れて逃げられてしまうのだが、アムールは逃げずに好きにさせてくれて嬉しくなる。

「ふふ……」

硬そうに見えて実はフワフワの赤毛は、気持ちよくていくらでも撫でていられる。

腰にはいつの間にかアムールの腕が回っていて温かい。

時折ピコピコ動く耳が頬をかすめくすぐったいが、それもまた猫好きには幸せ以外の何物でもない。

おまけにフワフワ尻尾まで足に絡んできた。ここは天国か。

大好きなニャンコに甘えてもらえて、ふかふかベッドでゴロゴロ出来て、モフモフを思う存分堪能出来る。

今日はなんていい日なんだろうか。

この幸せを噛みしめながら眠ったら、きっと良い夢を見れるだろうな。

そう思い、そっと目を閉じる。夢の中でもキミに会えると良いな、なんて考えながら。

「んー……、ん？」

ようやく昼寝を楽しもうとしたのだが、違和感を覚えて目を開いた。

なんだか、胸元がすーすーする。

少し嫌な予感がしてそーっと視線を下に移す。

「——ちょっ、アムール何してんだよっ⁉」

「何手ぇ止めてんだ。まだ撫でとけ」

すると、いつの間にか服の紐がほどけ、胸元がはだけていた。

アムールの手は俺の腰に回ってるから、おそらく口だけで紐をほどいたのだろう。

半ば茫然としていると、ざらりとした感触が肌を襲った。

「うひゃあっ⁉」

アムールが俺の胸元に舌を這わせている。ざりざりとした舌の感触が滑るたびに、くすぐったさが這い上がってくる。

「アムール！　くすぐったいって……っ！」

「俺も撫でられるの我慢してやったんだ。お前も我慢しろ」

「自分から撫でられに来たくせにっ!!」

腰をガッツリホールドされてちろちろと首や胸元を舐められる。

それがむず痒くてくすぐったくて、そわそわしてしまう。

「ふはっ、アムール、ほんとくすぐったいってばっ」

まるでくすぐるような舌の動きに体を震わせ笑いをこらえた。俺の弱い所ばかりくすぐるから笑いが止まらない。

「んっ！」

アムールのいたずらにクスクス笑ってたら、チクリと軽い痛みがあって体が跳ねた。

それが何かを確認する前にさらに体を引き寄せられ、胸の突起を甘噛みされる。

「いっ、そこだめ……っ」

「こら、逃げんな」

思わず後ろに逃げ出そうとした体をまた引かれて、胸をカプリと食べられる。

「ひゃっ、んっ、そこや、だってば……！」

口の中でちろちろ転がされ、強く吸われてまた転がされる。

アムールからの愛撫を覚えさせられた身体は、与えられる刺激を素直に感じて嫌でも熱を上げてしまう。アムールの大きな手はいつの間にか俺の尻を揉みしだいていて、指がズボンの上から穴を探っていた。

「うあっ⁉」

ぐりっと指で押されて体が跳ねる。俺の反応を見て、アムールがいたずらっぽく笑った。

「こっちも触ってほしいんだろ」

俺の胸元から上目遣いで囁かれた声は、甘く蕩《とろ》けるように優しかった。

こんな優しい声で喋りながら、その実、やってることはまったく優しくない。

「触ってほしくない！　今日は嫌だって！」

俺の抗議の声なんて聞きもせず、アムールはズボンの中に手を滑り込ませ焦らすように穴の周りをなぞる。その感触にぞくぞくと震えた背中を、もう片方の手で撫で上げられて、俺は小さく声を上げた。

「ふっ、んん……ぁっ」

「もっと、声出せ」

焦れったい快感に耐えるためにアムールの頭を抱え込んでいたら、穴のふちをなぞっていた指がつぷりと挿し込まれる。暴れそうになる足には、アムールの足が絡みついて動きを封じられた。

潤滑剤も何も使っていない穴は滑りが悪く、アムールの指の侵入を拒む。

それでもアムールは小刻みに指を動かして、少しずつ中に入り込んでくる。

「やっ……あぁっ」

痛みはないが違和感がある。身体が震えるのは恐怖じゃなくて期待からだと理解して顔が熱くなった。アムールから与えられる快感を覚えてしまったこの身体はその次の刺激を待ちわびている。

「ア、ムール……早く……っ」

「……ちっ」

焦れったくて歯痒くて、思わずねだるような声が漏れた。同時にアムールの指がぐっと奥まで差し込まれ、中を広げるように動かされる。それに合わせて腰が跳ね、無意識に腰をアムールの腹筋に擦り付けていた。

「ふぁっ、あ、あっ、んぁっ」

ぐちぐちと動かされる指は、穴を柔らかくしながら俺のいい所を時折かすめていく。

その刺激が辛くて、俺はアムールの硬い腹筋に自ら腰を押し当てていた。

「はっ……」

「んっ、アムールぅ……っ、んあぁっ！」

アムールの吐息も熱っぽくなり、低い声が耳に伝うと、また背筋がぞわぞわと逆立った。

いつの間にか増やされていた指が、不意に動きを変える。広げるように動いていたものが的確に快楽を拾うポイントを狙いだしたのだ。

「ひっあっ、そこぉっ、だめっ！」

「ダメじゃねーだろ？　腰が勝手に動いてんじゃねーか」

「んぁっ、もう無、理っ……出ちゃっ」

ズボンの中で激しく動く指に合わせて、俺の体が激しく跳ねる。

同時に押しつけていたものも擦れて、一気に射精感が高まり、俺はついに体を痙攣させて、熱を吐き出していた。

「はぁ、はぁ、はっ、んん……」

一度達してくたりと力が抜け、抱え込んでいたアムールの頭を手放す。

すると息も整わないうちにキスされて、容赦なく舌までが入ってくる。

肉厚な舌に口の中まで蹂躙されて、また体が熱くなる。

しかし目の前の光景を見て、快楽でぼんやりしていた思考が一気に戻ってきた。

「んっ！　んぐっ」

窮屈なズボンから開放されたアムールのものが目に入ってしまったのだ。

完全に勃起して上を向き脈打つ、凶悪なアムールのそれ。先走りでテラテラと光る姿は凶悪以外の何物でもない。今まで何度それで泣かされてきたことか。

「あ、アムール……ちょっとまってっ」

まずい、と俺の直感が警報を鳴らす。

こんな時間からいたしたら、いったい何度付き合わされるのか。

今までの経験からも危険を察する。獣人だからなのか、それともアムールが特別なのか、この男は底なしなのだ。だから俺は考えた。今更逃げるなんて不可能だが、少しでも状況を良い方向へと持っていくには……

「待てるわけねぇだろ、さっさと――」

「――く、口で！　たまには口でしてみたいなっ！」

短い時間で考えて出た答えはこれだった。

せめて俺の尻のダメージを少しでも減らしたい。そんな思惑からの提案である。

焼け石に水かもしれないが、一回でも良いから無駄撃ちさせて俺の尻を守ってあげたい。

しかし、アムールは少し考えた後に、「……却下だ」と俺のズボンを剥ぎ取った。今ちょっと迷ったろ！

「ひぁっ⁉」

そして、すでにぐちょぐちょになっていた俺のペニスを掴んで扱く。

達したばかりの敏感な体には過ぎる刺激で、抵抗する力なんてあっという間に奪われてしまう。

ビクビク震える足を片方抱えられ、アムールの体が覆いかぶさってきた。

「――っ、あ」

熱いものが当てがわれる。グググッと穴を広げて入ってきた圧迫感に息が詰まりそうになって、細く息を吐いて力を逃がそうとする。

幾度となくアムールと繋がった事で無意識に覚えた感覚は、苦痛を快楽へと変えていく。

それでも始めの圧迫感は苦しくてアムールにしがみつこうとしたら、それより早くアムールが俺を引き寄せた。

「うあっ、ん、はぁ……っ」

角度を変えながら口付けられる。その合間に見た金色の瞳が綺麗で、思わず見惚れた。彼の目に映っている俺はとんでもなく蕩《とろ》けた顔をしていて――

「……っ、動くぞっ」

「ん……は、あぁっ！」

いつの間にかアムールの声から余裕がなくなっていた。そんな興奮気味な声がさらに俺を昂ぶらせる。

早く欲しくてたまらないと言うように腰を掴まれて、激しく打ち付けられ視界が揺れた。

「あっ！　あ、ぁんっ、や、まって、激しい……っ！」

ズチュンッと一気に突き上げられたかと思えば、壊れてしまいそうなほど激しい抜き差しが始まる。

快楽の波にのまれる感覚はいつも慣れなくて、必死にアムールにしがみついた。

「はぁっ、リョウ……」

「うあっ、あ、あっ……アムール……ッ」

熱っぽく名前を呼ばれ、それだけなのにさらに体が快感で震えた。

きつく閉じていた瞼を開けば、涙で滲んだ視界にはまた金色の瞳。

俺はこの瞬間が好きだった。

熱を孕んだ強い眼差しはいつも俺を捉えて離さない。

きっと俺はみっともない顔をしているのに、アムールはそんな俺から決して目を離さず、焦がすような目で見てくるんだ。

「んっあ、あむーるっ」

アムールは俺と目が合うと、激しい動きをそのままに口づけてきた。そんな時、アムールは少しだけ笑う。

嬉しそうに、愛おしそうに笑って口づけてくるのだ。

そんなアムールにいつも胸がいっぱいになってしまう。

こんななんの取り柄もない平凡な男に、大好きだと全身で伝えてくれるから苦しいほどに幸せになるんだ。

「好き、だよ……」

「っ、くそっ！」

「んあっ⁉」

アムールはこんなにも熱い想いを体で伝えてくれるくせに、言葉では言ってくれないから代わりに俺が言う。

すると急に繋がったままの体を引かれて、ベッドに座ったアムールの上に座る体勢になった。

「ひ、んっ！　あっ、ふか、い……っ」

自分の重みでさらに深くアムールを咥えてしまって、視界がチカチカと瞬いた。

アムールは俺の体重なんて感じていないかのように軽々抱えて好き勝手に揺さぶるから、俺はもう、ただひたすらに喘ぐことしかできない。

「ひっあ！　ぁあっ、あっ！」

下から突き上げられるたびに、奥の奥まで入り込んできて、目の前が真っ白になった。

「やら、もうむりぃ……ッ!!」

下から突き上げられて体が浮いて、落とされて、熱が奥まで入り込んでくる。

衝撃に耐えられず背中を反らすと、胸にも刺激があった。

ざらついた舌が執拗に舐《ねぶ》るから、気持ちいいのか痛いのか分からない。

ただひたすらに快楽の渦に巻き込まれていく。

「あんっ、ふぁ、あ、あっ、アムール!」

「リョウ、もっと呼べよ……っ」

「ひぁっ、あむ、アムール、アムール……ッ!」

俺が名を呼ぶ度に、アムールが嬉々として最奥を突き上げる。もう訳が分からなくなってアムールにしがみつく。そして、俺が絶頂を迎えると同時に、最奥で熱い飛沫を感じた。

お腹の中いっぱいに広がる熱さに身震いすると、くたりと全身の力が抜けた。

そのままシーツに埋もれてしまいたかったけれど、アムールから抱きしめられているからそれも叶わず、ぐったりと彼にもたれかかったまま荒い息を吐き出す。

「はぁっ……はあ……んぅ」

アムールはぐったりしている俺の後頭部を大きな手で掴み、頬や顎を何度も舐める。

まるで毛づくろいをするような優しい仕草が、さっきまでの強引な態度と相まっておかしくなる。

「はぁ……ん、ふふ……」

激しい絶頂の直後でぼんやりとした思考の中、大事そうに舐められるのがおかしくて、でも嬉しくて、目の前の頭をフワフワ撫でた。

すると気持ちよさそうに目を細めるから俺はもっと嬉しくなる。

俺の首筋に顔を埋《うず》め、頬を擦り寄せるアムール。ゴロゴロと喉を鳴らす幻聴まで聞こえてきそうなほど可愛くて、アムールが満足するまで撫でてあげたいと思った。

「んっ、ひぁっ」

ただ、黙って甘えてくれないのがアムールである。

頬を擦り寄せていたかと思えば、首筋をザラリと舐めて尻をやわやわと揉んできた。

「ちょ、アムール！　待ってよっ」

「待てねぇ、足りねぇ……」

「もうちょっと待っ、ん！　ぁっ」

いつの間にか俺の中で元気になっていた熱が再び動き出す。

そのままベッドに押し倒されてしまって、二度目が始まった。

「んぁっ……！　ま、待ってって、言ってるのにぃ……！」

「こっちは待てねぇっつってんだろ」

一度達したのだからゆっくりしてくれれば良いのに、アムールは再び容赦なく腰を叩きつける。

達した余韻がまだ残る体にさらに快感を与えられ、視界は滲み、頭の中が真っ白になる。

それでも、片手で抱きしめられながら耳元で熱い吐息を吐くアムールに愛おしさを感じてしまう。

俺はまたアムールの首に腕を巻きつけた。

「ん、んぁ、アムール……」

過ぎる快感は辛いけど、アムールから求められたらすべてを許してしまいたくなる。

人間は猫の下僕だなんてよく言うだろ。まったくもってその通りだと思うよ。

俺は可愛い猫から甘えてもらうために、なんでもしたいと思っちゃうんだから。

「……大好き」

そして俺に甘える目の前の猫をかっこいいと見惚れてしまう俺は、猫としてではなく一人の男としても、キミに溺れているんだろう。

＊＊＊

目を覚ますとベッドの上で一人だった。

服は着ていなかったけれど体のベタつきはないからたぶんアムールが綺麗にしてくれたのだろう。

窓に視線を移せば夜空が広がっていた。

どれだけ寝ていたんだろう。いや違うな。どれだけシていたんだろう、の間違いだ。

「うー……腰痛い……」

何度イかされたか覚えていない。ただアムールも俺の中で何度も達し、最後の方はアムールのものが尻から溢れていたような気がする。

「体、動かないじゃんか……」

時間がたっぷりあるからなのか無理な体勢でも抱かれて、日頃使わない筋肉が悲鳴を上げている。

だからあんな時間にするのは嫌だったんだ。

もう絶対にニャンコを甘やかさないぞ。なんて絶対に揺らぐだろう決意を胸に刻む。

「よぉ」

ベッドに寝そべったまま傷む股関節部を揉んでいたら、アムールが声をかけてきた。

「よぉ、じゃない。アムールのアホ」

ベッドの上からじっとり睨んだが、アムールはどこ吹く風で俺の服を渡してきた。

「着替えたら行くぞ」

そしてこんな事を言ってきたもんだから、服の袖に腕を通しながら俺は一瞬ぽかんとする。

「は？　どこに？」

「飯食いにだ」

いつも突拍子もないアムールにそろそろ慣れたい頃であるが、如何せん突拍子が無さすぎる。

５Ｗ１Ｈを教えるべきだろうか。

俺がアムールの教育について考えていたら、ズボンを押しつけて急かしてきた。

どうやらアムールは早く晩ご飯を食べに行きたいらしい。だが……

「いや、俺動けないんだけど……アムールのせいで」

服を着るだけでも関節が悲鳴を上げる。俺だってお腹は空いているが外出は難しそうなのだ。何度も言うが、アムールのせいで。

しかしそんな事で諦めるアムールではない。

「抱えていく」

「嫌だよ！」

アムールに抱えられたままいったいどんな顔して街中を出歩けばいいんだ。

嫌だ嫌だと抗議する俺を、アムールは構わず抱きかかえる。

こんなことならズボンを履かずに布団に潜っていればよかった。

「んもぉ……っ、アムールのアホ！　バカ！　すっとこどっこい！」

「ぐちぐちうっせぇ。すっとこどっこいってなんだ」

アムールに横抱きにされ、せめてもの抵抗に服を頭から被って顔を隠す。

夜の冷たい風を感じながら、繁華街に着いたら人からどんな目で見られるのかと今から羞恥心が募る。唯一救いだったのは、アムールの動きが速いから服を被っていたらたぶん何か荷物を運んでいるようにしか見えないだろうということだけ。

――しかし、それにしてもいつまでも店に辿り着かない。それどころか街の喧騒から遠ざかっているように感じ、俺はそっと顔を上げてみた。

「え、どこだここ……」

そこは、完全に街から外れた道だった。

街灯もなくて、アムールが進めば進むほど街の明かりから遠ざかっていく。ひんやりとした夜の空気が肌に触れて、俺は思わず首をすくめた。

「ね、ねぇアムール、どこ行ってんだよ」

「だから飯食いにって言ってんだろ。ちゃんと話聞いとけよ」

「だからそれがどこだって言ってんだよ！」

行き先が分からず不安になる俺だったが、アムールはそんな俺に追い打ちをかけるように道から逸れ、森に入ってしまう。

「えっ、アムール⁉」

「黙ってねぇと舌噛むぞ」

「っ！」

森に入って、アムールがさっそく木に飛び移った。

アムールには見えているのだろうが、真っ暗な夜の森は俺の目には何も見えず恐怖しかない。

アムールに抱えられて絶叫マシン気分を味わうのは慣れたつもりだが、こんなに何も見えないのは初めてだ。とにかく振り落とされないように必死にしがみつき、どこかは知らないが早く目的地に辿り着くよう願った。

「おい、着いたぞ」

永遠のような時間に感じながら必死でしがみついていたら、やっと頭上から声がかかった。

うっすらと目を開き、顔を上げる。

きつく目を閉じていたから気づかなかったが、いつの間にか周りが明るくなっていた。

「……っ！　うっわ……っ」

そして目に映ったのは一面に広がる銀世界だった。

一瞬雪が積もってるのかと思ったが、その景色はさわさわと優しく波打っている。よく見ればそれはまるで猫じゃらしのような草が生い茂る草原だった。

その中心には、見覚えのある大木がある。

「ここって……前に来た草原？」

「あぁ」

ここは、以前アムールに連れられてきた草原だった。

今は星に照らされて銀色に輝いている。

「凄いなぁ……」

昼間とは顔を変えた世界に圧倒されている俺を抱きかかえたまま、アムールは大木の根元へと足を運ぶ。

そしてやっぱりと言うべきか、そのまますする木を登り、どすりと大きな幹に腰を下ろす。俺も慣れたもので、アムールの胸に背中を預けて体を安定させた。

「アムールって高い所好きだよな」

「嫌いなやつ居るのかよ」

「……けっこう居ると思うから気を付けた方がいいよ」

なんでも自分を基準にするのは考え物である。

誰でも彼でも木の上に連れてこようとしないように言い聞かせないと被害者が出るかもしれない。

そんなことを考えていたら、目の前に葉っぱで包んだ物を差し出された。

「何これ？」

「お前が言ってたへんてこな食べ物だ」

「へんてこって……」

なんだ？　あまり頭の中に該当する物がなくて首を傾げながら葉っぱの包みを開けてみる。

すると中にはパンに肉を挟んだ物が入っていた。

たぶん、サンドイッチだ。

「え……これアムールが作ったの？」

「俺以外に誰が作るんだよ」

簡単な説明しかしていないのにちゃんとサンドイッチの形をしている。俺が寝てる間に作ってくれたのか。

ただパンが厚すぎて頬張れそうにないのが残念である。パンも硬いから俺の顎では噛み切れないだろう。あと肉しか入ってない。

「変な食い方だと思ったが悪くねぇな」

「そっか、良かったよ」

アムールは硬いパンもなんのそのでがぶりとかぶりつき、パンのカスがパラパラと木の下に落ちた。朝陽が昇れば鳥たちが喜んで食べるだろう。

俺はアムールのように豪快に食べられないので、上下に分けて食べ始めた。

サンドイッチというよりブルスケッタのようだが、肉はしっかり味付けがしてあって美味しかった。

食べ終わるとすぐに次のパンを渡される。俺が一つ食べ終える間にアムールは二つ三つ平らげていた。いったい何個作ったのだろうか。

それでも夢中になってかじる姿が愛らしくて、満腹になってからはアムールが全力でサンドイッチを食べる姿を鑑賞していた。

「まだ二個しか食べてねーじゃんか」

「いや二個も食べたからね？」

食べ終えたあとは、アムールに寄りかかって共に空を見上げる。

前の時は青空が綺麗だったが、今は満天の星空が広がっている。

「綺麗だねー」

「そうか？」

「綺麗だろ？　アムールはそう思わない？」

「別に……嫌いじゃねーけど」

そう言って俺の腹に腕をまわすアムール。

そして顎は俺の頭に乗せ、星を見ていた俺に再び語りかける。

「……あのへんてこな食いもん……」

「え？　あぁ、サンドイッチ？」

「名前も変だな。そのサンドイッチとかいうやつ、うまかったか」

「うん、美味しかったよ。ありがとうアムール」

「他には」

「他？」

珍しくよく喋るなって思っていたら、今度はよく分からない質問をされる。

「他にって？」

俺が質問に質問で返すと、俺の頭に乗っていたアムールの顎がごすごすと俺の頭を突いた。

「他には、お前んとこではどんなもん食ってたんだよ」

「他に……」

なんでこんなことを訊くのだろう。

不思議に思って見上げれば、俺を見下ろす瞳とかち合った。

こちらを探るような瞳のアムールの意図が分からなくて、でも金色の瞳が星みたいで綺麗だったから、しばらく眺めてしまう。

すると、むーっとし始めたアムールが俺の頭をワシャワシャかき混ぜた。

「うわっ、なんだよ」

「うっせ……」

ちょっとだけ不貞腐れたような声。それで、気づいたんだ。いつものアムールの癖。気づいて、納得する。

あぁ、あぁそうか。

「ふ、ふははは っ」

「何笑ってんだよ」

「いや、ふふ、なんでもないよ……」

キミはたぶん、俺に元の世界の物を食べさせてあげたいんだね。それで俺を喜ばせようとしてくれているんだ。

だけど素直に言えないから、なかなか上手くいかなくて不貞腐れちゃう。

「もう、キミらしいな……」

いつもそうだ。まるで興味ないみたいにしてるくせに、本当は俺の言動を全部覚えてくれている。

そしてたくさん考えるんだ。俺がどうしたら喜ぶかって、たくさんたくさん考えてくれる。

アムールの突飛な行動は、いつだって俺のため。

「……ずいぶん楽しそうじゃねーか」

「うん、楽しい」

訳も分からず笑う俺の頭を、アムールが面白くなさそうにぐちゃぐちゃにした。

そんなアムールの手を取り、俺は指を絡める。

「アムールと居ると楽しいよ」

そしてまた見上げれば、アムールはびっくりした顔で俺を見ていた。

だけどすぐに不貞腐れた顔に戻って、ふいっとよそを向いてしまう。

でも俺は気づいてしまった。

アムールの唇がちょこっと持ち上がっていて、笑いを隠せていない。おまけに耳がちょっと横に倒れている。

思わず手を伸ばして頭を撫でると、アムールは不貞腐れた顔のまま目を細めた。長い尻尾が俺に巻きつく。

――ねぇアムール、本当はさ、サンドイッチは元の世界の思い出の味でもなんでもないんだ。別に、元居た世界が恋しくなって言ったわけじゃないんだよ。だけど今、確かに大切な思い出の味になったんだ。

「次はカレーでも作ってみようか」

それもきっと、カレーとは似ても似つかないような物が出来上がりそうで、俺は思わず笑った。

だけどきっとそれもさ、キミと俺だけの思い出の味になるんだ。

それはなんて幸せなんだろう。

不貞腐れていたアムールが、俺の顔を見てまた少し表情を変えた。

そして、引き寄せていた腕の力が強くなって、顔が近づいてきて――

「ん……」

唇に感じるアムールの体温。視界が滲むのは、キミの瞳があまりにも優しかったから。

アムールが握っていた手を握り返す。

俺はこれからもキミと生きていくんだろう。

キミと生きていく世界はきっと、驚きと幸せを繰り返すんだ。

そしてきっとさ、俺の最高の人生に、なるんだろうね。

番外編　猫はツンデレぐらいでちょうどいい

猫はツンデレにかぎると思う。

もちろん素直に甘えられるのも可愛くて嬉しい。

しかしそっぽを向きながらもそばにいてくれるような素直じゃない甘え方も可愛いと思うんだ。

というかね、猫はただでさえ可愛いんだから、素直に甘えられたら可愛すぎて手がつけられない。

猫はツンデレぐらいでちょうどいい。だからアムール、頼むからツンデレに戻ってくれ！

＊＊＊

「リョウ〜」

「あっ、トワさん！」

依頼を終えた帰り道、今日は疲れたから外で食べて帰ろうとアムールと話していた最中だった。

声をかけられて振り返ると、エモワとトワが手を振っていた。

「二人も今から飯か？」

「はい、エモワさん達も？」

それから流れで夕飯をご一緒することになった。

大勢でわいわいするのが好きじゃないアムールはぶつくさ言っていたが、たまには良いじゃないか。

日頃はあまり行かない酒飲み場に四人で向かう。

俺もアムールも酒は飲まないから足が遠のいていたが、酒飲みに合わせた料理は味がハッキリしていてたまに食べると美味しかった。

「そういえばリョウは酒が飲めないのか？」

ある程度食も進んで、冒険者談議に花を咲かせていた時だ。

アムールがトイレに立ったタイミングでエモワからそう訊かれた。

俺は酒を飲んだことがない。なんたって元の世界では『お酒は二十歳になってから』が共通の認識だったので、俺はその決まりを守っていた。

いや違うな。純粋に酒を美味いと思えなかったからだ。

父親から冗談でビールをすすめられて泡だけ飲んでみたが、ただ苦いだけで何が美味しいのか分からなかった。あんなにフワフワで甘そうな見た目をしておいてなんで苦いんだよ、と裏切られた気分になったのを今でも覚えている。

だからエモワにも「酒を美味しいと思えないから……」と返したら、トワがすかさず店員をつかまえて注文する。

「これなら初心者でも飲みやすいと思うわ！　アルコールも強くないし、甘いけどすっきり飲みやすいの」

酒の美味さを知らないなんて人生損してる！　と言い出しそうなトワはもうすでに酒を三杯おかわりしている。そんなトワがグイグイ勧めてくるから、これも付き合いだと思って一口だけ飲んでみて、思わず呟いた。

「あ、美味しい……」

この世界で手にしたお酒は、想像したものとはずいぶん違っていた。

苦くもないし、酒臭くもない。

スポーツ飲料のようにすっきりしていて、いくらでも飲めてしまいそうな美味しさだ。

世の中にはこんな美味しい飲み物があったのか、異世界バンザイ。

いや元の世界にももしかしたら似たような酒があるのかもしれないが、出合わせてくれたこの世界にバンザイだ。

「美味しいですトワさん！」

「そうでしょうそうでしょう……酒の美味しさに気づいたリョウはまた一歩大人になったのね。よし奢りよ！　いくらでも呷《あお》りなさいっ！」

「こらトワ止めなさい」

さらに追加注文しようとするトワをエモワがやんわり止め、酒に慣れていないなら水や料理を挟んで飲むようにと注意された。

「なぁによぉ、お酒は飲みたい時に飲むべきじゃなぁい……っ！　エモワのみどり髪ぃ」

「トワさんみどり髪は悪口になってません」

「エモワの腹巻きぃ」

「……腹巻きしてるんですか？」

「寝てる時だけだ！　腹が弱いんだよ俺は……トワ、飲みすぎだ」

この世界にも腹巻きってあるんだな。

トワは程よく酔っているように見えたが、もうすでに出来上がっていたようだ。

幸せそうな笑みを浮かべてさらに酒を飲もうとするトワの手に、エモワがさり気なく水を持たせる。

これはこれで楽しそうだが、アムールがここまで適切な介抱をしてくれるとは思えないので酒は程々にしておこうと思った。

「もう酔ってんのかよ」

「アムールおかえり」

その時ちょうどアムールが戻ってきた。

水を飲まされて文句を言いながらエモワに絡むトワを見て、アムールが呆れたように言う。

「飯食い終わったなら帰るぞ」

「あ、待って、今新しい飲み物きたばっかりだからそれ飲み終わったら――あっ」

俺がそう言うや否や、アムールが俺のグラスに口を付ける。

「――っ!? うげ、なんだこれ……あめぇ」

「いやそれ俺のだよ」

「というか、大丈夫かアムール」

俺がアムールのグラスの横に酒を置いてしまったからだろう。アムールは自分のグラスと間違えて俺の酒を一気に飲んでしまい、げーっと舌を出して不味そうな顔をする。

そんなアムールにエモワが心配そうに声をかけたことで、俺も気づいた。

そういえば俺、アムールが酒を飲んでいる所を見たことがない。

「ね、ねぇ、アムール大丈夫？」

「何がだよ」

「だってそれ……」

「ンなことよりもう食い終わったのか？ さっさと帰ろうぜ」

「あー……うん、そうしようか」

酒が飲めない体質なのか、それとも単に酒が嫌いなだけなのかは知らないが、飲んでしまったものは仕方ない。本格的にアルコールが回る前に帰った方がいいだろう。

幸い俺は薬草の知識もある。アムールの具合が悪くなったら薬師のオヤジさんから教えてもらった調合で対処出来るはずだ。

慌てて懐を探して、二人分の代金を机に置いて、頭を下げる。

「……じゃあ、エモワさんトワさん。俺たちはこれで失礼します」

「あぁ、気をつけて帰れよ。特にアムール」

「なんで俺なんだよ。こいつだろ」

エモワの言葉に腑に落ちない顔をしながら、俺と共にアムールが席を立つ。ふらついている様子はない。とはいえ、大丈夫か分からないし急いで帰ろう、と足を速めた。

——結論から言うと、大丈夫じゃなかった。

「……おいリョウ」

「ん？　はい？」

珍しく名前を呼ばれ、驚いて振り向くと、少し目元を赤くしたアムールと目が合った。

そして……

「……リョウは……可愛いな」

「はっ⁉」

なんて、言い出したんだよ。

空耳にしてははっきり聞こえたありえない単語に目を見開く。

すると、アムールがふわりと微笑んだ。

あのアムールが、微笑んだ。いつもへの字になっている口がふにゃんと緩んでいて、きりっとしているはずの金色の瞳がとろとろに蕩《とろ》けている。

これは一大事だ。

「あ、アムール、大丈夫か⁉」

「……大丈夫じゃない」

「やっぱりっ！　どこか気分が悪い――」

「――リョウが可愛すぎて大丈夫じゃない」

「何言ってんのっ⁉」

アムールの口から出てくるはずのない単語がまたもや飛び出す。

いやホントに何言ってんだ。

知らない生き物でも見るようにアムールを見ていたら、優しく微笑まれたまま身体をぐいっと引き寄せられた。そして俺の顎を掴み、顔を寄せてくるもんだから、慌てて腕を突っ張る。

「アムール！　アムールは今酔ってんだよ……だから俺なんかが可愛く見えちゃうんだって！」

俺は必死にアムールを説得する。

いくら酔っ払い相手だとしても、こんな公衆の面前で不埒な行為など出来るか。

しかしアムールはそんな俺の手を掴み、つんと口を尖らせた。

「……違う」

「アムール？」

その拗ねた表情はいつも見ているものとおんなじだ。やっといつものアムールに戻ったのだろうかと期待したのだが、またすぐにアムールの表情が甘いものに変わる。

「リョウは最初から可愛かった」

「うぇえ……っ⁉」

掴んだ俺の手にキスしながら、そんなことを宣《のたま》う姿に、ひえっと身体を強張らせる。

「リョウ」

「今度はなんだよ……」

「好きだ」

「うぐ……っ」

危険だ。これは命の危険が迫っている。さっきから心臓が破裂しそうだ。

俺は無駄にワタワタしながらアムールへ懇願する。

「早く……っ、一刻も早く帰ろうっ！」

「早く帰りたいのか？」

「そうだよ！　今すぐ帰りたいんだよっ！」

「分かった」

家に帰ってささっと寝かしつけよう。

今のアムールなら「一緒に寝ようね」と言えば素直に寝てくれる気がする。

俺のお願いに嬉しそうにしたアムールは、俺を横抱きにして街を疾走した。とんでもなく恥ずかしいが、この羞恥心を我慢すれば平和が待ってる。

そう信じて俺はアムールの胸に顔を埋《うず》めたのだが……

「――なんで帰ってまで、俺を抱いたままなんだよぉ……」

「早く帰ってイチャイチャしたかったんだろ？」

「違ぁーう！」

「……俺はしたかった」

「うおっふ……っ」

家に帰り着いても、アムールは俺を離さなかった。

俺を横抱きにしたままソファーに座り、嬉しそうに俺の頭とか首の匂いを嗅いでいる。

アムールとは思えない可愛い行動と、破壊力抜群の発言に為す術なく、俺は熱くなった顔を両手で覆って項垂れた。

そんな状態であっても、アムールは構わず俺の耳に低い声を注ぎ込んでくる。

「リョウ、好きだ」

「分かったってばぁ……」

態度では嫌というほど表していた好意。でも言葉では一度も聞いたことはなかった。

なのに、家に帰る最中も帰ってからもずーっと熱っぽく囁かれている。一生分の好きを言われているんじゃないだろうか。

急にデフレを起こすんじゃない。市場が混乱するだろ。

熱い頬を押さえ、耳を塞ごうとすると、アムールがむっとした表情になって俺の胸に頭を預けた。

「リョウも好きって言え」

「す、好きだよもちろん……」

「一日一回撫でろ」

「分かった。分かったから……っ」

「朝起きた時と寝る前と昼にも撫でろ」

「一日一回じゃなくない？」

なんだかだんだん可愛いことを言い出したアムールに心臓が落ち着いてくる。人間の身体とはよく出来たもので、無理だと思うような事態にもちゃんと慣れるように作られているらしい。

俺の返事には答えず、アムールはまた顔をすり寄せてくる。

「他のやつと喋るな。毎日構え。俺だけ見ろ。リョウは俺のパートナーだろ」

「えぇー……可愛すぎる……」

「あともっとわがまま言え」

「わがまま？」

「リョウのわがままをなんでも叶えて、リョウにかっこいいと思われたい」

「ふぐぅ……っ、もうすでに世界一可愛いよアムールは……っ!!」

「かっこいいって言え」

「かっこいい！　アムールは世界一かっこいいよっ！」

「リョウは世界一可愛い……」

「もう無理っ！　誰か助けてっ！」

駄目だ、慣れなかった。これは無理だ。

俺は爆発しそうな感情を持て余し、涙目になりながら叫んでいた。

すると、アムールがひやりとした雰囲気を纏い、きりっとした顔でこちらを見る。

「泣くなリョウ。お前を困らせる奴は砂かけて埋めてやる」

「いやウンコじゃないんだから……てかお前のことだよ！」

俺の滲んだ涙を親指で優しく拭うスパダリっぷりを発揮しているが、俺を泣かせる元凶はお前なんだよ。

実はと言うと、俺はアムールがもっと素直になってくれないかな、なんて思った日もあった。

お詫びして訂正いたします。

アムール、キミはツンデレぐらいでちょうどいい！

「リョウ……」

「うン……ッ！」

なんて、過去の自分に謝罪させていたら、いつの間にかアムールに優しく唇を塞がれていた。

キスをしたまま、優しく後頭部を掴まれて腰を抱かれ、ふわりとソファーに押し倒される。

「ふぁ、ん、ふんんっ」

大きな体で俺を囲み、優しい手つきで髪を梳《す》くくせに、俺の口腔内を犯す舌は全然優しくない。

俺の舌を強引に絡め取ったかと思えば、引き出して甘噛みされる。

ぬるりと絡みつく舌は勝手に俺の熱を上げていく。

「はぁっ、も、アムール……っ」

ただでさえ日頃と違いすぎるアムールにいっぱいいっぱいだったのに、熱い欲までぶつけられては完全にキャパオーバーだ。

今日は勘弁してほしくて、はふはふと呼吸をしながらアムールを止めれば、とろりと蕩《とろ》けるような甘い眼差しとかち合ってしまう。

そのくせ瞳の奥は逃さないとばかりにギラついているのを見て、体の奥がズクンと疼いた。

ズルい、こんなの勝てっこないじゃないか。

甘さと優しさと強引さを全部ぶつけて、俺をいったいどうしたいんだ。

「リョウ……」

甘く甘く名を呼ぶアムール。それだけで叫びだしたくなるほど動揺してしまって、心臓に悪い。

いつにないほどの甘い空気に、俺もだんだんと絆されていく。

もうこのまま甘く流されてもいいんじゃないか、なんて考えだした時だった。

「ぎゃっ!?」

ズボンを下着ごとスポーン、と剥ぎ取られた。突然の荒業に目を白黒させていたら、アムールは両膝を持って下半身だけを高く上げるような姿勢に俺を持っていく。

そしてそのまま、俺のそれにパクリと食いついた。

「はっ!?　ちょっ……アムー、ルっ!!」

やはりアムールはアムールだった。

ムードなんてもんは簡単にぶち壊して、本能の赴くままに行動する。

先程の甘さはどこ行ったんだってぐらい激しく口で愛撫されて、突然の行動に動揺すると同時に腰が勝手にかくかく揺れてしまった。

「……あめぇな」

「ひぁっ、しゃ……喋るなぁっ」

男のそんな所が甘いはずない。なのにアイスキャンディーを夢中で舐める子供のように、アムールがジュボジュボと音を立てて頭を上下させ、時折強く吸う。

俺の先走りなのかアムールの唾液なのか、どちらともつかない体液が尻をつたった。

湧き上がる射精感に身を震わせ、きつく目を閉じた時だ。

アムールが急にピタリと動きを止めてしまう。

「あ……っ、アムール……？　ひっ⁉」

寸前の所で焦らされて思わず残念そうな声を出してしまったが、直後に悲鳴を上げる。

ありえない感覚に驚いてきつく閉じていた瞼を開けば、アムールの頭がありえない所にあった。

俺の尻の間にアムールの顔が埋まっている。

驚いてアムールの顔を引き剥がそうとしたが、肩と頭で体を支えているような体勢だからうまく手を伸ばせない。

そうこうしている間に穴に熱い物が挿し込まれた。

「う、うそっ、だめ、だって……アムールッ」

奥まった場所に挿し込まれているのは、間違いなくアムールの舌だ。信じられなくて体を必死で動かそうとしたが、両足をしっかりと掴まれていてびくともしない。

熱いものが、くちゅりと穴の柔らかさを確かめるように入ってきては出ていき、また入る。

その動きは徐々に大胆になり、鼻で陰嚢を刺激しながら抜き差しされた。

「……ああっ、や、めっ！」

「気持ちいいのか？」

「そんなわけないだろぉ……っ」

こんなもの、ただひたすらに気持ち悪いだけだ。そう言おうとした瞬間、竿を掴まれた。

指で輪をつくりしゅっしゅっと上下に扱かれて、体が跳ねる。

「ヒクヒクしだしたぞ……？」

「言、うなぁ……っ」

アムールの言う通り、快楽を与えられてさらなる快楽を求めるように、穴がヒクヒクと動いているのが自分でも分かってしまう。

こんなのありえないのに、体は次の快感を期待してしまっている。自分の体が知らないものへと塗り替えられていくようで、羞恥と少しの恐怖が湧き上がった。

泣きそうになった顔を両腕で隠そうとしたが、アムールがそれを拒む。

思い通りにいかない事がもどかしくてアムールを睨んだら、ずっと俺を見ていたらしいアムールと目が合う。その瞬間息を呑んだ。

「――っ、なんで……っ」

なんでそんなにうっとりとした眼差しで見てんだよ。

そんな目で見るような相手はここにはいないよ。

あまりの恥ずかしさに睨みつけると、アムールが愛おしそうに俺の頭を撫でてから微笑んだ。

「泣いて睨むくせに、すげぇ甘い目で俺を見てくるのが、可愛い……」

「……なっ、ンなわけ……っ」

「俺だけに見せる顔だ」

アムールが、嬉しそうに微笑む。

その顔にただでさえうるさい心臓が跳ねて、きっと変な顔になってるから隠したいのに、やっぱりアムールから阻止された。

こんな顔、可愛いわけないのにそんな顔で見るなよ。

いたたまれなくなって目をそらしたら、アムールの顔が近づいてきた。

「もっと泣かせて……いじめたくなる」

「ひんっ⁉　んあぁっ！」

突然、硬く昂ぶった熱が打ち付けられた。

俺が悶絶している隙にいつの間にか体勢を変えられていたようだ。

ビクリと跳ねて反射的に上へと逃げ出そうとした体はあっさり捉えられる。

「ひっあぁァッ‼」

大きな体で包むように強く抱きしめられたまま激しく動かれて、俺はアムールの胸に顔を埋《うず》め悲鳴のような喘ぎ声を上げた。

「はぁっ、リョウ……ッ」

肌同士がぶつかる音と粘度のある水音が卑猥に響く。

それより鼓膜を犯すのは、アムールの声だった。

熱い吐息と共に名を呼ぶ声は、まるで俺を求めているかのようで。

「リョウ、リョウ……ッ、俺のだ……俺の、可愛いリョウだっ」

「んぁっ、あっ！」

その彼に揺さぶられるたびに、彼に求められていることに歓喜している自分に気づいた。

「もっとだ、もっとっ……」

「もぉっ、んあっ！　あ、むーるっ！」

アムールの声は切羽詰まったものだった。余裕なんかなくて、容赦なく腰を叩きつける。あまりの激しい快感に気が遠くなって、今まで手加減してくれていたのだと思い知った。

そんな思考すらも強引に与えられる快楽に溶けていく。

「はぁあっ、あっ！　あぁぁ――っ!!」

「……ッ」

どくんどくんと脈打つ感覚が伝わってくる。

奥の奥まで熱いもので満たされて、俺も勢いよく精液を飛ばしていた。

しばらく強く密着したまま、互いに荒い息を吐く。先に呼吸を整えたアムールがゆっくり体を起こす。その腹は、俺とアムールの吐き出した白濁で汚れていた。

それに気づいたアムールは、おもむろに白濁を俺の腹に塗り広げた。

「ん……な、に？」

俺はまだ呼吸が整わないまま、息も絶え絶えにアムールの不可解な行為を問う。

するとアムールは、大好物の料理が完成したかのように嬉しそうに笑った。

「もっと、汚れろ。俺が汚したと思うと、すげぇ興奮する。俺のもんだって思えるからな」

「……っ、何、言ってんだよ……バカ」

とんでもない事を言っている自覚はあるのだろうか。ないんだろうな。

俺だけがテンパっていて、とんでもないことを言ったアムールは嬉しそうに笑うだけだった。

だからアムールの腹を力の入らない拳で殴ってやったが、アムールはやっぱり笑って、「お前にならバカと思われてもいい……」なんて、幸せそうに囁いて、手についた俺の白濁を舐め取った。


目を覚ますと、窓から白い光が差し込んでいた。

あー、もう朝か。と思って起きようとして、失敗した。

下半身に上手く力が入らないのだ。

まだぼんやりした頭で何があったんだっけと考えていたら、寝ぼけ気味の掠れた声が背後から聞こえてくる。

「ん……、あー、なんだ？　頭が重てぇ……」

その声にベッドに横になったまま振り返れば、頭をかかえて眉間に皺を寄せたアムールが起き上がっていた。

そうだ、昨日とんでもないことがあったんだった。

「アムール……」

「ん？」

一生分の糖分を摂ったかのように胸焼けがする事件をしでかした犯人は、けろりとした顔で俺を見下ろした。どうやら二日酔いと言うほどの体調不良ではないようだ。

「うわ、お前体どろどろじゃねーか」

俺は正体不明になるほど酔ってしまったアムールを心配したが、当の本人はこちらの気など知りもしないでそんなことを言う。

「……お陰様でね……」

あまりの言い草に笑いすら出ず、俺は皮肉っぽく言い捨てる。

しかし、そんな空気を読まないのが我が道を行く猫獣人である。

軽く伸びをした後に、アムールは睨む俺をお構いなしにベッドから抱え上げた。

「うわっ」

「ちっ……しゃあねーな。きたねぇから風呂入れてやる」

「しゃーないって、誰のせいだと……」

舌打ちと共に面倒くさそうに言うアムール。そんな勝手な行動にムカついて文句を言おうと見上げたら、そこにはずいぶんと上機嫌なアムールの顔があった。

何がそんなに楽しいんだよ。

『もっと、汚れろ。俺が汚したと思うと、すげぇ興奮する。俺のもんだって思えるからな』

「……っ！」

不意に、昨晩のアムールの声が蘇る。同時にとろけるように甘くて熱い眼差しも。

なんで今思い出すんだ。

濃厚で甘すぎた夜を思い出してしまって、俺の意思とは関係なしに熱を集めてしまう下半身。

俺は顔を赤くして気づかれないようアムールの腕の中で足を擦り寄せ身を縮めた。

「……煽ってんのか……？」

「は？」

しかし、聞き取れないほど小声で呟いたアムールに強引に体を開かれてしまう。

当然ゆるく勃ったものに気づかれてしまい、そのまま風呂場で食われたのだった。

アムール、キミはツンデレぐらいでちょうどいい。もう二度と酒なんか飲ませるもんか。

そう決意すると同時に、朝起きた時と寝る前とお昼に頭を撫でてあげる事にした。

ハッピーエンドのその先へ ─
ファンタジックなボーイズラブ小説レーベル

&arche NOVELS
アンダルシュノベルズ

悪役令息の
おれ溺愛ルート!?

異世界転生したら養子に出されていたので好きに生きたいと思います

佐和夕／著

松本テマリ／イラスト

五歳の時に前世の記憶が戻り、自分は乙女ゲームでヒロインの友人候補である妹に危害を加える悪役であると理解したフィン。しかし、ゲームの知識も戻ったことで、妹に恨みを向けることなく、養子となった伯母夫妻のもとで健やかに育つ。そして第二王子ヴィルヘルムや彼の双子の騎士ゴットフリートやラインハルトと親しくなるフィン。様々なハプニングは起こるものの、彼らと共に仲良く成長していくうち、三人から友情以上の特別な想いを向けられて……

詳しくは公式サイトにてご確認ください。
https://andarche.alphapolis.co.jp

異世界BLサイト“アンダルシュ”
新刊、既刊情報、投稿漫画、ツイッターなど、BL情報が満載!

この作品に対する皆様のご意見・ご感想をお待ちしております。

おハガキ・お手紙は以下の宛先にお送りください。

【宛先】

〒150-6008 東京都渋谷区恵比寿4-20-3 恵比寿ｶﾞｰﾃﾞﾝﾌﾟﾚｲｽﾀﾜｰ８Ｆ
（株）アルファポリス　書籍感想係

メールフォームでのご意見・ご感想は右のＱＲコードから、
あるいは以下のワードで検索をかけてください。

アルファポリス　書籍の感想　検索

ご感想はこちらから

本書は、「アルファポリス」（https://www.alphapolis.co.jp/）に掲載されていたものを、
改題・加筆・改稿のうえ、書籍化したものです。

デレがバレバレなツンデレ猫獣人《ねこじゅうじん》に懐《なつ》かれてます

キトー

2023年 5月 20日初版発行

編集－古屋日菜子・森 順子
編集長－倉持真理
発行者－梶本雄介
発行所－株式会社アルファポリス
〒150-6008 東京都渋谷区恵比寿4-20-3 恵比寿ｶﾞｰﾃﾞﾝﾌﾟﾚｲｽﾀﾜｰ8F
TEL 03-6277-1601（営業） 03-6277-1602（編集）
URL https://www.alphapolis.co.jp/
発売元－株式会社星雲社（共同出版社・流通責任出版社）
〒112-0005 東京都文京区水道1-3-30
TEL 03-3868-3275
装丁・本文イラスト－イサム
装丁デザイン－AFTERGLOW
（レーベルフォーマットデザイン―円と球）
印刷－中央精版印刷株式会社

価格はカバーに表示されてあります。

落丁乱丁の場合はアルファポリスまでご連絡ください。

送料は小社負担でお取り替えします。


ISBN978-4-434-32023-1 C0093